茶道与茶文

董书强 著

 中国农业科学技术出版社

图书在版编目（CIP）数据

茶道与茶文／董书强著. --北京：中国农业科学技术出版社，
2024.5

ISBN 978-7-5116-6815-8

Ⅰ.①茶⋯　Ⅱ.①董⋯　Ⅲ.①茶道-中国②茶文化-中国
Ⅳ.①TS971.21

中国国家版本馆 CIP 数据核字（2024）第 095884 号

责任编辑	朱　绯	
责任校对	马广洋	
责任印制	姜义伟　王思文	

出 版 者　中国农业科学技术出版社
　　　　　北京市中关村南大街 12 号　　邮编：100081
电　　话　（010）82109707（编辑室）　　（010）82106624（发行部）
　　　　　（010）82109709（读者服务部）
网　　址　https://castp.caas.cn
经 销 者　各地新华书店
印 刷 者　北京建宏印刷有限公司
开　　本　170 mm×240 mm　1/16
印　　张　15
字　　数　241 千字
版　　次　2024 年 5 月第 1 版　2024 年 5 月第 1 次印刷
定　　价　50.00 元

前　言

　　每一事物的发展皆有规律，是为道；都要经历先形成后发展的过程，茶也不例外。茶由天地而生，并被赋予一定特性，即物的功能所在；故茶终被人们发现、利用，成为生活的一部分，在清心爽神、陶冶情操等方面发挥了重要作用，可谓物有所用。其发展遵循道的运行规律，从无到有，由简及繁。每一个发展进程，皆是人们探索物性、体悟物性和顺应物性的过程。

　　何为茶道？茶道即为茶之道，就是顺应茶之本性，发挥其所秉天地赋予之特性过程中所应遵循的运行规律。这些规律体现在阴阳之道、五行之道、人道和物道。茶道包括道、法、术，道隐藏在里，法与术表现于外；道即事物的运行规律，法与术为具体的应用方法。现今所谈茶道，大多归集于法与术，而对于其中所含的道却晦涩不明，缺乏清楚认知。

　　本书包括两部分，即茶道与茶文。书中所述茶道，是关于茶形成、发展所遵循的规律之说，涉及种植管理、生产加工、审评贮藏等诸多方面；既有道的规律辨析，又有法与术的具体概括。如果读者能够从中得到一点启发并由此受益，则是此书的价值所在。

　　中华民族能够屹立于世界民族之林，文化是根基，中华传统文化是民族发展的见证。中华文化在世界文明史上占有举足轻重的地位，其原因在于文化的历史悠久，内容浩瀚，道术繁杂，文采斐然。茶文化虽是其中一小枝，但同样闪耀着熠熠光辉。

　　本书茶文是通过对历代茶叶相关文献选择梳理，以求承继和发扬中华民族传统优秀文化。文化涵盖广泛，故择其优者赏析，非为全论。其中茶书前人所论极多，故在本书中稍加评述。茶书中的序文颇多，有助于了解茶书作者著述缘起历程。其他文体涉及生活方方面面，包括茶法、诗、词、歌、曲、赋、颂、赞、表、书、论、说、记、书帖和铭等，可谓洋洋大观。对茶文的记述与释义，可让更多人了解茶之文化、历史。

应该说明的是，此书虽写于《古茶论》之后，实则与之为一整体，涵盖了我国古代茶叶发展的方方面面。万事万物皆由道生，依道而行，无论是茶的发展过程还是茶文的不断丰富，皆是如此。因此，《茶道》实应在前，《茶论》次之，《茶文》再次之。如果能够按照这一顺序阅读，则会明晰许多。

书中所言，均为一家之说，如有雷同，应为巧合；不足之处，还望批评指正。

著　者

2024 年 5 月

目　　录

上篇　茶　道

下篇 茶 文

上篇　茶　道

赋并序

古人因未有现代科学，故对事物的认识均从宏观着眼，对物理的探索一直未停止。老子《道德经》的出现，对发现事物真相提供了好的思路，气学的萌发自此而生，并在先贤们的智慧积累下，不断发展壮大。庄子、鹖冠子、文子阐发道之深意，董仲舒、吕氏发为阴阳之气，萧吉撰《五行大义》，张载有气学之论，李一楫则著《月令采奇》。气学的产生对于人类认识世界起到重要的指引作用。虽拘于人类认知，其学仍有不足，但瑕不掩瑜，无疑在帮助人们对自然界的深入认识方面功不可没。

宏观即大势，为道之所向。只有在了解道及物道物性的前提下，才会认知正确，方法得当，事有所成。今作茶道赋以云。

道，浩浩渺渺，无边无际，无穷无尽。冲气为一，化为阴阳；为天地之根，万物之源。万物皆依道而生，依道而立，依道而成。顺道者昌，逆道者亡。

天地运行，阴阳二气行于内，五行之气布四时。天地相交而生万物，有动物植物之分；人为动物，茶为植物。虽禀气不同，而实归一气，因气相通。

天有至精，地有至粹；禀气悬殊，物自不同。人有贤哲，名物分物，察物用物。物有优劣，松柏独秀，恶木少用。茶得气清睿，实为嘉木。

人之禀性有别，五行之气不同；随四时而变，因嗜好收散；故气有高低，常存不全，欲借外物之气以改观。吃五谷，嚼杂蔬，酌清泉，饮玉浆，寻同气，常补偏。人有五脏，茶有五味，同运五行之气，故有相同之源。

　　茶为小物，道行其中；一种多年，难以移生；含灵香之气，孕五味之滋，因天地而生长，随四时而兴衰。贤哲明睿，采而益人。播种灵秀之地，采撷晨曦之间；巧制力，细焙干，酌清泉，品尝鲜，爽精神，乐无边。故有因茶之道，欲作人中之仙。

　　大道实难知，人力难改天，故有百般探求，万种钻研。有百道之不同，欲近而渐远。究其为术，实为小道。凝人力之苦成，智慧之斑斓，亦为可观。有种植之道，管理之道，采摘之道，加工之道，品饮之道，不一而足，蔚为大观。揉和人欲，参悟物性，因有纰漏，故常时变。

第一章　道

我们经常谈"道"，有治国之道、兴家之道、立身之道，还有管理之道、生产之道，等等，涵盖生活的方方面面。

何为道？

古人给出了不同解释，道有常道（大道）和非常道（法与术）之分。大道隐秘难知，故言者至少，知者寥寥。现实中所谈道大多归为法与术之列，即具体应用之道。法与术中蕴含道，故大道所成为万千法术中的小道汇聚，如江河汇聚成大海。

一、概念与特性

老子《道德经》首先提出道的概念："有物混成，先天地生，寂兮寥兮，独立不改，周行而不殆，可以为天地母。吾不知其名，字之曰道。"道也是物，在天地之前生成，为天地之母，老子名之为道。这是道的名称由来。

然后提出道的特性，"强为之名曰大。大曰逝，逝曰远，远曰反。"道广大无边，但却形成一个圆圈循环，由近及远，然后返回。

"故道大，天大，地大，王亦大。域中有四大，而王居其一焉。人法地，地法天，天法道，道法自然。"此为道之义，道为天地之母，则道为气可知，因天地皆为气所成。"有物混成"则知"道"为有形之物，即邵子所谓太极也。

《黄帝四经》将道比喻为圆形的粮仓："群群……为一囷，无晦无明，未有阴阳。"并在《道原》中描述了道生成之源，"恒先之初，迥同大虚；虚同为一，恒一而止。"大虚即太虚，为初始状态，即自然。大虚无为生成一，一即为道。

"一者，其号也；虚，其舍也；无为，其素也；和，其用也。是故上道高而不可察也，深而不可测也；显明弗能为名，广大弗能为形。独立不偶，万物莫之能令。"此言道之特点。"一"是其名号。"虚"是其居处，因道为气故为虚。"无为"是其行为，因道法自然。"和"是其作用，和即有生有死，有盛有衰，保持平衡之意。独立不偶是言其为一，故不为偶。

《关尹子》认为道具有四性："惟不可为，不可致，不可测，不可分，故曰天，曰命，曰神，曰玄，合曰道。"道不可言，不可思。道有天（不可为，故要无为而行）、命（不可致，唯有尽力而为）、神（不可测，难以预知）、玄（不可分，难以琢磨）四性。

又曰："无一物非天，无一物非命，无一物非神，无一物非玄。物既如此，人岂不然？人皆可曰天，人皆可曰神，人皆可致命通玄。"万物皆为道所生，均有四性。道归于一，故万物皆为一宇宙。

清代吴谦《医宗金鉴》云：太虚为混沌，理气未分。"太虚曰无极者，是主太虚流行之气中主宰之理而言也。太虚曰太极者，是主太虚主宰之理中流行之气而言也。"无极者为理，太极者为气，太虚中既包含太极也包含无极，但混沌不明。随着理气分离，仍为一体，是为道。道即一气并按照一定规律运行。气继续运转分化，生成阴阳之气。"阴阳之分为天地者，谓阴阳流行，相生不已，积阳之清者为天，积阴之浊者为地。"即天地为阴阳二气所生。

对于道的认知古人多有所见，虽表述不一，但大抵归于二：首先，道为气，此气广大无边，包涵宇宙。其次，气虽无限，但依据一定规律运行。其实，道为路之意，即是理，故大道是"理"，为气按一定规律运行的路径或轨迹；有气才有理，气与理不可分，因此，大道即阴阳未分之一气，虽然未分，实按一定规律运行。

二、分类

老子认为道有常道和非常道，常道即是大道，非常道为自然万物之道。因万物由道生，即道生一，一生二，二生三，三生万物，故万物一道；即万物所显道，所用道虽千变万化，但其所遵循的运动规律是相同的。

自然界有千万道，有阴阳之道，五行之道，为气道；有天道、地道、人道、物道，为形道；人与物皆为天地相合而成，故应循天道、地道而为。千万道皆循大道而行，并归于一道。大道包含千万道，但千万道却不能成为大道，只有遵大道而行，才会生意盎然，不断发展壮大。

三、道与法、术

《黄帝四经》云："道生法。法者，引得失以绳，而明曲直者也。故执道者，生法而弗敢犯也。法立而弗敢废也。故能自引以绳，然后见知天下，而不惑矣。"道生法其意有二：一指以道生法。即根据事物形成生长规律制定合适的法。法是指各种方法、制度等，此处之"法"是指法律制度。二指法要顺道。制定的方法及制度应合乎道，而不是凭己意、己欲率性而为；否则就脱离道，亦将会越治越乱。

《关尹子》谈方术，曰："方术之在天下多矣，或尚晦，或尚明；或尚强，或尚弱。执之皆事，不执之皆道。"天下方术皆不是道。方术只是成事之法，而非大道。

又云："道终不可得，彼可得者名德，不名道。道终不可行，彼可行者名行，不名道。圣人以可得可行者，所以善吾生；以不可得不可行者，所以善吾死。"大道难得，得到者仅是"得道"而已，只是领悟道的一部分。圣人善生死，因为得道可行故善生，不得道不可行故善待死。道不可穷尽，而不是一点都不能知。能知者即掌握其规律者可谓"有得"，以所得而行就会很好的生活。能行者即按照规律而行则会有所成。而"得"与"行"皆不是道之全部。

我们现今所做的即是探寻规律并按照规律而行，规律是否合乎道有待于通过实践去检验。

道生万物，法、术亦为其所生。我们现在所说的道皆为法与术，其中有得道，有不得道；得道者则会进展顺利，能够成功；不得道者难免遭受挫折，导致失败。

第二章　阴阳之道

道为一气，生阴阳二气，故老子云，一生二。阴阳生天地，天地为阴阳二气所生，上升下降，循环不止，表现为四季明显变化。

天地生万物，故万物皆由阴阳二气所生；负阴而抱阳，其生长兴衰受阴阳二气所驱动。阴气藏于内，阳气动于外，世间万物皆为如此；一明一暗，表里相附，不断发展。譬如植物，外在生长是表象，为阳；内里如何运转则是阴，隐藏难知。

一、概念

《黄帝内经·素问·阴阳应象大论》曰："阴阳者，天地之道也，万物之纲纪，变化之父母，生杀之本始。"欲寻道先从阴阳入手，因道先生阴阳，故一阴一阳之为道；然后再从五行之道入手。

关尹子认为，道生一，一生二，二即阴阳；故阴阳之道接近道。阴为隐藏不显，阳为显露于外；故任何事物皆有内外，即里表。两者成为事物的两方面，但又彼此相应；表是里的反映，里是表的内在。阴中有阳，阳中有阴；有发散有积累，从而推动事物不断发展。故阴阳缺一不可，有阴必有阳，有阴暗必有光明。世界的运行从来不只是光明，还有黑暗。人亦如此，有君子必然有小人。

阳是生长，阴是积聚。一味生长必然不固，一味积聚必然不灵。因此，由量变到质变是事物得以成长的必然过程。有上升有下降，有低有高，是事物发展的必然。身在低处应安于低处，积聚力量，如水不断积聚，终成至大；身在高处，应积极努力，顺势而为，彰显光明，造福人类。

二、分类

《黄帝内经·素问·阴阳应象大论》云："故积阳为天，积阴为地。"天为阳气所聚合而成，地为阴气聚合而成。

对于"阳化气，阴成形"，清代名医张志聪认为，"天主生物，地主成物。"即阳气主生，在外部表现为伸长；阴气主成，表现为内在物质积累。

"水为阴，火为阳。"水为阴气所成，火为阳气所聚。

"阳为气，阴为味。"阳为气，阴为滋味。而按照阴和阳比例不同，又分为"味厚者为阴，薄为阴之阳。气厚者为阳，薄为阳之阴"。此论气味之阴阳。气为阳，又分阴阳；气浓者为阳，薄为阳之阴。味为阴，亦分阴阳；味浓者为阴，薄为阴之阳。

因此，阴阳划分多种，阳为天，阴为地；阳为上，阴为下；阳为外，阴为里；阳主动，阴主静；阳为火，阴为水；阳为光，阴为暗；阳为热，阴为冷；阳为气，阴为味；阳主形，阴主质……阳中分阴阳，阴中亦分阴阳，从而表现为阴阳二气比例不同，成为五行之气。

三、阴阳变化

1. 四季

一年分四季，每季阴阳之气各不同。《黄帝内经·素问·四气调神大论》论四季之气，"春三月，此谓发陈，天地俱生，万物以荣……夏三月，此谓蕃秀，天地气交，万物华实……秋三月，此谓容平，天气以急，地气以明……冬三月，此谓闭藏。"此四季之区别，春夏为生，秋冬收藏。并云："夫四时阴阳者，万物之根本也。所以圣人春夏养阳，秋冬养阴，以从其根，故与万物沉浮于生长之门。"人也应顺从四季变化，调和身心，从而健康长寿。

根据明代李一楫《月令采奇》对四季阴阳之气的论述可知：春季，地之阳气始上，故万物萌动，欣欣向荣。夏季，地之阳气旺盛，故万物昌盛。天之阴气下降，与地之阳气相交，生成万物。秋季，地之阴气下降，阳气渐衰，万物肃然。冬季，天气上升，地气下降。地之阴气为盛，阳气潜伏。天地蔽塞，万物收藏。

茶树生长随一年四季阴阳二气不同而变化，此符合道不断变化之旨；茶树生长、停止亦遵循道之运行规律。故制造之道应遵循这一变化，而不应拘于不变之术。要因茶类不同、地区不同、季节不同，而相应制出不同的茶叶。

2. 节气

每季分六节气，在遵循季节变换同时，每个节气的阴阳变化亦不相同。元代吴澄在《月令七十二候集解》对二十四节气的阴阳变化做了阐述，至今仍有参考价值。

其中对于立春，"春木之气始至，故谓之立也。立夏、秋、冬同。"春天木气开始上升，故称立。

对于春分，"方氏曰：阳生于子，终于午，至卯而中分，故春为阳中，而仲月之节为春分，正阴阳适中，故昼夜无长短云。"即春分时阴阳适中。

小满："鲍氏曰：感火之气而苦味成。"此节气万物皆感火气而成苦味，茶叶亦是如此。自此，茶叶中苦味物质开始增多。

夏至："是夏至阳之极，冬至阴之极也。"夏至阳气达到极点。

立秋："白露降，大雨之后，清凉风来，而天气下降。"热气开始下沉，故天气逐渐清凉。

处暑："处，止也。暑气至此而止矣……天地始肃，秋者阴之始，故曰天地始肃。"暑热气停止，阴气开始发力，但阳气依然为胜。

秋分："鲍氏曰：雷二月阳中发声，八月阴中收声，入地则万物随入也。"秋分与春分虽阴阳相半，但正相反。二月为发，八月为收，自此之后，阴气为胜。

小雪："天气上升，地气下降，闭塞而成冬。天地变而各正其位，不交则不通，不通则闭塞，而时之所以为冬也。"天地各正其位，天气在上，地气下降。

冬至："十一月中，终藏之气至此而极也。"阴气达到极点。

春分之前天气犹寒，阴气为胜，对茶树生长不利；夏至阳气最盛，茶树生长过快，对于体内物质积累不利。只有春分、秋分阴阳适中之节，茶树生长不急不慢，体内物质积累相对适合，故茶叶品质佳。

3. 一天中阴阳变化

《黄帝内经·素问·金匮真言论》论一天中阴阳变化。

阴中有阴，阳中有阳。平旦至日中，天之阳，阳中之阳也；日中至黄昏，天之阳，阳中之阴也；合夜至鸡鸣，天之阴，阴中之阴也；鸡鸣至平旦，天之阴，阴中之阳也。

一天中昼夜阴阳二气变化不同。白天：早上天明至中午，为阳中之阳；因为白天为阳，早上天明至中午阳气逐渐增强，故曰阳中之阳。中午到黄昏，为阳中之阴。晚上：夜幕降临至鸡鸣，为阴中之阴，阴气逐渐增强，至鸡鸣之前为最盛。鸡鸣至平旦，阴中之阳，阴气为盛，阳气不强。

根据隋代萧吉《五行大义》对十二月、十二时辰的阴阳之气所论可知：

子（农历十一月，23：00—1：00）：阳气最衰，阴气最盛。

丑（十二月，1：00—3：00）：阳气始上，阴气将降，物芽孕育。

寅（一月，3：00—5：00）：阳气已达，阴气降入，阴阳交泰，物芽稍吐。

卯（二月，5：00—7：00）：阳气上腾乎天，阴气下入乎地，阴阳气交。万物成出，物生长大。

辰（三月，7：00—9：00）：阳气上达，阴气衰微，物尽震动而长。

巳（四月，9：00—11：00）：纯阳用事，阳气大盛，阴气消除。万物悦壮，物至此时，皆毕尽而起。

午（五月，11：00—13：00）：阴气动于黄泉之下，阳气布于苍天之上。仲夏之月，万物长大。

未（六月，13：00—15：00）：阴气稍升，阳气将损，万物壮极，开始衰老。

申（七月，15：00—17：00）：阳气沈退，阴气进升。阴阳否隔，杀威方盛，物皆身体成就。

酉（八月，17：00—19：00）：阳气内入，阴气外施。阴阳合争，万物变衰，万物老极而成熟。

戌（九月，19：00—21：00）：阳气将尽，阴气上达。万物枯悴，杀害盛行，此时物皆衰灭。

亥（十月，21：00—23：00）：阳气消除，阴气大盛，万物收藏。

阴极返阳，阳极返阴，其中有四个重要节点：一年中以子月阴气最盛，阳气最弱；一日中以子时阴气最盛，阳气最弱。一年中以卯月阴阳相半，和合相交，木气最盛；一日中以卯时阴阳相半，和合相交。采摘茶叶最佳。一年中以午月阳气最盛，阴气最弱；一日中以午时阳气最盛，阴气最弱。一年中以酉月阴阳二气合争；一日中以酉时阴阳二气合争。

第三章　五行之道

　　阴阳生五行，五行即是阴阳之气的配比不同所致，是阴阳二气的细化。阳中之阳为火气，阳中之阴为金气，阴中之阳为木气，阴中之阴为水气。土气调控四气，为阴阳各半。故欲探寻道之真谛应着眼于阴阳二气的运转规律，即阴阳之道；而阴阳之道的奥秘又具体体现在五行之气运转当中。万物皆依阴阳、五行之道而兴衰不已，故万物之道皆隐藏而玄秘。因此，通过对事物的探寻，也只能得道之一部分，道之全部仍然隐秘难知。

一、生成

　　《关尹子·柱篇》篇论述了阴阳二气如何生成五行之气。

　　一运之象，周乎太空，自中而升为天，自中而降为地。无有升而不降，无有降而不升。升者为火，降者为水，欲升而不能升者为木，欲降而不能降者为金。木之为物，钻之得火，绞之得水；金之为物，击之得火，镕之得水。金木者，水火之交也。水为精为天(应为地)，火为神为地(应为天)，木为魂为人，金为魄为物；运而不已者为时，包而有在者为方，惟土终始之，有解之者，有示之者。

　　这段的意思是说，一气生阴阳二气，运行不已；阳气上升为天，阴气下降为地，天地亦为物，为阴阳二气所成。

　　阴阳二气化成五行之气，最上为火气，最下为水气，中间为木气与金气，土气调和上述四气。虽然表现为五气，但并不纯粹；木气中含有火气与水气，金气中亦含有火气与水气，即五行之气只是表现为主气而已，每个气中还杂有其他气。万物所秉气不同，故形态各异，这就解释了阴阳二气如何生成五行之气。

《春秋繁露》云："天地之气，合而为一，分为阴阳，判为四时，列为五行。行者，行也。"五行之气其实就是代表天地阴阳之气在运行不已。

《五行大义》汇总诸家，另有新论，对五行之事阐述甚明，夫五行皆资阴阳二气而生，故云："濡气生水，温气生火，强气生木，刚气生金，和气生土。"故知五行同时而起，托义相生。这就解释了五行之气的阴阳刚柔不同，五气各有秉性。

二、五行释义

《五行大义》中记载了古代五行家对于金、木、水、火、土的不同解释。对于木，"许慎云：木者，冒也，言冒地而出……其时春。《礼记·乡饮酒义》曰：春之为言蠢也，产万物者也。"木的本意是冒地长出之意，如春季万物萌生。

对于火，《白虎通》云："火之为言化也。阳气用事，万物变化也。许慎曰：火者，炎上也……其时夏。《释名》曰：夏，假者，宽假万物，使生长也。"火主变化生长，有生有长。

对于土，《元命苞》云："土之为言吐也。含吐气精，以生于物。许慎云：土者，吐生者也，其时季夏。"万物依赖土地而生，故土主涵养万物。

对于金："许慎云：金者，禁也。阴气始起，万物禁止也……其时秋也。"金气在秋季为胜，故万物成熟并不再生长。

对于水："许慎云：其字象泉并流，中有微阳之气……其时冬。"万物归藏，如水归于静。

三、五行体性

五行之气秉阴阳二气比例不同，故其体性不同。《五行大义》云："故木以温柔为体，曲直为性。火居大阳之位，炎炽赫烈。故火以明热为体，炎上为性……故土以含散持实为体，稼穑为性……故金以强冷为体，从革为性。水以寒虚为体，润下为性。"木为阴中之阳，故温柔为体，其性曲直。火为阳中之阳，故以明热为体，其性炎上。其他依次而论。

四、五行与天气

据《五行大义》云："五行体别，生死之处不同，遍有十二月，十二辰而出没。木……王（即旺）于卯。火……王于午。金……王于酉。水……王于子。土……王于未。"五行之气各有兴衰，木气在春季二月最旺，火气在夏季五月最旺，金气在秋季八月最旺，土气在夏末六月最旺，水气在冬季十一月最旺。

五、五行与地气

邵雍认为，甲木为纯木，乙木杂有金气，故仲春木色为青杂白，即绿色。同理，丙火为纯火，丁火杂有水气，故仲夏火色为红杂黑，即紫色，所生成之物颜色为紫色。戊土为纯土，己土杂有木气，故季夏土色为黄杂绿，即黄绿色，所生成之物颜色为黄绿色。庚金为纯金，辛金杂有火气，故仲秋金色为白杂红，即粉红色，所生成之物颜色为粉红色。

五行之气不纯，则杂有它气，从而表现为本气杂有它气之性。如"寅为杂木"，则木中有火。

六、五行配五色、气味

《五行大义》记载颖子严《春秋释例》云，色有五正色，有五间色（即杂色）。其中春季青为正，绿为杂；夏季赤为正，红为杂；长夏黄为正，骊黄为杂；秋季白为正，缥为杂；冬季黑为正，紫色为杂。

《礼记·月令》云："孟春之月……其味酸，其臭膻。孟夏之月……其味苦，其臭焦。季夏之月……其味苦，其臭焦。孟秋之月……其味辛，其臭腥。孟冬之月……其味咸，其臭朽。"此论四季不同，五行之气不同，故形成气味有别。而《五行大义》所载孟春、夏、秋、冬相同，而季夏不同，其记："《礼记》云：季夏之日，其味甘，其臭香。"可见与《礼记·月令》所说不同，不知二者谁为错？或许传写失误？并云："土味所以甘者，中央，中和也，甘美也。《元命苞》云：'甘者，食常，言安其味也。甘味为五味之主，犹土之和成于四行也。'臭香者，土之乡气，香为主也。许慎云：'土得其中和之气，故香'。"据《黄帝内经·素问》所论，季夏为土居中，调和四气；故本书认为季夏为土气而不为火气所主，五行之气对应五味。木气有利于生成酸味物质，气为膻。火气有利于生成苦味物质，气为焦。土气有利于生成甜味物质，气为香。金气有利于生成辛味物质，气为腥。水气有利于生成咸味物质，气为朽。

七、五行配藏府

《五行大义》云："五藏者，肝、心、脾、肺、肾也。六府者，大肠、小肠、胆、胃、三焦、膀胱也。肝以配木，心以配火，脾以配土，肺以配金，肾以配水。膀胱为阳，小肠为阴，胆为风，大肠为雨，三焦为晦，胃为明。"木为酸，故酸味物质利于肝。同理，苦味物质利于心，甜味物质利于脾。

《老子河上公章句·道经·成象》中河上公注《道德经》云："肝藏魂，肺藏魄，心藏神，肾藏精，脾藏志。五藏尽伤，则五神去矣……魂为木气，神为火气，志为土气，魄为金气，精为水气。魂通于目，神通于舌，志通于口，魄通于鼻，精通于耳。"此论五行对应人体之五脏、五神及面部器官。木气与肝、魂相通，火气与心、神相通，土气与脾、志相通，金气与肺、魄相通，水气与肾、精相通。

心藏神，神为火气，而苦味为火气所生，故苦味物质利于心。火气为阳气，香气亦为阳，故香气利于心。苦味物质与香气物质均对神有利，故饮茶能清神。火生土，土为脾，故香气又利于脾。同理，酸味物质利于肝，又利于心；酸味物质对人之魂有利。这就说明植物中所含物质不同，对人的脏腑形成影响不同，从而人体感觉亦不同。

八、五行配情性

《五行大义·卷第四》云："性者，仁、义、礼、智、信也。情者，喜、怒、哀、乐、好、恶也。五性处内御阳，喻收五藏；六情处外御阴，喻收六体。故情胜性则乱，性胜情则治。性自内出，情从外来。情性之交，间不容系。"人有五性六情，五性对应五行，此地之五行；六情对应六气，此天之六气。五性为阴，为静；六情为阳，为动；故"性胜情则治，情胜性则乱。"

文子曰："人者天地之心，五行之端，是以禀天地五行之气而生，为万物之主，配二仪以为三才。然受气者各有多少，受木气多者，其性劲直而怀仁；受火气多者，其性猛烈而尚礼；受土气多者，其性宽和而有信；受金气多者，其性刚断而含义；受水气多者，其性沈隐而多智。五气凑合，共成其身，气若清睿，则其人精俊爽如也；昏浊，则其人愚顽。"

人禀天地五行之气而生，集五行之气于一身，有仁、义、礼、智、信五性；受气不同，而各有偏重。受木气多者，怀仁；受火气多者，尚礼；受土气多者，有信；受金气多者，含义；受水气多者，多智。得气之清浊不同，其性亦不同。得清气其人神清气爽，外表俊朗；得浊气则昏庸糊涂，愚笨顽劣。人体又是一个自动调节的系统，能够根据自身阴阳不同而调整，如木气少者，多喜酸味物质，以补充木气。火气少者，多喜苦味物质，以补充火气。土气少者，多喜甜味物质，以补充土气。同理，喜酸者少仁，喜苦者少礼，喜甜者少信。

对于茶树而言，五行之气的强弱变化，对于茶叶内在物质的积累有着重要影响。春季木气旺，则有利于酸味物质形成，故春季茶叶中氨基酸含量高；土气最弱，则最不利于甜味物质形成。季夏火气旺，则有利于苦味物质形成，故夏季茶叶中苦味物质含量高；金气最弱，则最不利于辛味物质形成。秋季金气旺，则有利于辛味物质形成，故秋季茶叶中辛味物质含量高；木气最弱，则最不利于酸味物质形成。季夏土气最旺，则有利于甜味物质形成；水气最弱，则最不利于咸味物质形成。

因此，在采茶制茶生产实际中，就要根据五行之气的变化规律，扬长避短，采摘不同季节的茶叶制成不同的茶类。春季茶叶氨基酸物质含量高，则适合炒制绿茶；夏季苦味物质多，则适合炒制红茶；季夏甜味物质多，则最适合炒制红茶，其次乌龙茶；秋季茶叶辛味物质多，故应制成绿茶之外的茶。

第四章 物 道

何为物？道生天地，故对道而言，天地亦为物；天地又生万物，故天、地、人、动植物皆为万物。凡物皆应循道而行，遵阴阳之理，本五行之气，方为正道。

一、万物生成之道

道为一气，道生天地，积阳上为天，积阴下为地。天地生万物，如何生万物？邵雍《观物篇》给出较合理的解释，"太阳为日，太阴为月，少阳为星，少阴为辰。日月星辰交而天之体尽矣……太柔为水，太刚为火，少柔为土，少刚为石。水火土石交而地之体尽矣。"天有日月星辰交替出现，其阴阳二气亦随之变化不休。地有水火土石交替发生，其阴阳二气亦随之变化不尽。日月星辰对应暑寒昼夜，对应物之性、情、形、体；水火土石对应雨风露雷，对应物之走、飞、草、木。而天地交合才能生成万物，故万物品类不一，有飞鸟走兽，花草树木；有性格情志不同，外形体态不一；之所以如此，其根本原因在于所禀天地阴阳之气的比例不同所致。这些不同与季节变化、气候变化、时间变化等均有关。天之四季昼夜变换，生成动植物的性、情、形、体各不相同，地之五行不同化育生成动植物的能力不同。

人为万物之灵，"人之所以能灵于万物者，谓其目能收万物之色，耳能收万物之声，鼻能收万物之气，口能收万物之味。声色气味者，万物之体也；目耳口鼻者，万人之用也。体无定用，惟变是用；用无定体，惟化是体。体用交而人物之道于是乎备矣。"声色气味是万物所拥有的质体，目耳口鼻是人所具备的功能；人发现物且利用的过程，其实就是探索和利用物道的过程。物之用处多少，在于人力之发掘和能够利用的程度。

又云："道之道，尽之于天矣；天之道，尽之于地矣；天地之道，尽之于万物矣；天地万物之道，尽之于人矣。人能知其天地万物之道所以尽于人者，然后能尽民也。"物各有生成之理，天成万物之性，能够穷理尽性，方可知命。而要想知命，就要遵循道之规律。认识道就要从认识天入手，认识天就要从认识地入手，认识天地就要从认识万物入手，而天地万物之道都隐藏在人中，所以人即是宇宙。要想认识大道不必追求其他，从认识自己入手即可。从人体构成、运行、情志等各方面都能体会到道之真谛，关键在于如何感知领悟而已。

二、物性

汉代刘安《淮南子》有云："是故天下之事不可为也，因其自然而推之；万物之变不可究也，秉其要归之趣。"万物变化凭人力不可能探究明白，因此把握关键和掌握趋势很重要。

又云："故橘树之江北则化而为枳，鸲鹆不过济，貉渡汶而死。形性不可易，势居不可移也。"万物生长习性不可能改变，故要顺应物性。

"所谓无为者，不先物为也；所谓无不为者，因物之所为。所谓无治者，不易自然也；所谓无不治者，因物之相然也。"无为并不是无所作为，而是要遵循物性，有所作为。治理之道也要遵循事物发展规律相机而动。

又云："故音者，宫立而五音形矣；味者，甘立而五味亭矣。"土其味为甜，土居四季末，行四时之气，故甜味对于滋味形成作用最大。对于茶叶而言，内含物质中糖类物质的多少对于调和茶汤滋味非常重要。

第五章 茶 道

茶为植物，其生长发育必然要遵循一定的规律，是为合道而行。首先要遵从天地阴阳之道，才会生长旺盛。茶树又禀五行之气，故有形色不同，品质各异。

茶叶的发现和利用者是人，故现在的茶道实质是人道与物道的结合，主要顺从人性，兼及茶树物性。人性离道已远，故茶道实为法与术，或称小道。在生产茶叶的过程中有的行为暗合道，有的却背道而驰。茶术的发展就是不断修正和完善的过程，也是人类探索道，遵道而行的过程。现今茶道主要包括种植管理之道、采摘加工之道、品饮之道、贮藏之道、茶德茶功等。

一、遵阴阳之道

对于茶树生长，《黄帝内经·素问·阴阳离合论》提出："天覆地载，万物方生，未出地者，命曰阴处，名曰阴中之阴；则出地者，命曰阴中之阳。"植物在地下未萌发，阴气为盛，故静。触地而出，则归功于阳气鼓动，与春气升发之性相符合。茶树生长过程其实为阴阳二气的不断运行变化所致。阳为虚，在外表现为植物伸长；阴为凝，在内表现为充实内质。一阴一阳使植物不断伸长、加粗、增重。阴阳并不分离，只是侧重点不同。植物伸长以阳气运动为主，而增加内质则以阴气运动为主。

《黄帝内经·素问》虽是中医理论，为治病之道，但其阴阳之道是相通的。《黄帝内经·素问·阴阳应象大论》提出"寒气生浊，热气生清"。气温高，则气清；气温寒，则浊气生。

"水为阴，火为阳，阳为气，阴为味。"气为阳气所主，滋味为阴气所成。故茶叶香气低，则所含阳气少，需低温来促成。滋味浓则阴气重，需高温来转化。茶叶品质的最佳应是阴阳相对平衡，香气高，滋味醇。

"味厚者为阴，薄为阴之阳。气厚者为阳，薄为阳之阴。"滋味太重是因为阴气太盛，滋味淡则阴气中有阳。香气浓郁则是因为阳气太盛，薄弱则阳气中有阴。因此，气中分阴阳，气厚为阳，气薄为阳中有阴，但总归以清香为妙。滋味中亦分阴阳，苦、辛为阳，酸、咸为阴，甘为阴阳各半，以五味调和为佳。

阴气凝结才会成为有形之物，故地球万物其性为阴；阴不独存，多阴而少阳。茶树亦为阴结之物，其性寒。茶树为木，木为少阳，体内有阳故茶叶有酸、苦之味，还有油类物质以发其阳。植物油有一部分为芳香类物质，是茶叶香气的重要组成。冬季茶树能够抗击寒冷并安全越冬，就是在于体内有许多油类等阳性物质存在。故春季茶树鲜叶中的油类物质要多于夏秋二季，越早采摘香气越浓，之后不断减少，香气也逐渐变淡。

二、遵五行之道

对于颜色之论，《黄帝内经·素问·五藏生成》曰："青如翠羽者生，赤如鸡冠者生，黄如蟹腹者生，白如豕膏者生，黑如乌羽者生，此五色之见生也。"即五行生旺之气的颜色应是纯正。春季茶叶以青翠为正，夏季杂以赤色为墨绿，秋季杂以白色为浅绿。五行气纯则色纯，香正，味纯，故绿茶制作应以春季为要，制作出的茶叶颜色才纯正；夏季、秋季可以少量制作，但颜色已发暗或变淡。制作其他茶类则以夏季与秋季为要，既能制出品质较好的茶叶又能充分利用茶资源提高经济效益。因此在茶叶制作中必须要顺应物性，扬长避短。

茶叶中内在物质亦由五行之气所成，故表现为木气生酸味，火气生苦味，土气生甜味，金气生辛味，水气生咸味。而五行之气各有兴衰，春季木气旺，故茶树中生成酸味物质多；夏季火气旺，茶树中生成苦味物质多；季夏土气重，茶树中生成甜味物质多。

三、遵物道

茶树为植物，其生长过程遵循物道而行，即禀天气有其性，禀地气有其味。因四季寒暑变化而生长收藏，本五行之气形成不同内在物质。

《关尹子·药篇》篇云："天不能冬莲春菊，是以圣人不违时；地不能洛橘汶貉，是以圣人不违俗；圣人不能使手步足握，是以圣人不违我所长；圣人不能使鱼飞鸟驰，是以圣人不违人所长。夫如是者，可动可止，可晦可明，惟不可拘，所以为道。"圣人善于顺应天时、地利、物长，所以能够得道。茶叶制作亦要用其长，即根据鲜叶优势特点制作相应茶类。

四、茶树物性

茶树为植物，虽生长于地上，亦是天地相交而成，故其物性禀受天地阴阳二气。气之清浊不同，茶树树性亦存在差异，主要体现在外形与内在区别。

（一）体性

隋代萧吉《五行大义·卷第一》云："体者，以形质为名，性者，以功用为义……木居少阳之位，春气和煦温柔，弱火伏其中。故木以温柔为体、曲直为性。"木为弱火之体，弱阳之质；其特点在于能曲能直，随外界变化不一。

"《淮南子》云：木为少阳，其体亦含阴气，故内空虚，外有花叶，敷荣可观。"震为木，故木为一阳二阴，阴阳合体。其阳为树干，其内空虚；阴为花叶，含有大量水分。木以阴气为主，含少量阳气故称为少阳。

茶树为木，具有温柔之体，曲直之性，茶叶炒制中就要顺应这一特性，炒制成条形和曲形茶可说是符合茶树物性。各季节茶树鲜叶因温度、水分等因素影响，其内在物质必然不同；炒制时就要相应制成不同的茶叶品类。如春季所产茶鲜叶可以制成绿茶，夏季可以制成红茶，秋季可以制成乌龙茶。炒制中要调和阴阳二气，即水与火的比例，以生产出不同品质的干茶。如春季采摘较早，含有寒气，炒制温度要高一些，以提高香气。夏季阳气旺盛，炒制温度要低。秋季凉气渐重，炒制温度要相应提高。

（二）生长特性

茶树起源于南方温暖湿润之地，故茶树性喜温暖湿润。随生长地区的不同，其适应性有所增强，但本性并未彻底改变。茶树生长循天地之道，随四季阴阳二气变化而变化。

古代茶人对于茶树物性早有了解。陆羽《茶经》有云："茶者，南方之嘉木也。一尺、二尺乃至数十尺。"茶树生源地为南方，故其性喜温暖多水。外形从几尺到几丈不等，品种差异，其物性亦有区别。"阴山坡谷者，不堪采掇，性凝滞，结瘕疾。"茶树性寒，阴山坡谷又性寒，故两阴相合其性故凝滞，少灵动之韵，品质不好。阴气太重，故饮之不宜。

陈元辅《枕山楼茶略》云："茶之有性，犹人之有性也。人性皆善，茶性皆清。"茶树其性清淑，亦是因得气之清而成。

叶隽《煎茶诀序》中云："夫一草一木，罔不得山川之气而生也，唯茶之得气最精，固能兼色、香、味之美焉。是茶有色、香、味之美，而茶之生气全矣。"即茶树在草木中得气最精，故能有色、香、味之美。

茶树在遵循基本物道的前提下，具有自己的特性。现代研究表明，茶树具有喜温暖湿润的特性，并对土壤、光照等都有特定需求。其中包括：茶树具有耐荫性，不喜欢强光。树体含水 55%~60%，而芽叶含水量则高达 70%~80%。茶树为喜酸植物，土壤 pH 值以 4.5~6.5 为宜。大多数茶树茶芽生长起点温度为日平均气温 10℃以上，最适温度在 20~30℃；当日平均气温低于 10℃，茶芽停止萌发；低于-5℃，会发生冻害。因此，在茶树生产过程中，就要遵循茶树特性而行，才能使茶树生长旺盛，并生成丰富内质。如夏季茶叶苦涩不能改变，可以多施有机肥加以改善；因土味为甜，故土厚土肥者所长物甜。阳气旺盛季节（即夏季）还可以通过遮阳措施，增加阴气以达到调和阴阳。

茶树的生长离不开阴阳交合，茶树萌动需要阳气的升发。阳光和温度具有相关性，光照多的地方温度偏高，反之偏低。温度的高低决定了阳气的多少，水分的多少决定了阴气的多少，而新物质的生成多少，取决于阴阳二气的交合程度。阴阳二气皆旺则生成物质多，反之则少。新物质的产生大部分来自土壤，并在阴阳作用下分解、合成新物质。因此，土壤中的营养丰富与否是决定茶树生长快慢的重要决定因素。地形地势坡向则与空气中的阴阳比例有关，坡朝南处受日光照射多，故阳气多；朝北处日光照射少，且易受风寒阴气的侵袭，导致阳气少、阴气多，从而影响茶树生长。

（三）茶叶品质

茶树生长循天地之道，随四季气候变化而生、长、收、藏，茶叶内在品质存在不同。

冬季：气候寒冷，阴气盛，茶树地上部生长停止。因阳气藏于地下，茶树生长以地下部为主，主要表现为根系的生长。

春季：阳气开始生发并上升，茶芽萌发。按五行来说，春季属木，味酸，故春季茶芽中生成的酸类物质较多，如氨基酸表现较高含量。而秋季积累的芳香类物质，糖类物质对于形成茶叶香气及滋味的甘醇有利。故春季制造的茶叶香气清新，滋味鲜爽；而秋季制造的茶叶则香气浓郁，滋味甘醇。

夏季：阳气旺盛，茶芽受阳气多，故生长加快，导致内质积累减少，滋味变淡。夏为火，其味苦，故夏季茶芽中苦味物质比春季增多，酸类物质减少。

季夏：五行为土，其味甘，茶芽中糖类物质又开始增多。此时温度在一年中升至最高，茶树无冻害之虞，故芳香类物质少。故有"肥者甘，甘不香；瘦者苦，苦则香"之说。

秋季：阳气逐渐下降，长势逐渐减弱。阴气逐渐增多，体内芳香类物质及其他物质比夏季增多，但少于春季。其性为金，味辛。故茶叶涩味重。因经过季夏，甘味物质多，其甘醇度稍微增加。

1. 颜色

《五行大义》对四季植物的颜色生成规律作了论述。春季颜色，以青为正色，绿为间色。夏季颜色，以赤为正色，红为间色。季夏颜色以黄为正色，骊（深黑色）黄为间色。秋季颜色，以白为正色，缥（淡青）为间色。冬季颜色以黑为正色，紫为间色。

茶树属木，虽然会随四季阴阳之气不同，茶叶颜色生成随之变化，但以青、绿色为主，杂以它色。故春季符合木之本色，为青、绿色。因其绿色正，适合制作绿茶。夏季时，赤红色与青绿色相混，则成墨绿色，颜色变杂，可以制作红茶、青茶。秋季时，白色与青绿色相混杂，则成浅绿色或黄绿色，可以制作中档绿茶，还可制作红茶与青茶。

2. 气味

季节变化还对茶叶的气味，即香气与滋味物质生成产生影响。春天木气旺，利于膻气物质、酸味物质的形成；夏季火气旺，利于焦气物质、苦味物质的形成；季夏土气旺，利于香气物质与甜味物质的形成；秋季金气旺，利于腥气物质与辛味物质的形成。因此，春季茶树鲜叶中酸味物质多，香气中含有膻气，应高温去除香气中的膻气。夏季茶树鲜叶中苦味物质多，香气中含有焦气，应低温加工以防产生更多焦气。季夏茶树鲜叶中香气物质与甜味物质多，则应保留。秋季茶树鲜叶中辛味物质多，香气中杂有腥气物质，故应加以去除。

不同节气茶树生长出现不同，因此，茶叶生产中要相应制作不同茶类。茶色以纯为上，春季为青，间色为绿，故以碧绿为上。时间在春分（阴阳适中）至谷雨，越早越好，此时期为炒制高档绿茶最佳时间。谷雨至立夏阳气逐渐上升，茶叶生长加快，体内物质积累减少；同时茶树鲜叶颜色也逐渐变深，此段时期以炒制中档绿茶为主。

立夏至夏至，阳气逐渐上升，尤以小满开始加速上升。夏季属火，火色为赤，间色为红，茶叶本色为绿，间有赤红，故颜色不纯。火味为苦，滋味苦涩；其气为焦，故茶叶香气亦不正。此阶段茶叶品质下降，但夜温在 20℃ 以下，故品质尚好。夏至到白露昼夜温差均高，阳气太盛，故茶叶旺长，而阴气弱，故物质积累少，茶叶品质最差。秋分时阴阳各半，此后阴气渐长，阳气渐衰；故秋分至霜降茶叶品质渐好，但颜色不纯，香气不正。

从实际生产来看，小满之前是采制绿茶的最好时期。因此，自茶芽萌发尤其是春分之后，就要积极生产，以取得最佳收入。小满之后至秋分不适宜制高档绿茶，可考虑制红茶、青茶。秋分之后适当采制绿茶、红茶、青茶。

道有万千而终归一道，顺道者昌，逆道者亡。循道而后功，茶叶之道亦如此；不管是生产之道、炒制之道还是品饮之道，都要遵循物性，遵天道，因地利，顺四时。茶树有物性，人应顺应物性，不要妄图改变。并且四季气候不同，茶叶外在颜色必然不同，不要刻意追求，应顺应天地之道与物道。

其实一切人为有意的安排已经失去道之本意。道讲究无为，顺其自然，有意改变或破坏物性则不符合道的运行规律。我们现在所谓的茶道不过是茶法与茶术而已，即借助于人为干预来达到我们想要的某种效果，这些行为中有许多已脱离大道。如茶树在非常寒冷的地方种植生长，茶叶加工过程中对色、香、味、形的过度追求等。

第六章　种植管理之道

茶树种植古已有之，并且积累了很多经验传承至今。从茶树品种、种植环境、种植方法等均有阐述，凝聚了古人的智慧和实践经验。现今随着科技的发展，对茶树的认识逐步加深，在生产方面也进行了很多创新；但无论古今，遵道而行，则发展顺畅，反之则发展受阻。

一、种植管理之道

茶树得气之清浊，品质如何，与其生长环境、管理水平有直接关系。因此，要想取得好的茶叶原料，就必须重视栽培管理之道。

茶树为喜温植物，故应顺应物性，将茶树种植于温暖之地。"南茶北引"亦无不可，但不应大力发展，只做特色产业即可。在目前气候变化难测的情况下，全球性自然灾害频发，干旱缺水将成为常态，因此，对于年降水量不多的地区就不必大力提倡发展茶产业。

对于茶树，地上部为阳，地下部为阴。地上部树干为阳，因其内空虚；树叶为阴，因含水较多。茶的外在生长是阳，而如何代谢生长的则又是阴。茶叶中的香气为阳，滋味物质为阴。茶树栽培管理之道就是要选择合适的地点，调和阴阳之气，既能保证茶叶生长顺畅又能保证内含物质丰富，从而使加工后的茶叶香气好，滋味佳。

茶树生长所需养分主要来自土壤，对于如何吸收转化，在现代科学中经过逐渐探索，已掌握了其中部分机理；但尚有很多未能解释，毕竟人的认知有限。如果从道来解释，则是阴阳二气的运行所致。一切物质都是阴阳二气所生，阳气为生，阴气为凝；阳气促进生长，阴气促进凝结，故万物不断成长壮大。虽然如此，由于组成茶树的物质到底有多少很难获知，故阴阳二气如何运行亦不能明晓。生产的实际就是通过一系列管理手段，探索能够产生好茶的生产栽培措施，并不断进行验证。古人的探索之道就是基于此。

野生的茶树一般经过自然选择，能存活的大多适应了周围环境。而人工栽植的茶树则需要一个自然选择过程，因此就会出现死亡或生长不旺、品质不好的现象，这就需要人力加以防护。而人力应该顺应天时，遵循物性，制定切实可行的生产管理之道。不应为满足人心多欲，而刻意改变物性，只有这样，才能既不浪费资源，又能使茶树生长顺畅，从而取得较好的经济效益。

茶叶加工是以树叶为原料，而茶叶含水量很高，故茶树生长首要因素是保证有足够的水分供应。任何一种物质均含有阴阳二气，阴气太多必须要有阳气调和才会顺利生长。茶叶的香气物质为阳，滋味物质虽然为阴，但酸、甜、苦、辣、咸亦分阴阳；好的茶叶内质应该是阴阳相对调和，达到一种较理想状态。而要达到这种状态，就需要借助于天气、地力与人力。天气表现为四季之变化，地力在于土壤中营养物质情况，人力在于根据气候变化、茶树生长规律采取科学的管理方法；三者应相互配合，因地制宜，灵活多变。

二、种植环境

茶树乃常年生植物，一旦种下，三年后才能开采；开采期长达二三十年，故茶树种植地块的选择非常重要，这决定了以后茶树的生长状况、茶叶品质、经济效益。所以历代种茶爱茶之人对其多有论述。

唐代陆羽《茶经》中对茶树生长地分为三级："其地，上者生烂石，中者生砾壤，下者生黄土。"茶叶品质最好的地方是烂石，其次为砾壤，最下为黄土。有人将其理解为土壤，其实应该说是不同地势处的土壤更合适。烂石之地指地势高处的石头腐化处，中间地带经过雨水的冲刷，形成石头与土壤混合地带，最下面为平原之地。这三种地块由于地势由高到低，除去四季气候之变，其阴阳二气情况也因光照不同、植被不同而不同。故茶树生长不同，茶叶品质亦不同。由于陆羽经常上山采茶，故得出上述结论。

宋代叶清臣在《述煮茶泉品》云："夫渭黍汾麻，泉源之异禀；江橘淮枳，土地之或迁，诚物类之有宜，亦臭味之相感也。"植物生长与水、土壤环境息息相关。种植者应顺应物性，否则就会造成南橘北枳的结果。

宋徽宗赵佶《大观茶论·地产》也有论述，"植产之地，崖必阳，圃必阴。盖石之性寒，其叶抑以瘠，其味疏以薄，必资阳和以发之。土之性敷，其叶疏以暴，其味强以肆，必资阴以节之。[今圃□□植木，以资茶之阴]阴阳相济，则茶之滋长得其宜。"其中暗合阴阳之道。悬崖之处因为地势高，昼夜温差大，尤其在初春茶树容易受冻，故应种在阳光充足之处，以补充阳气。而平地茶园因为光照充足，尤其夏天，光照太强，亦是阳气太盛，必须种在阴凉处或者适当人为遮阳，才达到阴阳调和，茶叶品质才会好。石头性寒乃阴气所集聚，必须补充阳气。土壤肥厚之地适合茶树生长，而在夏季阳气充足之时，生长过快，不利于物质积累，品质必然变差，故要适当遮阳以达到阴阳相济。

明代长谷真逸在《农田余话》云："凡产茶之地，山南则冬无寒风，多阳而和暖，得春气而先发，故芽嫩全味厚。生山北，则受风雪多而阴寒，至春深始萌，叶厚而拳跼，气味不全。如海产香之地相似。"山南冬天寒风较少吹到，春季得阳光先照，故发芽早。山北正与之相反，发芽晚且品质差。

清代陈元辅《枕山楼茶略》云："地之气厚，则所生之物亦厚；地之气薄，则所生之物亦薄，理固然也。"地厚则生养之气旺盛，故生物多；生物得土气多，内质丰富。反之则地薄物少，品质差。

胡秉枢《茶务金载》认为植茶，"以高山、大岭及穷谷中至高之处为宜。茶之为物，其感雾露愈深，其味愈浓；而种植之地，其土性愈厚，则茶树愈壮，其叶更厚且大。"高山之处土必薄，厚者寥寥。因此，就出现是选择高处还是低处种植的问题，高处得气之清虚，对于茶叶香气形成有利；但高处土壤一般贫瘠，茶叶滋味物质形成匮乏。低处得气浑浊，香气难清正，但对于滋味物质形成有利。再加上生产管理难易不同，所以，选择地势中间处种植茶树比较适合，既能保证茶叶有较好品质，又能方便管理，取得好的经济效益。

民国时期《新昌县志》记载，"茶之气候，以温高、雨多、风土常润湿者为最善。温高则发育良好，无凋萎冻毙之害；雨多则地土湿润，有根芽易苗之益。而尤要者，空气常须润湿，盖茶质之厚薄，茶汁之浓淡，为茶叶品第高下之判，其所以或厚或薄，或浓或淡者，湿润之空气为之，是故朝露浓厚，云雾弥漫之地，恒产良茶。西湖之龙井茶，华顶之云雾茶，即其例也。本邑产茶区域，多在高山浓雾厚露之地，谚有平地桑，高山茶之称。"对茶树生长习性做了合理说明。茶树生长最合适的地方应该常年温度适合，不会受冻。雨水多，空气湿度大，故茶叶代谢顺畅，茶叶品质就会好。尤其指出了高山产好茶，其原因虽未言明，但无疑阴阳相得乃是造就好茶的最重要条件。

现代科学表明，茶树喜温暖湿润气候，大多数茶树在日平均气温10℃以上，茶芽才开始萌动；低于-5℃，则会发生冻害。同时，茶树喜欢酸性土壤，且对水分需求量大。古代由于受科技制约，生产资料缺乏，故种茶区域多集中于南方温暖湿润地区，顺应了茶树物性。今天，通过人为干预，扩大了茶树种植区域，南北方均有茶树种植。随之是应对气候变化的各种技术方法的产生，其根本在于与天地之道相合，顺应四季变化，遵从物性，以求获得较好的产量和品质。然凡事须辩证看待，北方种茶亦无不可，但成本的增加不可避免，品质亦会受到影响。因此，突出地域特色应是北方种茶、产茶之道。

三、种植方法

茶树种植方式有茶籽种植和茶苗移栽两种，茶苗分为种子所生幼苗和母本上取枝条两种，与今之种子种植、种苗移栽与无性苗移栽实质一样。

陆羽《茶经》记载唐代茶树种植为种子丛播。"凡艺而不实，植而罕茂，法如种瓜，三岁可采。"种植方法如同种瓜，丛播种子，三年就可以采茶。并且土壤要做到实而不虚，不然很难长得茂盛。

茶籽如何播种，明代有几本茶书对其记载较详细。罗廪《茶解》云："秋社后，摘茶子水浮，取沉者，略晒去湿润，沙拌，藏竹篓中，勿令冻损。俟春旺时种之。茶喜丛生，先治地平正，行间疏密，纵横各二尺许。每一坑下子一掬，覆以焦土，不宜太厚，次年分植，三年便可摘取。"讲述了种子的选择，储藏及春季播种之事。大体与现今相同，只是行间距不同，也就是栽培茶苗密度不同。

至清代，程淯《龙井访茶记》记载了龙井茶种植之事。"隔冬采收茶子，贮地窖或壁衣中，无令枯燥虫蛀。入春，锄山地，取向阳坦，不渍水，陆坡，则累石障之。锄深及尺，去其粗砾。旬日后，土略平实，检肥硕之茶子，点播其中，科之相去约四五尺；略施灰肥，春夏锄草。于地之隙，可艺果蔬。苗以苗矣，无须移植。第四年春，方可摘叶。"对于储藏期间种子保护，种地块土壤的整理等都比以前论述详细。

宋代已有茶苗移栽之法。据我国最早的植茶石刻《紫芸坪植茗灵园记》记载，元符二年（1099），王雅与其子王敏从建溪带来茶树植于宅旁，茶树生长繁茂。并作诗以记，"筑成小圃疑蒙顶"，茶园设计类似蒙顶，这说明当时已经重视茶树品种的引进以改善品质。因建溪北苑在宋代是官焙贡茶地，从那引种正是为了借此提高蒙顶茶的知名度。但由于气候差异，品种适应原因，建溪所引种茶树并不能完全适应蒙顶山气候，因此清代的相关记载也说明这个问题。

同时代的大诗人苏轼在《种茶》中也歌咏了移栽茶苗之事。茶苗移栽始于此诗。"松间旅生茶，已与松俱瘦。"因杂草丛生，松土肥力差，松间种茶亦瘦。苏轼以栽茶为乐，虽然茶树还未长大，尚不能采摘，但每日看着茶树移栽成活长大亦是一种自豪，毕竟移栽茶树之法未有所载。而移栽茶树成活的原因也在诗中点明，"移栽白鹤岭，土软春雨后。弥旬得连阴，似许晚遂茂。"春雨之后移栽，并且因为一直阴天，避免了茶树暴晒之苦，减少了茶树体内水分的过度蒸发，根系能够得以迅速恢复生机。

在《问大冶长老乞桃花茶栽东坡》诗中，记载了用茶籽种茶之事。"不令寸地闲，更乞茶子艺。"为了充分利用土地，也为了能有一壶好茶喝，诗人千方百计寻找茶籽种茶。看来那时移栽茶苗者较少，主要以茶籽播种为主。并且种了五亩茶园，所以诗人自信满满，"饥寒未知免，已作太饱计。"

这就说明至迟在北宋时，茶树的种植不单是种子种植，还有茶苗移栽。当然所移栽茶苗亦是茶籽所种出。在实际生产中大多以茶籽种植为主，宋代熊蕃《宣和北苑贡茶录》记有"且用政和故事，补种茶二万株"。在政和间曾种三万株，后再补种二万株。

清代时对移栽之茶苗已有了较完善的防护设施。宗景藩《种茶说十条》记载了此项技术，"茶发芽后，须搭盖阴棚，夏则避太阳蒸晒，冬则避霜雪冻凌。茶发芽后，经二春即可移栽，以大者两茎为一兜，小者三茎为一兜，每兜须相离二三尺，以便长发。移栽后一二年茶树高二尺许，枝叶蕃茂，即可采摘茶叶。"

清代时已有了无性系茶苗移栽技术，据李来章《连阳八排风土记》记种茶栽之法；"将已成茶条，拣粗如鸡卵大，砍三尺长，小头削尖，每种一株，隔四五尺远。或用铁钉，或用木橛，大三四分，锤入地中，用力拔出。就将茶条插入橛眼，外留一分，用土填实，封一小堆，两月之后，萌芽发生，不拘几股。到二年后，一齐砍尽，俟发粗枝，只留一科，不久成树。"

民国 18 年（1929）《建瓯县志》亦有记载，"初用插木法，所传甚难，后因墙崩，将茶压倒，发根，始悟压茶之法，获大发达，流传各县。"用插木法繁殖茶树，成活率低；而用母本压条法则易施行，得以逐渐推广。可见任何技术的发现都要经过长时间的实践和用心才能获得。

总之，茶树的繁殖方法，古代主要以种子种植为主，无性系茶树繁殖技术则始自清代，民国时得以改进和发展。现今茶树种植以无性系繁殖苗移栽为主，茶叶整齐度、均匀度、品质均较好，便于采摘与管理；但由于其耐寒性低于种子实生苗，故在北方寒冷地区存在冬季安全越冬的技术问题。北方通过搭建防风林、防护设施，甚至薄膜拱棚，来帮助茶树安全越冬，但也存在管理成本增加、病虫害增多、茶叶品质受影响的问题。

四、茶树品种

北宋宋子安在《东溪试茶录》中详细介绍了七种茶树品种。按高度有乔木、小乔木、灌木类三种，按发芽早晚分为两种，而白茶属于变异品种。

"一曰白叶茶，芽叶如纸。"应是变异种，数量极少。

"次有柑叶茶，树高丈余，径头七八寸，叶厚而圆，状类柑橘之叶。其芽发即肥乳，长二寸许，为食茶之上品。"这里的食茶是指饮用茶而言，而言其"食"，或指茶叶最初即是用来吃的。

"三曰早茶，亦类柑叶，发常先春，民间采制为试焙者。"试焙是指制作贡茶之前先进行调试，以熟练制作，为制好贡茶做准备。上面两个茶树品种为乔木。

"四曰细叶茶，叶比柑叶细薄，树高者五六尺，芽短而不乳，今生沙溪山中，盖土薄而不茂也。"此树种为小乔木。

"五曰稽茶，叶细而厚密，芽晚而青黄。"

"六曰晚茶，盖稽茶之类，发比诸茶晚，生于社后。"稽茶与晚茶属于晚熟品种。

"七曰丛茶，亦曰蘗茶，丛生，高不数尺，一岁之间，发者数四，贫民取以为利。"此为灌木类茶树品种。

古代史料所记茶树品种有限，如今则品种众多，六大茶类各有适宜加工之品种。茶树品种不同，茶树鲜叶品质必然有差异。生产中应根据茶树品种制成相应茶类，才能发挥茶树特性，从而获得理想的经济效益。

五、管理方法

茶树生产地大都是温暖湿润气候，杂草易生，因此，苗期控制杂草，保证苗全苗旺是重点。宋代赵汝砺在《北苑别录》记述开畬之法。"草木至夏益盛，故欲导生长之气，以渗雨露之泽。每岁六月兴工，虚其本，培其土，滋蔓之草，遏郁之木，悉用除之，正所以导生长之气，而渗雨露之泽也。此之谓开畬。唯桐木则留焉。桐木之性与茶相宜，而又茶至冬畏寒，桐木望秋而先落，茶至夏而畏日，桐木至春而渐茂，理亦然也。"开畬类似今天的翻耕，将杂草翻到土下。周围杂木亦不留，只留与茶树相宜之树，如桐木；因为桐木能够给茶树在夏天遮阳。

明代罗廪《茶解》介绍划锄与培肥之法。"茶根土实，草木难生则不茂。春时薙草，秋夏间锄掘三四遍，则次年抽茶更盛。茶地觉力薄，当培以焦土。治焦土法：下置乱草，上覆以土，用火烧过，每茶根傍掘一小坑，培以升许。须记方所，以便次年培壅。晴昼锄过，可用米泔浇之。"培肥是为了给土壤中增加草木灰，既疏松土壤又能增加一些营养物质。

对茶园周围树木的宜忌也给予说明，"茶园不宜杂以恶木，惟桂、梅、辛夷、玉兰、苍松、翠竹之类，与之间植，亦足以蔽覆霜雪，掩映秋阳。其不可莳芳兰、幽菊及诸清芬之品，最忌与菜畦相逼，不免秽污渗漉，滓厥清真。"茶树为嘉木，同气相通，故宜植以嘉木，如桂、梅、辛夷、玉兰、苍松、翠竹等，取其气味清正。最不能与菜园相近，因为秽气太重，会影响茶叶香气。

清代《种茶良法》书中谈及茶种、茶树修剪、土壤、肥料等与茶树种植管理相关的技术，颇与现今之科学相符。对茶树修剪叙说甚详，"茶树之须于修剪者，盖有三意：一、茶树不修剪，则其干渐高至十五尺；在印度之地，或至三十尺。如是，则采叶不便，故务为剪削，使其枝干低亚也。二、茶树既修剪，则木质之长少，而嫩苞、嫩叶之长多也。三、茶树既修剪，则根柢深厚，抑敛其气，发于四枝，其叶益茂也。"茶树修剪的目的在于采摘方便，促进枝干芽叶大量生长，从而提高茶叶产量。

修剪之法，"其初动刀时，必视其树之情形而施之。大约初栽树秧，十八个月后，乃剪其枝头，去地九寸至六寸，而必留一二枝略高，去地十五至十八寸，盖如此剪削，乃激其树液长养旁枝。次年再修十五至十八寸者，可容渐长至四十寸之高。后再修剪，则择其枯者、弱者去之；细小之枝亦勿留，则激生肥大新枝。逼近根株之条，亦宜削去，免生花果，徒耗树力，如是，则全树精液，注于嫩叶矣。又此等修剪之时，宜于冬令，大凡在西正月间。盖是时树液息敛也。"对茶树幼苗的修剪分为二次，第一年留一二枝高度为十五至十八寸，第二年留其高度至四十寸。其他枯小枝叶均不留。修剪时间是在冬天。并且还提出了对老树台刈的做法，"厥后施以人力，或将其树修削，至于平地，欲令其根激生新枝。"这些技术措施与现今基本相同。

对茶树元质的论述"长养植物之理，与长养动物之理相同"，此论符合道之理。"必给以不可缺少之元质，而后乃能长养。"则已是西学范畴，即今之科学。

古代茶树管理的除草、划锄之法都与现今大体相同，主要区别在于追施肥料的不同。古代以农杂肥为主，而今以化肥为主，故对茶叶品质的形成产生重要影响。并且随着化肥的施用，害虫及土壤板结现象严重，为茶叶的生产管理带来很大困难。因此，改变用肥方法，重施有机肥，补充化肥，既保证茶树生长所需的各种养分需求，又能降低害虫发生，从而实现茶园生态系统的良性循环。

茶树的种植管理应该本着顺应茶树特性而行。现代科学技术的发展使人改变自然的力量得以增强。茶树的种植范围得以扩大，不单是南方温暖地区可以种茶，北方寒冷地区通过人为防护亦可以种茶，但相应带来的是种茶成本的上升和品质的相应改变。

茶树物性决定了其最佳的生长状态所需要的最佳条件。条件有利，阴阳调和则茶树生长顺畅，生成新物质丰富，茶叶品质佳。在气候不适宜地区，虽能生长，但机体代谢受阻，其受阻程度取决于外界阴阳二气的多少；其中温度（阳气）与水分（阴气）是决定因素。温度低则生长缓慢，冬季易受冻；水分少则生长慢，易受旱灾。在不适宜地区生长，要想获得好的茶叶品质，必然要人为改善茶树生长所需条件和环境，但会引起生产成本的增加。

茶树种植管理之道在于顺应茶树物性，选择适宜茶树生产的优良环境或者人为营造较好环境，以求获得好的茶叶品质。在适合茶树生长环境下所产生的茶叶品质优良，神质两全，因其符合阴阳相济之道；否则，阴盛或阳盛都会导致阴阳不济而气韵不高。违背茶树物性，尤其是茶树生长地气候或干旱或寒冷都会导致阴阳不济，即使内质增多神韵也必然不全，即气韵的高下与其是否顺应物性息息相关。种植管理之道恰在于如何顺应物性，生产出内质与气韵均佳的茶叶。

第七章　采摘之道

采摘茶树鲜叶制成茶叶是茶农取得经济效益的主要方式。茶叶采摘恰当与否，关系到炒制出的茶叶品质优劣；因此，采摘环节一直受到重视。一般来说，茶树春季萌动发芽即可采摘，但地区不同，发芽早晚不一；季节不同，茶树鲜叶品质存在差异；一天之间时间不同，茶叶内质亦有差别。除了采摘时间，采摘方式亦应注重。因此，要想制出好茶，就必须讲究采摘时间、方式方法，即采摘之道。

一、采摘时间

采摘时间的早晚取决于天地阴阳之气的盛衰。春季阳气生发，茶树芽头孕育萌发。阳气越早生发，茶树芽头萌动越早。阴气越少，阳气越多，则芽头生长越快，采摘周期相应缩短。

1. 地区差异

我国幅员辽阔，南北气候差距明显；因此，采摘时间必然不一。越向南，冬季越冬期越短，春季茶树萌发早，采摘就早。越向北，冬季越冬期越长，春季茶树萌发晚，采摘就晚。

2. 季节差异

适当晚采摘以达到茶叶阴气减少，阳气增加之目的。在何时能达到阴阳相和，其茶叶品质则较佳。

四季变化在于天地阴阳二气上升下降所致，主要归结于太阳与地球的距离远近。而一天之变化在于太阳照射地球的角度不同，一天之阴阳之气亦不同。

一年中春季为暖，阳气逐渐上升；夏季为热，阳气达到一年中最盛。秋季为凉，阴气生发并逐渐上升；冬季为寒，阴气达到一年中最盛。细分，则一季有六节气，一年共二十四节气，每个节气其阴阳之气比例又不同。

立春阳气始发，逐渐上升，春分为阴阳适中之时，至夏至阳气最盛，之后阳气衰弱。

立秋时阴气始发，阳气逐渐下降，至秋分为阴阳适中之时，至冬至阴气最盛，之后阴气衰弱。重复轮回，一年中阴阳之气的运行不止导致寒暑不一，四季变化分明。

春季茶树的采摘时间不一，但最早在惊蛰之后，最晚在清明之后，大约相差一个月。从历史资料中可以看出，古代制茶以早为贵，尤其贡茶更是如此。但制出的茶叶品质是否就是越早越好？说者不一。各朝代因为所制茶类不同，品饮标准不同，对采摘时间的认知也不同。

3. 时辰差异

一天之间，在不同时辰采摘，其茶叶品质亦有差别。一天 24 小时与一年二十四节气对应。根据《五行大义》所论而言，子时阳气最衰，阴气最盛。丑时阳气始上，阴气始降，物芽孕育。卯时阳气上腾乎天，阴气下入乎地，阴阳气交。万物成出，物生滋茂。午时阴气动于黄泉之下，阳气布于苍天之上。仲夏之月，万物盛大。酉时阳气内入，阴气外施，阴阳合争。万物变衰，万物老极而成熟。古人用十二地支计时，一支为两个时辰。但四个节点不变，子时阴气最盛，阳气最衰；卯时阴阳相和；午时阳气最盛，阴气最衰；酉时阴阳相争。

故自晚上 24：00（即凌晨 0：00）阴气最盛，早 1：00 阳气始发，早上 6：00 阴阳相和，至 12：00 阳气最盛。13：00 阴气始发，至 24：00 阴气最盛。因此，在早上 6：00 左右采摘的茶叶品质应是最好。

综上可以看出，采摘时间应随季节不同而改变，一年中以春分前后采摘茶叶品质佳。一天中以春季早上 6：00 左右采摘最好。夏季阳气盛，故一天当中采摘时间要早一些。秋季阴气盛，故一天当中采摘时间要晚一些。

当然，生产实际中还要考虑到各种因素，采摘时间应以 6：00 之后，12：00 之前结束。下午尽量不要采摘，因为茶树鲜叶不能过夜，同时在此时间段采摘的茶叶品质也不如上午采摘的鲜叶。

同样，地区还有差异，南方要适当早采，北方要适当晚采。应以茶树发芽时间为参考标准。茶树一萌发即可适时采摘，各地因情而变。

自唐代茶饮兴起，古人就一直未间断对于采摘之道的探究，并且多有著述，所论不同。

●唐代

唐代茶书很少，对茶叶采摘之道论述极少，现有茶史料中只在陆羽《茶经》中出现。

陆羽《茶经》所记"凡采茶，在二月三月四月之间"。这段话既说明地区之间有差别，开采时间不同；也表明采摘生产周期在农历二月至四月。

"若薇蕨始抽，凌露采焉"说的是一天中的采摘时间。茶芽刚开始萌发，太阳未出，茶叶上还滴有露水就采摘。同时应注意的是"其日有雨不采，晴有云不采。"雨天不能采摘，但晴天有云不采似乎要求太过严格。

●宋代

宋代茶饮兴盛，茶书著作增多，对生产加工之道论及较多。其中一些技术与方法对今天依然具有参考价值。

宋子安《东溪试茶录》论及采摘事宜，"建溪茶，比他郡最先，北苑、壑源者尤早。"茶树萌发时间有早晚，地区之间存在差异。

"岁多暖，则先惊蛰十日即芽；岁多寒，则后惊蛰五日始发。"每年冷暖不一，茶叶萌发时间也不一。

"先芽者，气味俱不佳，惟过惊蛰者最为第一。民间常以惊蛰为候。"此言采摘大致以惊蛰为起点。之前虽发芽，但品质不佳。

"诸焙后北苑者半月，去远则益晚。凡采茶必以晨兴，不以日出。日出露晞，为阳所薄，则使芽之膏腴立耗于内。茶及受水而不鲜明，故常以早为最。"一天之中以日出之前采摘为宜。

黄儒《品茶要录》则曰，"尤喜薄寒气候，阴不至于冻，晴不至于暄……"此指采摘节气以凉为好，阴气仍强，但也有度。

书中注云："芽茶尤畏霜，有造于一火二火皆遇霜，而三火霜霁，则三火之茶胜矣。"春季有倒春寒，故虽然芽头早发，但遇霜后容易受冻，制出的茶叶品质不佳。只有在三火之后，也就是温度稳步上升，没有大起大落，茶芽不再受冻时，用其制出的茶叶品质佳。

而书云："晴不至于暄，则谷芽含养约勒而滋长有渐，采工亦优为矣。"这句讲的是天气晴朗，温度适宜，茶芽长势缓慢，有利于茶叶内在物质的积累，即是阴阳相和之时。天气温度不冷不热，茶叶数量也不多，因此时间上很宽裕；此时加工茶叶，茶工不急不躁，慢工出细活，制出的茶叶品质自然就好。

赵佶在《大观茶论》认为顺应天时很重要："茶工作于惊蛰，尤以得天时为急。轻寒，英华渐长，条达而不迫，茶工从容致力，故其色味两全。若或时旸郁燠，芽奋甲暴，促工暴力随槁，晷刻所迫，有蒸而未及压，压而未及研，研而未及制，茶黄留积，其色味所失已半。故焙人得茶天为庆。"此外对炒制茶叶最佳时间作一细说。在惊蛰时开始炒制的原因与黄儒所说相同。而之后由于天气升温快，芽叶生长加快，内质积累较少；而茶叶采摘数量过多，则容易出现蒸压不及时，研磨未尽，过黄不净等问题，从而影响茶饼质量。

赵汝砺《北苑别录》谈及开焙时间在惊蛰前后采摘。"采茶之法，须是侵晨，不可见日。侵晨则夜露未晞，茶芽肥润，见日则为阳气所薄，使芽之膏腴内耗，至受水而不鲜明。故每日常以五更（5:00之前）挝鼓，集群夫于凤凰山，监采官人给一牌，入山，至辰刻（7:00—9:00）复鸣锣以聚之，恐其逾时贪多务得也。"每天采摘时间为5:00—9:00。太阳一出，阳气增加，茶芽生长加快，就会消耗掉内在物质，故制出的茶叶品质不佳，茶汤不鲜明。

宋代茶书多言及建茶，福建地处中国南方温暖地带，宋代人采摘茶树鲜叶大抵以惊蛰节气为起点，一天中以日出之前5:00开始采摘，9:00结束。其他地区尤其是江北采茶相应晚一些。

●明代

钱椿年《茶谱》谈到采茶以谷雨前后收者为佳。采摘天气以天色晴明为好。

张源《茶录》认为"采茶之候，贵及其时。太早则味不全，迟则神散。以谷雨前五日为上，后五日次之，再五日又次之"。认为谷雨前五日采摘最好，亦是根据当地情况而言，未为通论。一天之中以"彻夜无云，浥露采者为上，日中采者次之，阴雨中不宜采"。即早晨采的茶叶制出的茶叶品质最好。中午依然可以采摘，但品质变差。

许次纾《茶疏》认为清明至谷雨采摘茶叶，清明之前太早，立夏太迟，故以谷雨前后最好。"谷雨前后，其时适中，若肯再迟一二日，期待其气力完足，香烈尤倍，易于收藏。"可能茶园所处位置气候偏晚，要等谷雨后一二天茶叶内质才丰富，香气也更浓。

罗廪《茶解》除了谈到采茶时间，还谈到采后的注意问题。采摘节气在谷雨前后，"采必期于谷雨者，以太早则气未足，稍迟则气散。入夏则气暴，而味苦涩矣。"此观点与许次纾大体一致。其中的"气"应是指阳气。春分时阴阳相合，谷雨时阳气已快速上升，怎会不足？或许是茶园地势高，所以阴气犹盛，阳气不足。

晴昼采，阴雨宁不采。并且"久雨初霁，亦须隔一两日方可。不然，必不香美。"这一说法颇合阴阳之道。下雨时间长，地面阴气盛，阳气不足，故要过一二晴天后再采摘，方为香美。采摘的茶叶也要注意防晒防异味，"采茶入笥，不宜见风日，恐耗其真液。亦不得置漆器及瓷器内。"

冯可宾《岕茶笺》亦谈到采摘之后的处理，"如烈日之下，又防篮内郁蒸，须伞盖至舍，速倾净匾薄摊，细拣枯枝病叶、蛸丝青牛之类，一一剔去，方为精洁也。"也就是说要防日晒，并且要及时摊晾，同时要去杂。由于岕茶是蒸青焙干，因此，所用鲜叶原料要内质丰富，故要在立夏时采摘，比炒制绿茶的采摘时间要晚。

明代对于茶叶采摘时间的把控上更加细致，上述几本茶书所谈及的季节问题，由于地区差异不能代表全部。何时适合采摘要因地而变，同一地区，不同地块高低不同，气候变化亦有差异；因此，要与实际结合来定。对于茶叶采摘之后要摊晾，也开始重视，这是技术的进步，也是实践认知的不断提升所致。

●清代

陈元辅《枕山楼茶略》谈到"茶感上天阳和之气，故虽有微寒，而不损胃。"此为茶树之性，其性微寒，因此要等到阳气为胜时采摘。春分为阴阳适中之时，在此之后阳气逐渐占据上风，至立夏阳气大盛；虽有利茶树生长，但体内物质积累减少，品质变差。因此谷雨之前"春温和气未散，唯此时之生发为最醇。若交夏，则暑热为虚，生机已失。"可谓深得采摘之道。

胡秉枢《茶务佥载》认为"茶芽初出时，遍被白毫，若于此时采摘，味薄无香，叶片不多、而茶树亦因之伤坏"。不赞成刚萌芽就采摘，一是品质未佳，二是影响茶树生长。"茶叶宜俟其半舒半卷（即一枪一旗），叶背犹有白毫，叶面色如翠玉时为佳。采摘半舒半卷者，譬如少壮之人，血气正盛也。"将茶树与人联系在一起，两者皆为天地所生，故同归一道，有很多相似点。茶叶"半舒半卷"正如"少壮之人"，内质丰富，阳气始强，故用其炒茶，品质定佳。而之后一芽二、三叶时，"则叶尽舒将老，精液已枯，香味亦失，制作之时，多成粗片，徒费资耳。"当然这是针对绿茶而言，其他茶类却喜欢一芽二、三叶甚至一芽四、五叶。他还谈及采摘不应过度，"但初次采摘不可过度，恐碍第二次之发芽也，第二次之采摘亦仿此。"这是从保证长期效益考虑，重视根本，不因贪图近利而过度采摘从而影响茶树正常生长。

一天之中的采摘时间是"宜乘早晓带露之时采之，盖其时含雾露氤氲之气，地脉上腾，其叶充溢精华，故味浓香烈。"也是说早晨采摘。采摘之后也要注意防晒，"若路途遥远，中途因烈日曝晒，其叶如经汤蒸，其气炎炎，名为晒青，亦变其香味矣。"经过日晒闷热，茶叶内质发生变化，已成晒青，香味皆变，不再是绿茶。

程淯《龙井访茶记》将采摘时间不同的茶叶分为三等。"大概清明至谷雨，为头茶。谷雨后，为二茶。立夏小满后，则为大叶颗，以制红茶矣。"立夏之后茶树鲜叶适合做红茶，不再用作炒制绿茶。

清代随着其他茶类的不断生产，茶类逐渐丰富。人民已开始根据各季节茶叶特点制成不同茶类，因此采摘时间延长，茶叶产量提高，这也对茶树的日常管理提出了更高要求。对于茶叶采摘时间的把握上更是与阴阳二气变化紧密联系在一起，暗合其道。

茶树采摘最重要的是根据天气变化适时采摘。如今采摘时间是越早越好，大抵当春季茶芽萌发达到10%时即可采摘，但实际中多赶在之前采摘以品尝新鲜。南方气候回升快，所以茶芽早发早采，北方则要延后一个月左右。夏秋季节按照生产需要采摘，时间、数量大多以市场所需而定。应当注意的是，对于秋季茶园的休园时间应该顺应节气变化，北方至迟应在秋分左右就不能再采摘；目的在于培养树势以增强茶树抗逆能力，从而实现安全越冬。

二、采摘方式

对于茶树如何采摘只在宋代几本茶书中论及，宋子安《东溪试茶录》云："凡断芽必以甲，不以指。以甲则速断不柔，以指则多温易损。"讲到采摘要用指甲掐断而不用指头。宋徽宗赵佶《大观茶论》亦云："用爪断芽，不以指揉，虑气汗薰渍，茶不鲜洁。故茶工多以新汲水自随，得芽则投诸水。"这是从卫生角度来讲，用指甲要好于用指头。其他朝代大抵沿用此法。

古代采摘全部用人工，现今随着机械的发展，有人工采摘与机械采摘两种。机械采摘虽能够降低生产成本，但也会带来标准不一，茶叶受损，品质下降的问题；故实际生产中，炒制高档茶多用人工采摘，炒制中低档茶兼用机械采摘。

采摘之道在于顺应季节、节气、天气变化，根据生产需要、茶类需要而采摘适合的茶树鲜叶。春季茶叶含木气多，鲜叶颜色翠绿，故适合采制绿茶；夏季茶叶含火气多，鲜叶颜色墨绿，故适合采制红茶、乌龙茶；秋季茶叶含金气多，鲜叶颜色浅绿，故适合采制绿茶、红茶、乌龙茶。每季节之中又因节气不同，茶叶品质亦不同。春季春分前后，茶树鲜叶阴阳适中，茶叶品质最好；秋季秋分前后，亦是如此。一天之中亦有不同，须根据时辰不同而相应采摘生产所需不同茶叶。

第八章　加工之道

古人不知今之科学，惟有从物理出发，边实践，边发现，边探究。通过对加工好的茶叶进行评判，来选择适合的茶叶加工方式，并不断改进。因此，古人的制作技术都是建立在不断实践基础之上，凝聚一代甚至几代茶人的智慧。而物理之道的探索同样经历漫长时间，从老子《道德经》开始，人民逐渐对物理探究产生浓厚的兴趣，并通过气将自然万物联系在一起。气无处不在，上升下降，无时不在发生变化，从而使万物无时不在变化当中。气分阴阳，随四时又分五行，故制造之道在于遵循物性，通过调整加工温度、工艺、时间等来改变阴阳二气，从来获得好的茶叶品质。

一、阴阳之道

茶叶加工过程其实是通过对水与温度的调控，人为调解阴阳二气比例之不同，从而使茶叶的转化不同，产生的物质不同，品质自然不同。

1. 温度

加工温度不同会对茶叶色、香、味产生影响。加工温度高，茶叶香气为清香，温度低为浓郁；其原因在于加工温度不同致使茶叶之中阴阳二气比例不同。阳为虚，故温度高会导致阳气多，阳气为清，所以为清香。温度低则阴气重，清虚之气少，凝滞之气多，故香气为浓郁。对滋味而言，加工温度高，其茶叶内在物质活性灵动，故滋味甘活；温度低则凝滞难行，故滋味涩滞。颜色上，加工温度高，则颜色生动鲜活，温度低则昏暗呆板。

所有这些，其实都是阴阳二气比例不同所致，比例的不同就会导致茶叶品质的多变。因此，加工之道在于根据茶叶特性的不同，采取不同的加工温度。不同地区的茶叶其秉受阴阳二气不同，加工温度亦应随之调整，不能千篇一律，不能灵活变通就不能制出好品质茶叶。

当然，温度高低应有限度，太高则会导致茶叶阳气过多，内含物质发散越多，反而影响茶叶香气、滋味。温度低又不利于茶叶内阴气的消除，导致色、香、味呆滞不活，影响茶叶品质。故温度的把控需要结合茶叶，结合季节环境等综合探索，做出相应调整。

2. 水

茶树鲜叶含水量在 70% 左右，而制成干茶的含水量降至 6% 左右，可以说，茶叶加工过程是不断失水的过程。茶树鲜叶阴气多阳气少，通过提高温度即阳气的运动来不断减少阴气含量，同时在阴阳二气的交合中产生丰富新物质，从而使炒制的干茶呈现出多种气味，这就是茶叶加工之道。

水既是茶树生长所必需，也是炒制过程中所必须。只有阳气没有阴气，或者阴气不足，制成的茶叶品质也会受到影响。所谓阳无阴不成，阴无阳不灵。从现今六大茶类的制作工艺来看，温度与水分是决定茶叶品质的重要因素。

3. 各茶类加工之道

不同茶类的制作过程其实是阴阳二气发生不同改变的过程，故有不同颜色和气味。只要改变加工过程中的阴阳二气比例，茶叶品质就会改变。因此，加工过程中阴阳二气变化运行于内，茶叶外形变化表现于外，加工目的在于通过一系列手段使阴阳二气达到一个相对适合的状态。

对于干茶叶，外形颜色为阳，内在物质为阴；香气为阳，滋味为阴。阳性表现依赖于阴性物质，即外形的粗细与内在物质多少有关，颜色与内在颜色物质变化有关；香气与内在香气物质不同有关，滋味与内在物质成分有关。

阳气中有阴，阴气中有阳；所占比例不同，其轻重清浊不一。气为阳，味为阴，亦有清浊浓淡之别。气以清为上，以浊为下。味以浓为上，淡为下。但气中物质不一，以清长为佳。味中物质不一，有酸、甜、苦、辣、咸，以适中相和为妙。

就茶叶香气而言，以清香为妙。但亦不能太过，过清则易散，故香清还要持久才是最好。香气要持久，一是取决于茶叶内在香类物质多少，二是在于炒制过程中控制好温度高低与时间长短。既要使茶叶体内阴气减少到一定程度，使阳气显露；又不能使体内香气物质散发过多。因此，其中火候掌控尤为重要。

绿茶：摊晾过程中阴气逐渐减少，阳气相对增加，产生一部分新物质。第一次杀青后阳气急剧增加，会产生一部分新物质，并破坏与颜色有关的阴性物质，使茶叶颜色不能红变。阳气不能完全破坏阴性颜色物质，还能继续交合产生新物质。新物质主要形成于摊晾与杀青后阶段。

白茶：萎凋过程中阴气逐渐减少，阳气相对增加，产生一部分新物质。由于阳气与自然空气有关，故阳气较少，产生新物质较少。而通过外界破坏（揉捻），可以使内在物质较快释放，并产生一些新物质。新物质形成于萎凋和揉捻阶段。

红茶：萎凋过程中阴气逐渐减少，阳气相对增加，先产生一部分新物质。发酵是阴气（水分）与阳气（热量）长时间交合过程（阴气阳气均增加、因湿气增加），生成新物质较多，同时产生红色阴性物质，茶叶呈现红色。新物质主要形成于萎凋与发酵阶段。

黄茶：杀青过程中阳气急剧增加，会产生一部分新物质，并破坏颜色有关阴性物质，使茶叶颜色不能红变。闷黄则是因为阳气的逐渐增加使绿色发生黄变，并产生一部分新物质。新物质主要形成于杀青与闷黄阶段。

乌龙茶：晒青过程中借助于阳光，阳气增加，阴气减少加快，产生一部分新物质。做青继续增加阳气，再产生一部分新物质。新物质主要形成于晒青与做青阶段。

黑茶：杀青过程中阳气增加，故产生一部分新物质。茶叶颜色阴性物质保留一部分活性，在发酵过程会继续发生变化，由绿色经过一部分红变而变成黄褐色；此集中了黄茶的闷黄和红茶的发酵特点，故能生成黄褐色，并产生一部分新物质。新物质主要形成于杀青与渥堆阶段。

可见，茶中新物质的产生有的是在前期，有的是在前期和中期。颜色物质的形成在于阳气的增加程度，过强则会保持本色，过弱则会发生改变。

茶叶加工方式的不同，导致阴阳二气的比例不同，其所形成的内在物质自然不同，从而导致茶叶外观和滋味的不同。控制颜色的阴性物质在阳气充足情况下会被破坏并分解，故要茶叶本色不变则要突然增加阳气，即温度提高。要想丰富茶叶颜色变化，控制阳气的增加次序和程度即可，六大茶类均是如此。而随着阳气增加程度不同，其与阴气发生交合转化不同，生成的新物质必然不同。

二、五行之道

茶叶内含物质多样，分属五气所生。酸味为木气，苦味为火气，辛味为金气，咸味为水气，甜味为土气。土气调和其他四气，因此，茶叶滋味以甜醇为佳，以五气相和为妙。茶鲜叶中水分含量太高，水气较盛，因此必须通过高温发散去掉才行。辛为金气亦是杂气，必须一起发散去除；火气为阳气，所占很少，故要通过降低阴气含量来提高阳气，并通过实现阴阳充分交合产生更多物质。通过炒制，使干茶内的阴阳二气达到一个较理想的状态，使五行之气达到一个较和谐状态；人饮用后能够产生很大愉悦感，此即是加工目的所在。

茶树鲜叶的颜色为木色，以青、绿为主，会因季节变化而发生改变，或变深为墨绿色，或变浅为浅绿色。但主色调为绿色。故炒制加工成的干茶颜色仍为绿色，是为循物性而成，为遵道。而改变绿茶加工工艺，增加发酵过程加工后的茶叶，茶叶颜色发生改变，失去木之本色，则是偏离物性而行的结果。

三、影响品质因素

道的运动为化，即不断变化。加工之道亦应不断变化，要根据不同情况随时调整，没有固定标准。季节不同，茶叶特性随之不同，生产加工方法也要随之调整，主要通过炒制火候的不同来顺应变化，从而制出好的茶叶。

1. 鲜叶与品质

茶树鲜叶是加工的基础，没有好的原料就制不出好的茶叶。茶树鲜叶的品质因季节不同，因节气不同，因老嫩不同。冬季茶叶处于休眠期，因此，茶叶加工集中于春夏秋三季。三季茶叶特点不同，加工温度相应调整。

●春季茶叶

伯（早）春：阳气少，阴气重，故火候要高。

仲春：阴阳逐渐适中，火候随之降低，但依然要高。

季春：阳气逐渐增多，温度随之降低。

●夏季茶叶

立夏时阳气盛，夏至时阳气达到最强，之后慢慢衰减，至立秋阴气渐长为止，因此这一阶段制作茶叶，加工温度应降低很多。

●秋季茶叶

立秋至寒露阳气逐渐减少，阴气逐渐增加，故加工温度与夏季相比应逐渐提高。当然，具体温度还要根据茶叶粗细大小、老嫩不同而相应调整。

除了茶树鲜叶不同，同一时间采摘由于所采茶叶细嫩程度不同，内含物质亦有不同。一般来说，嫩芽含水量高，老叶含水量低；因此，炒制温度要随之改变。

2. 工艺与品质

工艺不同，加工出的茶叶品质不同。唐宋以蒸青绿茶为主，制出的茶叶清香，滋味不足。明代之后以炒青绿茶为主，制出的茶叶香气多变，滋味醇厚。清代盛行红茶、乌龙茶加工，其品质又与绿茶不同。

道无为，讲求本真。而茶叶制作却力求精细，制造愈细则愈失其真，离道愈远，已失去茶叶本来滋味。宋代蒸青茶饼制作，唯恐不精不细，并杂以其他香料，因此，茶叶本真残留很少，已失去茶之真谛。

炒制应尽可能减少人为因素影响，如白茶制作，人工参与很少，其保持茶叶本真最好，故其香气慢发，滋味渐溢，冲泡时间长。而绿茶制作，加以揉捻虽能使茶味溢出，但冲泡时间亦短。如果多次杀青，多次烘焙，茶叶内在物质损失越多。至于红茶、青茶、黑茶经过长时间发酵，已失去茶叶本真滋味。

茶叶自发现至今，制作过程由简入繁，愈求其妙则愈失其真，因此，应考虑茶叶制作由繁入简，既可减少能源消耗，又能获得茶叶本真滋味。如绿茶以自然形状加工为好。

由于茶树鲜叶自身特性不能满足人们对于色香味的多样化要求，对其进行适当加工并无不可，但不应过度。例如制作过程不要太繁琐，烘焙温度不能太高等，这些都是需要考虑改变的地方。

要想制出品质优异的茶叶，还要根据茶叶特点而改变加工方式。

对于春季茶树鲜叶来说，其色青、绿，因此适合炒制绿茶。其味酸，其气膻。应着重对气味改变，通过高温挥发杂气，去除膻气，只留香气。

对于夏季茶树鲜叶来说，因阳气旺盛，鲜叶颜色不纯，杂以赤红；因此适合炒制红茶、青茶等发酵茶。其味苦，其气焦。应着重对苦味与气味改变，可通过适度发酵。

对于秋季茶树鲜叶来说，阴气渐胜，鲜叶颜色不纯，杂以白色，因此适合炒制红茶、青茶等发酵茶。其味辛，其气腥，应着重对苦味与气味改变，可通过适度发酵。

3. 时间与品质

采摘后的茶叶是否应摊晾，明代之前不明，都是采后即尽快制作，之后开始重视。来不及制作的茶叶要防止日晒风吹，闷热红变，因此要摊晾，具体时间根据茶叶不同而定。

加工过程中时间的把控大多依靠经验判断，未有明确时间规定。因此，要想制作好茶，经验的丰富沉淀必不可少。

茶类丰富，同一茶类滋味多变，很大原因在于制作过程中诸如温度、加工次序不同造成。制造工序愈繁琐则所用时间越长，愈容易出现差错，对茶叶品质自然会产生影响。惟简化制作程序，则相应差错亦少。白茶无疑是最能保存茶叶本真的加工方法，以日晒为最好。

四、历代茶叶加工技术

茶叶加工自唐代渐盛，后经历代茶叶技人努力，茶叶品类不断丰富，茶叶加工技术不断提高，为现今茶叶加工技术的创新和完善提供了重要参考和帮助。

1. 唐代茶叶加工技术

唐代茶叶加工技术只在《茶经》上有简单记载，"晴，采之，蒸之，捣之，拍之，焙之，穿之，封之，茶之干矣。"制茶要经过七道工序。先将茶叶放入甑中蒸熟，然后用杵臼捣碎，再放入规中拍打成型并焙干，再用竹或纫谷皮串并，最后是封存。

而据其记载，茶类有四种，则知当时应该还有其他制作方法，或许技术简单所以未录存。

2. 宋代茶叶加工技术

宋代茶叶加工在唐代制茶基础之上，欲穷其功，从茶叶采摘、挑选、加工等环节，莫不咸造其极，将茶团饼技术提升到一个极高的水平。但工之至，失之至。制造愈精，愈失其本真滋味。尤其茶叶自然香味损失殆尽，故要杂以名香，但香气已不是茶叶真香。所谓大道至简，茶叶精制愈细，离大道愈远，也离茶道愈远。

宋代关于名香的著作不少，而将其添加到茶饼中，一是为了提高香气，因蒸青茶香气不高不长，再加上制作多次研末，茶香近失。故添加香味物质提香也是满足对于香气的要求。二是具有保健功效。香料都具有清热解毒之功效。

宋代茶叶加工技术同样经历了逐步完善和改进的过程。欲穷其功，必先提高认知。但当时人民的认知似乎被整个社会环境所掌控，务精致，达文雅，畅人欲的普遍追求对于茶叶加工技术的导向产生重要影响；茶叶加工每一个环节都要求洁、美、雅。

叶清臣《述煮茶泉品》谈到，除了"天赋尤异、性靡受和"即土地气候差异外，制作技术亦是关键。"苟制非其妙，烹失于术，虽先雷而籯，未雨而榏，蒸焙以图，造作以经，而泉不香、水不甘，灥之、扬之，若淤若滓。"采摘要得当，蒸焙制作要得法，制作及品饮用水要甘香。

宋子安《东溪试茶录》论及树鲜叶优劣对于炒制茶叶品质至为关键。茶芽肥瘦、叶梗长短都会对茶叶品质产生影响。同时注重茶鲜叶的去杂，"乌蒂、白合，茶之大病。不去乌蒂，则色黄黑而恶。不去白合，则味苦涩。"要去除乌蒂、白合。炒制过程制作不及时、蒸压不恰当、过黄不干净，都会对茶叶品质产生不利影响。

黄儒《品茶要录》主要论述茶叶加工不当对茶叶品质的影响。他认为采摘时间、鲜叶挑选、蒸的火候、压黄、渍膏、焙干过程如果处理不当，就会影响茶叶品质。并通过将评判结果与生产实际对应，找出原因，可谓深得探究之道。

采摘时间：采摘时间佳，其汤色鲜白；"凡试时泛色鲜白，隐于薄雾者，得于佳时而然也。"而雨天采摘制成的茶叶品尝时汤色昏暗不明，"有造于积雨者，其色昏黄"。天气温度太高，采摘不法，则制成的茶叶汤色"非鲜白、水脚微红"。

鲜叶挑选：白合盗叶未去除，则"试时色虽鲜白，其味涩淡"。入杂（加入别的树叶）则会"试时无粟纹甘香，盏面浮散，隐如微毛，或星星如纤絮"。

蒸的火候不当："试时色青易沉，味为桃仁之气者，不蒸熟之病也。唯正熟者，味甘香……试时色黄而粟纹大者，过熟之病也。然虽过熟，愈于不熟，甘香之味胜也。故君谟论色，则以青白胜黄白；余论味，则以黄白胜青白。"火候不当对茶叶香气滋味、汤色都会产生影响。

压黄："试时色不鲜明，薄如坏卵气者，乃压黄之病也。"压黄掌握不好就会影响汤色、香气。

渍膏："试时色虽鲜白，其味带苦者，渍膏之病也。"渍膏掌握不好就会影响汤色、滋味。

焙干："试时其色昏红，气味带焦者，伤焙之病也。"焙干过程掌握不好就会影响汤色、香气。

宋徽宗赵佶《大观茶论》将乌蒂与白合对茶叶滋味的影响分开，"白合不去，害茶味；乌蒂不去，害茶色。"一个影响滋味，另一个影响汤色。

对于蒸压，"茶之美恶、尤系于蒸芽压黄之得失。蒸太生则芽滑，故色清而味烈；过熟则芽烂，故茶色赤而不胶。压久则气竭味漓，不及则色暗味涩。

蒸芽欲及熟而香，压黄欲膏尽亟止。如此，则制造之功十已得七八矣。"对于蒸压和压黄，最重要的是火候控制，因为鲜叶采摘季节不同，其厚薄长短不一，对蒸压温度的要求和压黄力道的控制很难能够达到适中，这要靠具有丰富实践经验者才能达到。

对于制造，他提出的"夫造茶，先度日晷之短长，均工力之众寡，会采择之多少，使一日造成。恐茶过宿，则害色味"。即以产量定采摘数量，以便及时制造，可谓深得制造之道。

熊蕃在《宣和北苑贡茶录》着重提到了要对采摘后的茶芽进行分级挑拣，即按照统一标准分级。将茶叶从细至粗分，有水芽（盖将已拣熟芽再剔去只取其心一缕）、小芽（也叫芽茶，如雀舌、鹰爪）、拣芽（一枪一旗）、中芽（一枪两旗）之别。此既是茶叶品质高低的重要标志，也是形成茶叶品质一致的重要前提。

书中还附图介绍了制作模具。茶品不同，模具亦不同；有竹圈银模，银圈银模，竹圈竹模，铜圈银模四种。还有尺寸大小和外形的不同，有的为方一寸二分，有的为圆一寸二分；外形有不同花型、多边形、圆形等共计三十八种模型。模具的制作精度一方面也代表了茶品的高下。

赵汝砺在《北苑别录》谈到鲜叶必须要精，"则茶之色味无不佳。万一杂之以所不取，则首面不匀，色浊而味重也。"即要保证原料纯度。"茶芽再四洗涤，取令洁净，然后入甑"即要保证原料净度。同时蒸芽温度要适中，才能香味俱美。并详细讲述了榨茶、研茶及过黄的技术。

榨茶：茶既熟，谓之'茶黄'，须淋洗数过。方入小榨，以去其水，又入大榨，出其膏。先是包以布帛，束以竹皮，然后入大榨压之，至中夜，取出，揉匀，复如前入榨，谓之翻榨。彻晓奋击，必至于干净而后已。盖建茶味远而力厚，非江茶之比。江茶畏流其膏，建茶唯恐其膏之不尽，膏不尽，则色味重浊矣。

建茶内含物质高，所以要经过小榨、大榨、翻榨三次压榨才能榨净。其实是为了去除苦味物质，并且为了好研磨，以利入模造型。

研茶：研茶之具，以柯为杵，以瓦为盆。分团酌水，亦皆有数。上而胜雪，白茶以十六水，下而拣芽之水六，小龙凤四，大龙凤二，其余皆以十二焉。自十二水以上，日研一团，自六水而下，日研三团，至七团。每水研之，必至于水干茶熟而后已。水不干，则茶不熟，茶不熟，则首面不匀，煎试易沉。故研夫犹贵于强而有力者也。

茶叶压榨后根据茶饼等级决定研磨数次，最少加水六次，研磨六次；最多加水十六次，研磨十六次；并且要做到"水干茶熟"。可见耗时甚多，每天一人只能研磨一团至七团。

造茶：凡茶之初出研盆，荡之欲其匀，揉之欲其腻，然后入圈制铸，随笪过黄。有方铸，有花铸，有大龙，有小龙，品色不同，其名亦异，故随纲系之于贡茶云。

研磨之后即入模定型。先要震荡使茶末均匀，再按照原料粗细不等放入不同的模具里。

过黄：茶之过黄，初入烈火焙之，次过沸汤爁之，凡如是者三，而后宿一火，至翌日，遂过烟焙焉。然烟焙之火不欲烈，烈则面炮而色黑，又不欲烟，烟则香尽而味焦，但取其温温而已。凡火数之多寡，皆视其铸之厚薄。铸之厚者，有十火至于十五火，铸之薄者，亦八火至于六火。火数既足，然后过汤上出色。出色之后，当置之密室，急以扇扇之，则色泽自然光莹矣。

茶团制作最后一道工序为过黄，先要将模具里的茶饼用烈火焙一下，再过沸水，要重复三次，然后晚上用火烘干。第二天再根据铸之厚薄来确定所用温火次数，目的是焙透焙熟。细色第一纲、第二纲要用"十宿火"，龙园胜雪用"十二宿火"，每种茶团用火数都有规定，应是根据原料粗细和铸的厚薄轻重而定的。最后再"过汤上出色"，用膏油饰其面，并扇干。

3. 明代茶叶加工技术

明代出现了多种茶类并存的局面，有炒青绿茶、蒸青绿茶、花茶、日晒茶；炒青绿茶的优点在于茶叶香气高长，滋味丰富，满足了人民对于色、香、味、形的要求，故炒青逐渐成为主流。在炒制方法上，炒青绿茶又分为一般炒法与松萝茶炒法。其中既有对传统茶叶加工技术的传承，也有创新与改进，反映出事物发展不断变化的规律。茶类的演变经过了长时间的尝试、对比和确定，炒青绿茶的加工技术也在对比中不断完善。

明代最早的茶书为朱权的《茶谱》，记载了花茶加工技术。其熏香茶法："百花有香者皆可。当花盛开时，以纸糊竹笼两隔，上层置茶，下层置花。宜密封固，经宿开换旧花；如此数日，其茶自有香味可爱。有不用花，用龙脑熏者亦可。"有两种熏香方法，一是自然植物刚开放之花，一为香料。

钱椿年《茶谱》除了记述花茶制作，还谈及果茶制作。如橙茶制作，"将橙皮切作细丝一斤，以好茶五斤焙干，入橙丝间和，用密麻布衬垫火箱，置茶于上，烘热，净绵被罨之三两时，随用建连纸袋封裹，仍以被罨焙干收用。"其目的是借助外来气味，以补充茶叶自身不足，抑或是求新求变。但亦失去茶之本味，再者两者之气味是否能够互补？或是取其健身之效。

田艺蘅《煮泉小品》认为日晒茶能保持茶叶本真状态，"亦更近自然，且断烟火气耳。况作人手器不洁，火候失宜，皆能损其香色也。"所以生晒者为上。从保持茶叶本真状态来说，确实日晒茶好于火作茶。但日晒温度不高，是否能够提升茶叶中的阳气，有效降低茶叶中的阴气，从而达到阴阳相和？这是关键。不然，就会造成日晒茶香气不高不透不清，茶叶滋味不浓之弊端。

屠隆《茶笺》首次记载了茶叶炒制之法，要使茶叶变软并不焦，在于火候得当。并且要不急不躁，慢工出细活。

张源《茶录》记述造茶之法："新采，拣去老叶及枝梗碎屑。锅广二尺四寸，将茶一斤半焙之，候锅极热始下茶。急炒，火不可缓。待熟方退火，撤入筛中，轻团那数遍，复下锅中，渐渐减火，焙干为度。中有玄微，难以言显。火候均停，色香全美，玄微未究，神味俱疲。"先将茶鲜叶挑选，然后高温杀青，杀透后倒入筛中，反复揉捻，重新下锅，降低锅温慢慢焙干。存在问题是一次性放入一斤半鲜叶是否过多？容易杀青不均匀，不透；并未言摊晾。

许次纾《茶疏》介绍了炒青绿茶与蒸青绿茶两种方法。

对于炒茶，"生茶初摘，香气未透，必借火力以发其香。然性不耐劳，炒不宜久。多取入铛，则手力不匀，久于铛中，过熟而香散矣。甚且枯焦，尚堪烹点。"因茶书鲜叶水分含量高，阴气太重，故阳气不发，必须借助高温除去多余之阴气，但亦应讲究火候，炒制时间过长，香气就会发散过多，残留茶叶内的香气就会减少。并且还会使茶叶枯焦，因此时间与火候掌握很重要。

炒制之法，"先用文火焙软，次加武火催之，手加木指，急急钞转，以半熟为度。微俟香发，是其候矣……"文火是去除阴气，武火是既减少阴气又增加阳气，炒制时要快速，防止焦边。达到半熟香气发散时出锅，并在被笼中烘干。焙干要温度低慢慢烘，"燥湿不可相混，混则大减香力……"做到所要烘的茶干度一致。其他细节：要注意茶叶用量为四两，不能过多；炒锅要干净卫生无杂味，柴火要火力大能保持长久，且无烟气异味。总体来说，炒茶在保证无外来杂气污染的情况下，将茶叶炒干炒香。其中最难的是火候把握。

蒸青制法是针对芥茶而言。"芥之茶不炒，甑中蒸熟，然后烘焙。"言之简单。

罗廪《茶解》对炒茶更有细论。对于炒茶用铛，炒之前要磨擦干净，炒时温度要高。先杀青，"凡炒，止可一握，候铛微炙手，置茶铛中，札札有声，急手炒匀。"茶叶用量不要多，铛温达到微炙手，并且放入茶叶发出沙沙声即为合适，快速用手翻炒达到均匀。然后"出之箕上，薄摊用扇扇冷，略加揉挪。再略炒，入文火铛焙干，色如翡翠。若出铛不扇，不免变色。"

锅中炒半熟，出锅放入箕中，并用扇子扇冷，继续散发阴气。然后揉捻，其作用在于使"脂膏熔液，少许入汤，味无不全。"使茶叶内在物质容易溢出，增加滋味。其他焙干过程大体与许次纾所说相同。

由于茶叶并不很苦涩，只是叶梗苦涩，故松萝茶炒制时要先去梗，"将茶摘去筋脉，银铫妙制。"则味自清澈。而不去梗，急采急焙，则"连梗亦不甚为害"，这是针对细嫩茶叶来说，入夏后采摘的鲜叶则要去梗，以免苦涩味太重。应该说这与现今的炒制理念相同。

由于"茶性淫，易于染着，无论腥秽及有气之物，不得与之近，即名香亦不宜相杂。"因此，炒制中忌酒气，手汗、羶气、口臭、多涕、多沫不洁之人及月信妇人。"茶采制得法，自有天香。"因此也不应杂以他香。

对于芥茶，冯可宾《芥茶笺》提出的"蒸茶须看叶之老嫩，定蒸之迟速。以皮梗碎而色带赤为度，若太熟则失鲜。其锅内汤须频换新水，盖熟汤能夺茶味也"。即蒸茶的火候掌握要根据鲜叶具体情况而定，但色带赤已是蒸时间长了所致。锅内水常换是为了锅汤中的其他杂味会被茶叶吸附影响茶叶香气，很有道理。

闻龙《茶笺》详细记载了松萝茶炒法。不同于其他炒法，是将鲜叶"去尖与柄"，并去除枝梗老叶，惟取嫩叶。炒制时要边炒边扇，"以祛热气"其实是为了快速去除茶叶中的阴气。阴气减少阳气增多才会保证茶叶颜色青翠，此与春季植物叶色为青翠一样；而只有木气旺盛时，阳气胜过阴气时才会如此。对于揉捻，要"以手重揉之"，盖"揉则其津上浮，点时香味易出"。通过对茶叶外壁进行破碎，以达到使汁液容易溢出之效，此应是针对茶叶滋味不浓所想出的办法。但茶叶内在物质一定，溢出易则冲泡次数必然减少。

黄龙德《茶说》对于绿茶炒制之法所言甚明。采摘时间在清明之后谷雨之前的每天早上。采摘后将芽薄铺于地，"挑其筋脉，去其蒂杪"，只留芽头。每次用量四两，趁釜热快速炒制。"睹其将熟，就釜内轻手揉卷"是为造型。之后箕上，用扇扇冷。待炒至十余釜，一并烘干。经过上述过程，炒出的茶叶"其茶碧绿，形如蚕钩，斯成佳品"。因为用料精细，炒制得法，所以炒出的茶叶品质为佳。他提出的"是茶之为物，一草木耳。其制作精微，火候之妙，有毫厘千里之差，非纸笔所能载者"。符合道之不可言，难以言。其中的炒作之道很难说出，需要慢慢体会。

明代炒制绿茶技术主要有两种：炒青和蒸青。蒸青以岕茶为代表，技术关键在于采摘时间及蒸青火候的把握。炒青绿茶的技术关键在于原料的分级挑选，按照标准不同分为一般炒法和松萝茶炒法；区别在于后者要求原料更加精细，可谓精制。在炒制之前，对于原料，除了去除杂质，是否摊晾也是经过长久比较才确定下来的。摊晾最大的好处在于散发茶鲜叶中的水分，降低阴气；但应注意要薄摊，不然会造成茶叶水分挥发不一的结果，从而在炒制中杀青不均，影响品质。

锅中的炒茶鲜叶用量多少，同样经历不断改变。多则炒制不均，适量才能做到不急不躁，杀青均匀。对锅温的要求逐渐清晰化，从开始的不甚明了到以不烫手、下入茶叶发出沙沙声音为合适。炒制中用扇与不用扇的结果对比也表明及时散发阴气的重要性。而对于杀青时间的长短、火候的把握更需要经验的

上篇 茶道

积累，非能言明。

总体来说，茶叶炒青技术的改进和完善凝聚了茶叶从业人员的辛勤努力，是前人对于茶叶加工之道的不断探索和经验总结，里面闪烁着对道的理解，对物性的认识和把握。道无时不在变化，左右着阴阳二气的运行，而阴阳二气的运行体现在四季五行之气的变化。四季更替，茶树生长、开花、结实，不断循环。茶树鲜叶的色彩、厚薄、内在物质亦随之发生变化，而这些变化在于所秉持五行之气的不同所致。气的运行在内，而茶树的外形变化在外；只有掌握了内在变化规律才能对茶叶外在变化准确理解和把握，而茶叶加工之道就在于此。根据茶叶的不同特点采取不同的温度、工艺，扬其所长，弃其不足，从而制出高品质的茶叶。

4. 清代茶叶加工技术

胡秉枢《茶务佥载》记载了绿茶炒青与烘青两种炒制方法，两者的区别在于工艺不同。烘青是"将从茶树所采之叶、略炒即烘"。而炒青法比较复杂，费时较多。将鲜叶采摘后即入热锅中，锅温以发红为度；"用手不停炒软片刻，随炒随搓，至粗成一团块，"在锅内炒软后揉捻。然后倒入温锅中，锅温以微热为限。"用手抖开团块，边抖边搓，及至叶叶卷结"，这是指造型，当茶形紧结后再入热锅中继续造型并焙干。此炒法需备两锅，而技术关键在于锅温的控制及造型程度的掌握，其中的火候掌握同样需要经验积累。

两者工艺不同，茶叶品质亦不同。炒青茶汤色清碧，"其香也烈，其色翠，其味长。"烘青茶"其香缓而不远透，其味短而色黄，其水带红而浑"。产生差别的原因在于炒制温度不同，时间长短不同。温度低、时间短则会使茶叶中的阴气散发少，其含有的香气物质不能完全释放出来，所以香气不高不长久。茶叶中的阴阳不协调也会导致颜色、滋味不足。

乌龙茶的制法与绿茶不同，其中最主要的是变色过程，这是针对春季之外的茶树鲜叶，如夏茶、秋茶。春季茶叶颜色以绿为主，所以适宜做绿茶。而夏秋季茶叶颜色不再单一，杂以其他颜色。夏季杂以红色，秋季杂以白色；所以适合制成别的茶类。乌龙茶变色的过程其实就是发酵的过程，通过发酵时产生的热量逐渐提高茶叶里的阳气，使绿色变成红色。

其法：曝晒，"将从茶树摘取之生叶，在竹席上铺开，太阳之下曝晒。"至稍软，以叶柔软不折断为适度。

搓揉：收起之后，以手搓揉，至每叶成索。

闷堆：将其置于竹木等器内，以手略压实，盖以衣物絮被等，约片刻后，其叶由青色尽变微红。

炒制：放进烧红之铁镬内炒之，之后移至微热镬内，随揉随炒，至每叶结成紧索。

再闷堆：贮于竹木器内，以手略压实，以物覆其上，大约一小时许，伺其叶变成红色。

烘干：于竹培中焙干。

此炒制过程主要有曝晒和闷堆。两者都是通过温度的提高来调节茶叶内的阳气比例，并且使绿色变成红色。热属阳气，阳气过高就会使绿色（木气）变化；木生火，故茶叶在高温闷堆下会变成红色。

乌龙茶曝晒温度低，其增加阳气少，但高温杀青，阳气瞬间增多，故茶叶颜色比红茶要绿。但发酵时间短，故滋味甜度低。

红茶制作方法与乌龙茶大体一样，只是曝晒不同，烘干方法不同。

其法：曝晒，"将从树上摘取之生叶，先置于太阳下摊晒，待柔嫩而后收起。"

搓揉：以手搓揉成索或用脚揉踏。

闷堆：贮之于器内，其上覆盖如乌龙之法，叶尽变成微红色。

复晒：放置太阳下摊晒。

再闷堆：至半干，又收起，皆放回器内，用手压实，盖以衣物，使叶变成红色。

晒干：于太阳处摊晒，以极干为度。

红茶在制作过程中，鲜叶经过阳气的不断增加而导致茶叶绿色变成红色，恰如夏季以火气为主，其色赤。阳气的不断增多不但能提高香气，还对滋味物质产生影响。火生土，故甜味物质增多；火克金，故辣味物质减少。因此，通过技术手段提高温度（因高温亦为阳气，寒冷为阴气），则可增加茶叶中的阳气，从而引起茶叶品质变化。由于发酵时间长，此茶叶中的阳气比乌龙茶要多，故红茶性温。

程淯《龙井访茶记》记述了手工炒制绿茶的详细过程，代表了清代绿茶加工技术的较高水平。除了铁锅，薪火外，具体炒制，火力不能过猛，但应高。将茶叶用手入锅中，"徐徐拌之。每拌以手按叶，上至锅口，转掌承之，扬掌抖之，令松。叶从五指间纷然下锅，复按而承以上。如是展转，无瞬息停。"此为手法，要领在于起承抖扬，展转不停。与现在的多抖少闷，抖扬结合如出一辙。每次用鲜叶也为四两，并且"一人看火，一人拌炒"，以便各有分工，从容炒制。

清代茶书不多，谈及茶叶加工之道的更少。从上面两本书中可以看出，清代与明代相比，在炒青绿茶制作上技术更加成熟，包括手法更加完善和细致。并且出现了乌龙茶、红茶及烘青绿茶的不同加工技术，这既是对茶叶物性认识的不断加深，也是事物发展由简逐渐入繁的必然过程。

5. 现代茶叶加工技术

在前人的基础上，如今茶叶加工技术可以说丰富多样。除了六大茶类作为基本茶叶品类，各种茶又因为工艺的不同而发生许多改变，主要表现为工艺的增减、温度水分的变化，从而使茶叶品质多样。这些变化反映出今人对于道的不断探索，对新鲜事物的不断追求和发掘。但在炒制中，过度重视人力的掌控和发挥。因人性的欲望和满足，有的与道相合，有的与道相悖；如在茶叶制作中添加一些别的物质以达到滋味甜醇，香气浓郁之目的，从而失去了茶叶本真。有的在制作中违背物性，如茶为木，应以青绿为本色，其他颜色其实是人力改变，违背道的结果。

●卷曲形绿茶加工工艺：摊晾→杀青→揉捻→干燥

木气随着阳气（温度）不断增加，会生成火气，火气再生成土气。火气为红色，土气为黄色。故木气会随阳气增强形成不同物质，其间会有阴阳二气的交合转化。阴气需要在适合的阳气下才会交合转化，阳气少转化慢，阳气多转化快。温度高会使阳气增多从而与阴气交合形成许多新物质，同时会促进阴性物质的分解并变性，控制颜色的阴性物质或被破坏，故绿茶经过高温杀青能够保持本色不变。

●白茶加工工艺：萎凋→揉捻→干燥

萎凋过程依靠自然界中的阳气（即热量，来源于光、风等），来与鲜叶内的阴气（水及阴性物质）进行交合转化，即现代科学的分解合成过程。如果自然温度较低，则相应时间要长一些。萎凋程度以含水量18%左右为宜，这只是参考数据，茶鲜叶厚薄不同，大小不同，应相应改变。

揉捻是为了加大茶叶内在物质接触阳气的面积，以便更好的转化。同时是为了获得好的外形，由于鲜叶中水分已很少，故转化很少。当然此过程也可不用，萎凋后直接干燥；由于茶叶较少被改变，故能保持茶叶自然外形，亦有可赏之处。

●工夫红茶基本工艺：萎凋→揉捻→发酵→烘干

与白茶相比，工艺基本差不多，只是白茶物质转化主要在前期，而红茶是在后期借助发酵来形成不同物质。发酵是阴气（水分）与阳气（热量）交合过程；时间越长，生成物质越多。但由于阴性物质有限，故当其转化到一定程度再转化已很轻微，发酵时间的掌握即是基于此。

●黄茶加工工艺：杀青→闷黄→炒干

第一道工序先高温杀青，杀青是为了保持茶叶绿色不变。而经过闷黄发热，茶叶变成黄色。其实就是木生火，火生土，土为黄色。茶叶经过闷黄，产生的热（阳气）使绿色黄变，即火生土。

●黑茶加工工艺：杀青（高温）→初揉→渥堆→复揉→干燥

黑茶渥堆与闷黄相似，时间更长，转化也更充分，茶叶颜色能变成黄褐色，即是木生火，先红变；再火生土黄变，从而呈现为黄褐色。

●乌龙茶加工工艺：萎凋→做青→炒青→揉捻→干燥

萎凋为阳气逐渐增加，阴气逐渐减少的过程，也是阴阳二气发生交合转化的过程，这一过程会产生一部分新物质。做青是阳气继续增加，并破坏茶叶外层保护，促使茶叶发生红变的过程，亦是木生火的阶段，此阶段是形成茶叶绿红相间的主要阶段。而此后的杀青是阳气的突然增强分解破坏阴性颜色物质的阶段。

　　茶叶加工之道在于根据茶树鲜叶及所制茶类的不同，协调好水（阴）与火（阳）的关系。鲜叶中阴气多则相应提高温度，阳气多则相应降低温度，以求达到阴阳相济，从而转化出更多优异物质和较好的气韵；既要有较好的茶叶外形和颜色，又要具有丰富的内质和不凡的气韵。

第九章　用水之道

水为至阴之物，其性寒，故以寒为纯正。日晒，则阳气入内，其味易变。水性宜静，因易受侵染，故以活为佳。

一、辨水

茶树生长需水较多，尤其鲜叶中含水高达 70% 以上，茶叶因水而蓄养成长，与水关系甚大。人工焙干后活性钝化，遇水而再发，可谓重获生机。因此，煮茶用水对于干茶来说，有再生之功。而水之优劣决定了茶叶浸泡后的品质好坏，好水能发茶之香、味，更能弥补茶叶之不足。反之，坏水则使茶一无是处，优点不显，缺点更甚。茶叶冲泡用水成了品饮者一直关注的中心问题，如何寻找和辨别也成为品饮者孜孜以求之所在。

陆羽《茶经》谈到对水的认识，"山水上，江水次，井水下。"这是按照水的源地而言，也只是大致如此。山水未必都是好水，要看出处如何；江水混杂不一，要看清洁与否；井水多为渗透水，要看纯度如何。但从整体水平而言，山水因地处山中，得清净之地，少污染，近自然，故多好水。江水因季节变化不一，夏季雨水众多时不堪饮用，唯有水清之时或有佳品。而井水为积水渗透，要看周围环境；多汲者而活，或可一用，大抵水质一般，滋味不全。

宋徽宗赵佶追求自然，在《大观茶论》中有云："水以清轻甘洁为美。轻甘乃水之自然，独为难得。"江水易受到污染，故排在井水之后。水质为轻，代指灵动；甘为调和之味。清洁是从水的干净方面来说，无污染故能清洁。可以说，赵佶对于水的认识是比较科学的，合乎道理。

黄儒也认为水以甘新为佳。从以上可以看出，宋代已经从水的内在品质入手辨别水之优劣。水质甘甜对于茶叶滋味的调和确有裨益，土性为甘，土又调和五味，所以，滋味的优劣在一定程度上取决于甜味的多少。

明代对于水的认识继续发展和深化，出现了一些新观点新认识。张源《茶录》首次提出"茶者水之神，水者茶之体。非真水莫显其神，非精茶曷窥其体"。沈长卿亦提出"茶为水骨，水为茶神"。将茶与水的关系上升到新的高度，可谓异曲同工。

明代万邦宁《茗史》记载了一则苏蔡斗茶故事："苏才翁与蔡君谟斗茶，蔡用惠山泉。苏茶小劣，用竹沥水煎，遂能取胜。竹沥水，天台泉名。"宋代斗茶之风兴盛，文人雅士借此交流感情，增进友谊。同样的茶叶用不同水斗饮，结果却相反，说明水对茶叶品质展现具有重要作用，好水或能补茶内质之不足。

田艺蘅《煮泉小品》主要谈及泡茶用水，里面不乏真知灼见。"物稚则天全，水稚则味全。"说明水以不杂为佳，泉水自上而下渗透过滤，水质较好，刚溢出时不受其他杂物沾染，故为佳。而"山厚者泉厚，山奇者泉奇，山清者泉清，山幽者泉幽，皆佳品也。不厚则薄，不奇则蠢，不清则浊，不幽则喧，必无佳泉"。则从山气的厚、奇、清、幽来判断山泉的优劣，符合气相通之道理。山的气象如何，说明了山气的阴阳消长；山上树木茂盛则阴气为盛，水必丰富。山上景物秀丽说明阴阳相对平衡，泉水必有可称之处。"今武林诸泉，惟龙泓入品，而茶亦惟龙泓山为最。盖兹山深厚高大，佳丽秀越，为两山之主，故其泉清寒甘香，雅宜煮茶。"可谓佐证之一。他还指出，泉水以清寒、甘香为妙，但也不是单纯的清寒即可，还要活。"其濑峻流驶而清，岩奥阴积而寒者，亦非佳品。"阴暗之处聚集的水虽清寒亦非佳品。

另一部水书徐献忠《水品》在泉水上更有深论。"山深厚者若大者，气盛丽者，必出佳泉水。山虽雄大而气不清越，山观不秀，虽有流泉，不佳也。"阐明景物、气与泉水之关系。

"源泉实关气候之盈缩，故其发有时而不常。常而不涸者，必雄长于群峚而深源之发也。泉可食者，不但山观清华，而草木亦秀美，仙灵之都薄也。"泉水的水量与流动的时长与气候有关，即与降水量有关。泉水佳处，山势清秀，草木鲜美，如仙都之府邸。他同时指出，泉以清、活、甘、寒为佳。

许次纾《茶疏》对贮水、舀水、煮水器提出严格要求。"水性忌木，松杉为甚。木桶贮水，其害滋甚，挈瓶为佳耳。"因水生木，故木桶易泄水之气，不宜贮水用。"舀水必用瓷瓯。"石宜水，故舀水以瓷瓯为佳。"金乃水母，锡备柔刚，味不咸涩，作铫最良。"金生水，故煮水以锡为佳。而"茶滋于水，水借乎器；汤成于火，四者相须，缺一则废。"指出了品茶之道在于有好水、好的器具，并且煮水火候得当，贮水得法。

张源《茶录》还提出井水不可用。并认为"饮茶，惟贵乎茶鲜水灵。茶失其鲜，水失其灵，则与沟渠水何异？"品饮之道在于有好茶好水，好茶以新鲜为佳，水要有灵性。并对泉水出处提出新的见解，"山顶泉清而轻，山下泉清而重，石中泉清而甘，砂中泉清而洌，土中泉淡而白。流于黄石为佳，泻出青石无用。流动者愈于安静，负阴者胜于向阳。真源无味，真水无香。"山顶泉清轻，因渗透入水中的物质少；反之，则山下泉清而重。对于石、砂、土中泉水不同的看法亦是相对而言，未为至论。水以活为佳，处于阴处胜于阳处。真水是针对水之本性而言，水为咸，为阴气所积；香为阳气，如果水有香，则水中含有阳气未至阴，水性易变。"真水无香"符合道之旨。

对于泉水出处，罗廪也提出相同见解，"大凡名泉，多从石中迸出，得石髓故佳。沙潭为次，出于泥者多不中用。"以石中泉为佳，沙中次之，泥中不能用。并认为井水做饭可以，泡茶不可用。

明代熊三拔《试水法》对如何鉴水提出五种方法。

第一　煮试

取清水置净器煮熟，倾入白磁器中，候澄清。下有沙土者，此水质恶也；水之良者无滓。又水之良者，以煮物则易熟。

第二　日试

清水置白磁器中，向日下令日光正射水，视日光中若有尘埃缊缊如游气者，此水质恶也。水之良者，其澄澈底。

第三　味试

水元行也，元行无味，无味者真水。凡味皆从外合之，故试水以淡为主，味甘者次之，味恶为下。

第四　秤试

各种水欲辨美恶，以一器更酌而秤之，轻者为上。

第五　丝绵法

又法用纸或绢帛之类，其色莹白者，以水蘸候干，无迹者为上也。

其中，煮试、日试、丝绵法是根据水的纯净度来判断其优劣。味试则是从真水无香角度来判断，水以淡为上，味甘者次之。秤试则从其所含矿物质多少出发来判断，以轻者为上。

清代则借助于仪器对水质进行评价。乾隆皇帝时，《玉泉天下第一泉记》记载了鉴水之法。文中曰"水之德在养人，其味贵甘，其质贵轻。然三者正相资，质轻者味必甘，饮之而蠲痾益寿。故辨水者，恒于其质之轻重，分泉之高下焉"。他认为水以轻甘为好，长饮好水能够去病延年。并制银斗量天下名泉，京师玉泉之水最轻，斗重一两；扬子江金山泉，斗重一两三厘，"至惠山、虎跑，则各重玉泉四厘；平山重六厘；清凉山、白沙、虎丘及西山之碧云寺，各重玉泉一分。"看来世间那些名泉都比玉泉重，唯有雪水比之轻，"较玉泉斗轻毫厘。"所以，世间山水"诚无过京师之玉泉……故定为天下第一泉"。

二、煮水

沸水的老嫩、温度高低对于茶叶内在品质的生发也很关键。茶类不同，同一茶类原料不同对于泡茶用水亦要随之改变。唐宋两代以蒸青茶饼为主，明代之后以炒青绿茶为主，至清代出现了乌龙茶、红茶。各时期茶叶加工方式不同，茶叶的特性不一，故用水也要随之改变，符合道相应而变的真意。

唐代陆羽、张又新提出茶叶用水之重要，苏廙继续阐发其功，细分其类。从而将水之重要性与如何识别提到一个新的高度。

苏廙在《十六汤品》中提到："汤者，茶之司命。若名茶而滥汤，则与凡末同调矣。"将水定为"茶之司命"，也就是说冲泡茶叶的水对茶叶品质好坏具有决定作用。只有好茶而无好水，或用不好的水冲泡，则表现不出好茶品质。

　　按照水加热程度将水候分为三品，火候不到太嫩，火候过大则太老，而以适中为好，此亦最难，如何把控全靠经验判断。

　　注水的快慢也有三品，汤注入急速过多，则会将茶膏冲出；汤注入不顺畅则与茶相容不均，茶味亦差；惟缓急得当，汤量恰当为最好，其实亦是熟能成巧。

　　温庭筠《采茶录》记载李约茶水三沸之说，"始则鱼目散布，微微有声；中则四边泉涌，累累连珠；终则腾波鼓浪，水气全消，谓之老汤。三沸之法，非活火不能成也。"煎茶要用活火，才能使汤温平稳；其中以中汤"四边泉涌，累累连珠"时投入茶最好，能成养茶之功。之后历代均以三沸作为泡茶用水的判断标准。

　　明代许次纾《茶疏》论汤候云："水一入铫，便须急煮。候有松声，即去盖，以消息其老嫩。蟹眼之后，水有微涛，是为当时。大涛鼎沸，旋至无声，是为过时。过则汤老而香散，决不堪用。"煮水时听到松风声即去盖，观察水沸情况，等蟹眼过后刚出现波涛即为正好，如果再煮至水沸腾甚至无声就已经过老。对于如何判断泡茶用水火候得当与否，他用的是观察和听声法。

　　而清代震钧《茶说》用的是品尝法。"水之嫩也，入口即觉其质轻而不实；水之老也，下喉始觉其质重而难咽。二者均不堪饮，惟三沸初过，水味正妙；入口而沉着，下咽而轻扬，挢舌试之，空如无物，火候至此至矣。"沸水不到火候则入口品尝质轻而不实，火候过大则质重而难咽，三沸初过，水味正妙。既味道沉着，又不失活性。但以感觉来论难免主观性太强，很难把握。故观察外像比较好判断，水有三沸"其沸如鱼目，微有声为一沸，缘边如涌泉连珠为二沸，腾波鼓浪为三沸"，取中沸水加茶末，而是以二沸为时。

　　明代张源《茶录》认为茶类不同，其用水亦应不同。宋代制茶"造则必碾，碾则必磨，磨则必罗，则茶为飘尘飞粉矣。于是和剂印作龙凤团，则见汤而茶神便浮，此用嫩而不用老也。"冲泡末茶所煮水火候要小一些。而今时制茶，"不假罗磨，全具元体，此汤须纯熟，元神始发也。故曰汤须五沸，茶奏三奇。"而炒青茶冲泡用水煮的火候要大一些。他又提出汤有五沸之说，并赞成用老汤。姑且不论用老汤是否正确，他提出的根据茶类不同采用不同沸水是对的。要依茶不同而相应改变，符合道之意。

现今煮水多用人工净化水，少了古人寻泉之乐，也不再着眼于辨水之道。加热水的方式不拘于柴烧，还有电加热，二者相比，以柴烧得木火气之纯粹，电加热之水少了灵性之气；但电加热水亦有优处，在于少了杂气，对于品茶没有了干扰之弊。

煮水之道在于火候的把握，根据茶类不同选择温度不同的沸水。现在大都认为泡绿茶水温应在 85~90℃，泡红茶用水温度应在 100℃。

用水之道在于水的正确选用，需根据茶叶产地及内质不同而定。产地不同，茶叶内含物质有别，故要达到最佳效果，则泡茶用水要能补充茶叶内质之不足；其次则是寻求相宜，即用茶树生长地所出泉水则无不宜。烹水温度的把控则应根据茶类不同而相应改变。变为道之性，善变、会变才契合道之旨。

第十章　投茶之道

投茶之道在于尽量减少外来污染并使用合适的器具，温度恰当的沸水，使茶叶品质真实充分显露。器具的干净程度、材质的适合与否，沸水的温度如何及投茶方法，都会对茶叶品质的真实显露产生影响。

一、煮（煎）茶之道

唐代投茶之法为煮茶法。其步骤包括炙茶、研末、煮水、下茶、分茶。陆羽《茶经》详细记录了煮茶之法。

炙茶："若火干者，以气熟止；日干者，以柔止。"即两种方法，用火烤，出味即可；用日晒，茶饼柔软即可。

研末：热捣茶饼成末。

煮水："其沸如鱼目，微有声为一沸。缘边如涌泉连珠为二沸。腾波鼓浪为三沸。已上水老不可食也。"水用三沸。

下茶："初沸则水合量。调之以盐味，谓弃其啜余……第二沸出水一瓢，以竹笑环激汤心，则量末当中心而下。有顷，势若奔涛溅沫，以所出水止之，而育其华也。"待三沸茶末翻滚时，倒入二沸时预先舀出的一瓢水，以发育茶汤香味。

分茶："凡酌，置诸碗，令沫饽均。"分茶应做到均匀。

唐代主要为蒸青绿茶，是将鲜叶直接蒸熟、捣碎、压饼并烘干。茶叶性寒，鲜叶含水量本身很多，蒸制后又增加水分；水为阴，影响茶叶香气的合成，故香气成分自然较少。再加以烤炙，香气发散，更加清淡，不长。

煮茶之前先将茶饼烤炙后研磨成末，这两个过程如果操作不当均会对茶叶品质造成影响。烤炙的火如果杂有它味就会被茶叶吸附，火候过大就会使茶叶香气发散过多，而研磨过程如果器具不干净亦会影响茶叶品质。下茶所用方法符合蒸青绿茶特点，先将茶末于二沸水时投入，继续煮至三沸，使其滋味充分溢出；再将预先舀出的二沸水倒入以避免茶叶香气过度发散。

二、点茶之道

宋徽宗赵佶在蔡襄点茶方法基础之上，将点茶之法进一步细化和规范。创立了七汤点茶法，每一个步骤均设定标准。第一汤先调膏，要"量茶受汤，调如融胶"。第二汤要"自茶面注之，周回一线，急注急止，茶面不动，击拂既力，色泽渐开，珠玑磊落"。意即汤要浇注全面，并且要快速。搅拌要用力，达到茶面渐开。第三汤搅拌轻匀，茶面为"粟文蟹眼"。第四汤、第五汤要少量，搅拌要轻盈，做到茶面凝雪。第六汤、第七汤要适量加汤，慢慢搅拌，做到"稀稠得中"。

宋代茶饼制作在唐代基础之上更加精细化，茶叶的本真已散失殆尽，而煮汤品尝之法也趋向艺术性，注重手法与操作过程中的观赏性与心理享受，是为七汤之法。此法注重表演，将茶末与水不停搅拌，必然会造成茶叶香气发散殆尽。而对于滋味来讲，过多的人力、器具研磨搅拌，势必会对茶叶滋味产生影响。因为器具为不同材质制成，分属五行之气，会影响滋味中的五行之气，使茶叶真实滋味受到一定影响。

三、泡茶之道

明代前期仍用点茶之法，随着炒青盛行，逐渐用泡茶法。关于泡茶论者颇多，大体包括涤器、洗茶、投茶、注汤、分茶。各地风俗不一，泡法亦不尽相同。

钱椿年《茶谱》对于茶瓶要求，"凡瓶，要小者，易候汤，又点茶、注汤有应。若瓶大，啜存停久，味过则不佳矣。茶铫、茶瓶，银锡为上，瓷石次之。"即茶瓶要小不宜大。材质以银锡为佳，瓷石次之。

对于茶盏，则"茶色白，宜黑盏。建安所造者，绀黑纹如兔毫，其坯微厚，熁之火热久难冷，最为要用。他处者，或薄或色异，皆不及也。"即根据茶色选择茶杯颜色，但茶色白不知是何意？明代炒青汤色为绿，何来白？或指茶汤淡若无色。茶杯要保证不易变冷，这对于保持茶汤滋味、香气非常重要。

他还提出，泡茶之前对茶具要洗净，"茶瓶、茶盏、茶匙生腥。致损茶味，必须先时洗洁则美。"要先洗茶，"去其尘垢、冷气，烹之则美。"泡茶之前要洗茶，在于去尘垢，并去阴寒之气，以调和阴阳。然后再加水则茶味易出。

分茶之前要熁盏，即用热水先烫洗茶杯，保证茶杯不冷。此种方法对于冬季饮茶最妙，可以保证茶汤冷得慢一点，以保证真实的茶叶气味长久溢出。

徐渭《煎茶七类》提出投茶方法："初入汤少数，候汤茗相浃，却复满注。顷间云脚渐开，乳花浮面，味奏全。"即泡茶用水分两次加入，与先进行洗茶有相同作用。尝茶之法："先涤漱，既乃徐啜。甘津潮舌……"重点在于慢慢品味。

陈师《茶考》记载了两地泡茶方法，一为苏吴地，"以佳茗入磁瓶火煎，酌量火候，以数沸蟹眼为节，如淡金黄色，香味清馥，过此而色赤，不佳矣。"此为煎茶法，热水火候以蟹眼为度，水温再高则品质受损。另为"杭俗，烹茶用细茗置茶瓯，以沸汤点之，名为'撮泡'。"与现在的泡茶之法相同，即将茶叶直接放入茶杯中冲泡。

张源《茶录》提出投茶之法有三种，"投茶有序，毋失其宜。先茶后汤，曰下投；汤半下茶，复以汤满，曰中投；先汤后茶，曰上投。春、秋中投，夏上投，冬下投。"根据茶叶生产季节不同而采取不同的投茶方法，其实是对水温的一种变相调节，符合道之理。

具体方法是"探汤纯熟，便取起，先注少许壶中，祛荡冷气倾出，然后投茶。茶多寡宜酌，不可过中失正。茶重则味苦香沉，水胜则色清气寡。两壶后，又用冷水荡涤，使壶凉洁。不则减茶香矣。确熟，则茶神不健，壶清，则水性常灵。稍俟茶水冲和，然后分酾布饮。酾不宜早，饮不宜迟。早则茶神未发，迟则妙馥先消"。先烫洗茶壶使温。控制茶量，过多过少均不宜。分茶亦要讲究时间，过早太晚都不好。

许次纾《茶疏》论述泡茶，对于时间的把握更加要求精准。"先握茶手中，俟汤既入壶，随手投茶汤，以盖覆定。三呼吸时，次满倾盂内，重投壶内，用以动荡香韵，兼色不沉滞。更三呼吸，顷以定其浮薄，然后泻以供客，则乳嫩清滑，馥郁鼻端。"沸水分两次注入。先注一些沸水，再投茶；三次呼吸的时间后，再次注满沸水，又等三次呼吸的时间过后再分茶。

茶叶用量多少要进行称量，"容水半升者，量茶五分，其余以是增减。"将茶叶与水的比例进行量化，而茶壶容量以半升左右为好。其所制为芥茶，为蒸青绿茶，这与炒青绿茶不同。故其泡茶之法与炒青稍异，主要体现在水温高低和泡茶时间不同。

在谈及洗茶时说，"芥茶摘自山麓，山多浮沙，随雨辄下，即著于叶中。烹时不洗去沙土，最能败茶。必先盥手令洁，次用半沸水，扇扬稍和，洗之。水不沸，则水气不尽，反能败茶，毋得过劳以损其力。沙土既去，急于手中挤令极干，另以深口瓷合贮之，抖散待用。"可谓介绍得很详细。

明代茶叶以炒青绿茶与蒸青绿茶为主，其泡饮之法亦是针对此二茶。泡茶之法有许多创新和发展，茶叶冲泡之前先洗茶是为创新，此亦是针对叶茶而言，通过洗茶，一是去除杂垢，二是去除阴气，使香气发散。唯一注意的是洗茶时间不能过长，过长会使茶叶有效物质流失；因此应及时闭合收藏，以免香气发散。

沸水的注入分两次，符合道之理。第一次注入一部分热水在于使香气发散，并使内在物质慢慢溢出。第二次注满沸水在于使沸水温度保持不下降，一旦温度低就会影响茶叶香气的发散。对于滋味物质而言，温度高亦会加快物质溢出，因为温度高阳气就多，有利于滋味物质发散。对于茶与水的比例亦是实践中得知，并且与现今一样，可见古人智慧。

清代陈元辅《枕山楼茶略》介绍了冲泡之法。一种方法：首先茶与水比例要恰当，"水煮既熟，然后量茶罐之大小，下茶叶之多寡。"沸水先注入三分之一，"然后放下茶叶，再用熟水满倾一罐，盖密勿令泄气。"他将每次注水量进行了定量规定。

另外两种方法，"外有用滚水先倾入罐中，洗温去水，再下茶叶；此亦一法也。"又考《茶录》有云："先以热汤洗茶叶，去其尘垢冷气，烹之则美，此又一法也。"其实一个为熁盏，另一个为洗茶。上述三种方法均为前人所创，未为新论，只是传承而已。

今人泡茶之法按茶类不同而不同，黑茶多用煮茶之法，其他茶类多用泡茶之法。还有茶水比例，大多为1：50。个人习惯不同，用量还会不同，大抵以滋味醇和为妙，香气长久为上。

投茶之道在于根据茶类不同采取不同的泡茶之法，应注意茶与水的比例，泡茶用水的温度高低，投茶与入水的次序先后等，以求泡出的茶叶色、气、味均佳。

第十一章　评价之道

人属于万物之一，故人亦禀阴阳之气而成，得五行之气而变。人之躯体、精神皆由气生，与宇宙之气融为一体，不断变化。但每人禀气不一，得阴阳五行之气不同，为求阴阳平衡，故从身外索求。阴气重者喜欢阳气多的地方和食物，阳气重者喜欢阴气多的地方和食物。茶叶是一物，体内亦存在阴阳之气，香气因为发散故为阳气，滋味如苦、甜、酸类物质，因是积聚之物故为阴气。因此，在对茶叶品质的审评中，阴气重之人与阳气重之人其喜好不同，侧重点必然不一。喜欢香气者以香气为主定优劣，对于滋味与汤色不甚讲求；而喜欢汤色、滋味者对香气不甚讲求，而侧重按照滋味的优劣进行审评，结果就会出现反差。因此要想取得比较正确的结果，就要对茶叶的色、香、味、形进行综合评判，而审评人组成的互补搭配也同样重要。

茶叶的品质主要在于香气与滋味的差别，还有基于两者基础之上，带给人的精神体验，即气韵。

一、香气

气为阳，易扩散；味为阴，难流动。香气既然为阳气，则阳气多的地方，产的茶叶才会香气浓。南方之地，暖热之节，利于香气物质形成。茶树品种按照高低不同，香气高低也不一，茶树越高，则阳气越多，香气物质越多。

由于阳气发散于外，互相流通，茶叶香气组成更容易与所处环境同化一致，故茶树周围环境对于香气形成至为关键。桂树多者茶叶香气中含有桂花香气，松树多者茶叶香气中含有松树浓香，竹子多者茶叶香气中含有竹子清香，等等。

明代袁宏道《西湖记述》云："大约龙井头茶虽香，尚作草气，天池作豆气，虎丘作花气。唯岕非花非木，稍类金石气，又若无气，所以可贵……近日徽人有送松萝茶者，味在龙井之上，天池之下。"茶叶香气由于地区环境不同、加工方法有差异，有多种香型。有青草气，有豆香气，有花香气，最佳为淡若无气。

明代周晖《金陵琐事》提出的"凡茶肥者甘，甘则不香。瘦者苦，苦则香"。则是发前人所未论。茶叶肥厚则得土气丰厚，土气利于形成甜味物质，故茶叶甘。茶叶生长好还说明温度水分适宜，应是夏季。茶叶香气成分复杂，不单有芳香类物质，还可由其他物质生成，故"甘则不香"未为至论。

清代江登云《素壶便录》提出环境对于香气的形成很关键。"清则气香，不瘠则味腴。"盖山川秀异，茶树生长于土石之间，故其香气为清香；土壤营养不缺则滋味丰富。

明代李日华《紫桃轩杂录》谈到，"普陀老僧贻余小岩茶一裹，叶有白茸，瀹之无色，徐引，觉凉透心腑"。茶叶泡后汤色为无色，却直入心腑，香气爽神。

现代研究表明，茶叶中的香气是由多种芳香物质综合组成的，而绝不是一种单独芳香物质的反映。鲜叶香气是由 53 种芳香物质组成，加工后的绿茶香气则由 136 种芳香物质组成，红茶中的芳香物质竟达 289 种之多。香气成分如此之多，单凭现今技术手段很难人为加以调和。按道之理论则知，香气作为一气，其中亦含有五行之气，而以土气为主，因土主香味。火气、木气助其生发，金气、水气助其长久，故茶香气才有高长之妙。大抵以香高者表现在外，其中揉和其他香气成分。

二、滋味

滋味物质虽为阴气凝结而成，但亦有区别，分由五行之气所成，按阳气强弱依次排序：火→金→土→木→水。

苦、辛、甜、酸、咸则与之对应，苦味以阳气多时产生最多，即夏季夏至时产生最多。辛味以仲秋时产生最多，甜味为季夏时产生最多，酸味以春季（仲春）时产生最多；四味虽有，无咸味则不能调和，咸为水，故无水则不能呈现其余四味。

人分东西南北中，对应五行之气；南方之人阳气最旺，故不喜苦味，喜咸、辛。西方之人金气旺，不喜辣，喜苦、酸。中间之人土气旺，故不喜甜味，喜酸、咸。东方之人不喜酸味，喜辛、甜。北方之人阴气旺，不喜咸，喜甜、苦。而一地之人秉气又各有差异，喜好也不一样。

故最佳滋味应是五味达到一种调和状态，各种物质的比例构成恰当，能带给人愉悦之感，爽心润体；当然这种状态亦因人而异。个人秉气不同，对同一茶叶的评价必然不同，所以没有绝对好与坏的茶叶，只是人们的喜好不同而已。有人以苦味为好，有人以酸味为好，有人以甜味为好，有人以辛味为好，有人以咸味为好。一地之人嗜好且不相同，异地之人更难相同，因此对茶叶的评价只是相对公平而已。每种茶叶都有其作用，在于如何发挥而已。

一种茶叶的好坏，只是大多数人的认可，同一地域之人大都能达成一致，异地则差别很大。其实茶叶不管滋味如何，最重要的是安全健康。少人为干预，多自然形成，不使用有害人体的化肥农药，遵循物性，生产出的茶叶必定是好茶叶。至于滋味的不同，香气的区别，在于地理环境与气候条件，还在于管理水平，不可能相同。

现代研究表明，茶的品质，由多种滋味化合物组成；主要是甜、酸、咸、苦四种滋味物质，与之相对应的分别为蔗糖、盐酸、食盐与硫酸奎宁。而人能尝出是何种滋味，必须基于一定的浓度下，即味阈值。四种滋味物质的味阈值亦不相同，其中以苦味物质对味觉器官的反应灵敏度最高。

茶汤滋味是各种茶叶所含的呈味物质的综合反映，评茶时，只能以一种综合感觉来表述。因个人对滋味的感觉灵敏度不同，就会造成表述不一的情况发生，此是必然。审评中会随着审评人数的增加会相应降低差异。

三、气韵

气韵是基于香气与滋味带给人们的一种综合感觉与体验，侧重精神层面。它隐藏在茶叶的香气与滋味中，如人的气质，是内在素养与外在表现共同散发出来的一种特殊的东西，难以言明，但却能够感受到。

气韵更容易受个人主观因素影响。每个人对于物性的了解、道理的体悟不同，对于饮茶后的感受必然不同。个人的精神追求、文化素养都会对气韵的理解产生偏差。

许次纾《茶疏》云："钱塘诸山，产茶甚多，南山尽佳，北山稍劣。北山勤于用粪，茶虽易苗，气韵反薄。"茶树用粪，生长虽旺盛，但气韵不高。因此，气韵更重要的是香气，或者说是茶叶透露出的一种中和之气。

张大复《闻雁斋笔谈》云："松萝茶有性而无韵，正不堪与天池作奴，况芥山之良者哉。但初泼时，臭之勃勃有香气耳。然茶之佳处，故不在香。故曰虎丘作豆气，天池作花气，芥山似金石气，又似无气。嗟呼，此芥之所以为妙也。"即单纯香气好，"韵"也不一定好；气韵应是综合茶叶的香气、滋味而给与人的一种综合感觉，是茶叶滋味与香气互相调和所达到的一种较好的状态。

李日华《紫桃轩杂录》记："匡庐绝顶产茶在云雾蒸蔚中，极有胜韵"，可见茶树生长在云雾蒸蔚中，气韵自佳。

清代陆次云《湖壖杂记》谈到龙井茶，"采于谷雨前者尤佳。啜之淡然，似乎无味，饮过后，觉有一种太和之气，弥沦乎齿颊之间。此无味之味，乃至味也。"太和之气接近于道，故虽五味而有味，饮后就有超尘脱俗之感，故为佳品。

清代陈贞慧在《秋园杂佩》云庙后茶："色香味三淡。初得口，泊如耳；有间，甘入喉；有间，静入心脾；有间，清入骨。嗟乎，淡者，道也。"茶以淡近道，虽淡却沁人心脾，爽神清骨。

气韵即是气的综合外现。韵以质为基，质通过韵来展现，此符合阴阳之道。气与人的神相通，故人的神明暗差别对气韵的表述亦不一样，神清者感触灵敏，神浊者混沌难分，此与人的秉性相关。

四、评价

对茶叶审评，色、香、味是感官直接接触反应（物质层面），而气韵则上升到神会（精神层面）。

对茶叶的评价基于香气为阳气，阳气感人心、肺；滋味为阴气，滋养脾、胃、肾。滋味是酸、甜、苦、辣、咸五味混合而成，入口后会刺激器官并带来一种综合感觉。而对茶叶的全面认知来自身心的全面体验。

叶隽《煎茶诀序》中谈及品茶之事，"夫一草一木，罔不得山川之气而生也，唯茶之得气最精，固能兼色、香、味之美焉。是茶有色、香、味之美，而茶之生气全矣。"茶叶生气得全就会气纯，色香味俱美。

谈到审评，则曰，"是以水之气助茶之气，以火之气发茶之气，以器之洁不至污其气，以汤之新不至败其气。气得而色、香、味之美全矣。吾故曰：人之气配义与道，茶之气配水与火；水火济而茶之能事尽矣，茶之妙诀得矣。"水气能散出茶叶滋味之气，火气能发茶香气，故冲泡汤水要新洁，品茶器具要干净，才能使茶叶的本真气味完全展露。品茶之道亦在于此。

茶饮自唐代风行，随之越来越普及。由于各代茶叶品类不一，对于茶叶的评价标准也不一。绿茶有蒸青、炒青，有团饼与散茶；至清代还有红茶、乌龙茶、黑茶等。因史料缺乏，兹择取其中部分茶类来论。

一、蒸青饼茶

唐代饼茶评价，陆羽《茶经》通过外形将茶分为八等级，其中六等级为佳，二等级为粗老不好。对内质滋味评价，"其色缃也。其馨致也。其味甘，槚也；不甘而苦，荈也；啜苦咽甘，茶也。"对茶叶的评判从色、香、味三方面入手，好茶叶的滋味应是汤色为浅黄色，香气美，滋味分为甘、啜苦咽甘、苦三种。

宋代亦是蒸青饼茶，其评价方法在宋徽宗赵佶《大观茶论》中记述详细。对外形判断，因为膏油涂饰外面，难以判断。但去掉膏油后，"要之，色莹彻而不驳，质缜绎而不浮，举之则凝然，碾之则铿然，可验其为精品也。"茶饼精细凝结，碾时声音脆脆的则为好茶叶。

对内质的判断，亦是从色、香、味三方面来评价。对于滋味"夫茶以味为上，甘香重滑，为味之全，"即滋味以甘滑为佳。

对于香气，"茶有真香……入盏则馨香四达，秋爽洒然。"讲究自然茶香，香气高长为佳，而不是掺杂麝香之气。

汤色"以纯白为上真，青白为次，灰白次之，黄白又次之"。汤色要达到白色应是白茶类茶树所制。宋徽宗以白为贵，故将其放在首位。淡绿色次之，浅灰色又次之，黄白最次。

二、蒸青绿茶（岕茶）

明代蒸青绿茶以岕茶为代表，具有较强影响力。制作方式是蒸青后烘干，对其品质评价，冯可宾《岕茶笺》从色、香、味、形入手，"品茶者辨色闻香，更时察味，百不失一矣。"也就是说既要看外形，闻香气，更要尝滋味，才能对茶叶作出正确的评价。

周高起《洞山岕茶系》将洞山茶分为四品。第一品，"色淡黄不绿，叶筋淡白而厚，制成梗绝少。入汤，色柔白如玉露，味甘，芳香藏味中……空蒙深水，啜之愈出，致在有无之外。"干茶颜色淡黄，汤色柔白，滋味甘甜，香气淡淡。第二品，"香幽色白，味冷隽，与老庙不甚别，啜之差觉其薄耳。"与第一品差不多，只是滋味稍淡。他认为最好的茶叶香气不浓烈，汤色不深绿。香气以清香悠长为妙，滋味以甘甜为佳。

三、炒青绿茶

明清两代以炒青绿茶为主，故对其评价最多。明代张源《茶录》论及茶叶评判，亦从色香味形四方面入手。对于色，"茶以青翠为胜，涛以蓝白为佳。"即干茶以青翠为佳，汤色以蓝白为佳。此处蓝白应与茶杯颜色有关。香以真香、兰香、清香、纯香依次为下，真香最佳。并对四种香气作出定义，"表里如一曰纯香，不生不熟曰清香，火候均停曰兰香，雨前神具曰真香。"味以"甘润为上，苦涩为下"。并提出"茶自有真香，有真色，有真味。一经点染，便失其真。如水中著咸，茶中著料，碗中著果，皆失真也"。他的这种看法贴近道本真之意。茶以纯真为佳，不掺杂其他，只是将其内在品质自然展现即可。

黄龙德《茶说》认为干茶色"以白、以绿为佳，或黄或黑失其神韵者，芽叶受奄之病也"。香气以真香为妙。滋味"贵甘润，不贵苦涩"。两者在汤色上存有差异，其他看法一致。

明代开始对茶叶的评判多了"气韵"一项，虽然未为主流，但已有不少人谈及。

清代胡秉枢《茶务金载》对炒青绿茶的汤色评价，提出以占汤时间长短评优劣。"凡绿茶水色，以清碧为最上。所谓清碧，即如柳叶初舒之青翠颜色。历一小时，以其色尚清澄者为上，以浑浊红黄者为下。"茶汤颜色以清碧为佳，占汤时间越长越好。

程淯《龙井访茶记》又提出茶叶以冲泡时间越长为好。"茶秉荷气，惟浙江、安徽为然，而龙井为最。饮可五瀹，瀹则尽斟之，勿留沥焉。一瀹则花叶茎气俱足；再瀹则叶气尽，花气微，茎与莲心之味重矣；三则莲心与莲肉之味矣，后则仅莲肉之味。"龙井茶耐冲泡，能够冲泡五次。但每次滋味与香气不断变化，香气变少直至没有，滋味越来越淡。

四、红茶

清代盛行红茶，对于红茶的评价方法，《茶务佥载》亦有记载，"红茶水色要浓厚，不浑浊浅淡者为佳。茶一入口即觉甜滑甘美，香泽之气，缊缊滞留喉间者为上。如涩舌涩唇，其味腥恶者次之。"红茶以香气浓郁，滋味甜滑，汤色艳丽为上。

现今品茶次序大抵沿用古人之道，对于不同茶类，其侧重点大都离不开外形、香气和滋味（外形与滋味为阴，香气为阳，此之谓阴阳之道）；同时加上对茶叶品质的综合感官体验，即气韵。由于任何事物皆有从简到繁再到简的过程，以后可能还会加上其他参考内容，并且发展到一定程度会重回到最简单，即最终应是注重综合感官体验，即气韵。

审评中，用同样的水冲泡可降低误差。除了水，审评人的主观意念亦会对结果产生重要影响。人秉气不同，秉性自然不同，对事物的爱好不一。茶叶审评由人来完成，故易造成仁者见仁，智者见智的结果。其中主要表现在对香气与滋味的喜好不同。香气为阳气，分很多种，人秉气之清浊不同，喜欢的香气也不相同；秉气清者喜欢清香，花香；秉气浊者喜欢浓香。滋味分五类，其所含阴阳二气比例不同；酸味物质为阴中之阳，苦味物质为阳中之阳，甜味物质为阴阳各半，辛味物质为阳中之阴，咸味物质为阴中之阴。人之秉气亦对滋味有偏好，阴气重者喜欢阳味物质，如苦味和辛味；阳气重者喜欢阴味物质，如酸味、甜味和咸味，此为阴阳之道。

审评之道应先注重宏观即总体感觉，亦是气韵的高下，然后再是细节的对比。气韵是茶叶品质的宏观体现，包含内在与外在，能够带给人精神与物质的双重满足。颜色（干茶色与汤色）与滋味则是茶叶内质的具体表现，专重于物质层面。

第十二章　茶　德

　　任何一种物都有其积极作用，茶树亦是如此。物的积极作用在于其所具有的五行之气，能够对其他物产生有益影响。如木气旺的植物必然会对需要木气的物产生吸引，并产生有益作用；同样道理，其他气亦是如此。茶树为木类植物，阴气为主，含有阳气，尤其鲜叶水分含量高，故阴气重。而加工成干茶后，水分大量减少，只有6%~7%，阳气含量大幅上升；因为人阴气较重，故人愿饮之；尤其是其中含有的香气更是让人心清气爽，去滞驱邪（邪气亦为阴气）。茶德之功依此而成。

　　《五行大义》云："德者，得也。有益于物，各随所欲，无悔吝，故谓之为德也。"茶德即茶之作用，依其性而立。茶德主要体现在赋予水有多味，人饮后可解渴；能够调和脏腑之气，身体得以均衡康健；能够佐以谈情聊天，增进友谊；能够端坐静心，察物体道；故茶之德可谓广大。既满足人物质需要，又能满足精神需求。

　　天地有五行之气，人亦有五行之气，人与天地以气相通。地生五味之物，人择以食之，则有调和身体之益。

　　茶叶的功效可归为两类：一为保健功能。满足身体器官对于阴阳之气的相对平衡，即性（地之五行）对阴阳之气的需要。二为精神满足。满足情（天之五行）对于阴阳之气的需要。

　　《五行大义》云人有五脏六腑，皆运气而行。"藏则有五，禀自五行，为五性；府则有六，因乎六气，是曰六情……五藏者，肝、心、脾、肺、肾也。六府者，大肠、小肠、胆、胃、三焦、膀胱也。肝以配木，心以配火，脾以配土，肺以配金，肾以配水。膀胱为阳，小肠为阴，胆为风，大肠为雨，三焦为晦，胃为明。"

而性与情则与五行六气相对应，"五行者为五性也。六气者通六情也……性者，仁、义、礼、智、信也；情者，喜、怒、哀、乐、好、恶也。"其中，仁、义、礼、智、信分别与木、金、火、水、土相对应。喜、怒、哀、乐、好、恶分别与雨、风、晦、明、阳、阴相对应；并且与五行对应，"阴作土，阳与风作木，雨作金，晦作水，明作火。"是五性六情皆与五行之气相通。

故人食不同物，得气就不同，从而会影响性情的培养。而性为天生，秉气不同所致；木人多仁，金人多义，火人多礼，水人多智，土人多信。虽然如此，后天可以通过修养、修心、饮食来进行调补。身体调和之意在于此，即万物皆有五行之气，可通过人为选择取舍，来达到调和自身五行不足之目的。

茶叶作为食物之一，含有五行之气，人通过饮用，可以调和身心，从而达到强身健体之功效。茶德即为茶功，其日常表现有多种形式。

1. 饮用

水能解渴，其实是补充人体所需之水分，正如植物之吸收水分。在水中放入其他物质来饮用则是很久之前的事，《周礼》所载有五浆，其实还有很多，如米汤之类。而水中加入茶叶饮用，则应是发现茶叶具有草药作用之后的事。在汉代，茶叶的药用价值被发现，然后逐步转变为饮用；自晋代始开，唐代逐渐蔓延，宋代之后成为全民之饮。

2. 食用

茶叶到底是先作为食物被利用，还是先作为药物被利用，由于史料所记不详，所以目前更多的是猜测之语。据有关茶叶药用记载情况来看，茶叶虽然可以作为药用，但在明代之前大多用以作为辅药，作为主药则是在清代之后。因此，可以判断，茶叶最初应是先作为食物来用。

明代朱橚《救荒本草》记载茶叶用来救饥，"采嫩叶或冬生叶可煮作羹食，或蒸焙作茶皆可。"

同时代的鲍山在《野菜博录》中亦记载茶叶食法，"采嫩叶焙作茶，烹去茶味二三次，水淘净，油盐姜醋调食。"可见茶叶作为食物在明代亦有明确记载。

食物分为酸、甜、苦、辣、咸五味，茶叶属于苦味，可用于食物佐料；并且由于茶叶具有清心生凉的保健功效，常被用于煮粥或煮汤中。

3. 药用

《黄帝内经·素问·至真要大论》论述药物配方，"主病之谓君，佐君之谓臣，应臣之谓使"。一个中药配方中有主药、辅药，还有使药组成。"君"药，即主药或主治药，是起主要治疗作用的药物。"臣"药，又称辅药，就是协助主药更好地发挥作用的药物。"使"药，是调和作用的药物。

茶叶除了食用还被作为药物来用。明代李时珍《本草纲目》所记载的有关茶叶处方中，茶叶都不为主药。茶叶一般用作辅药和使药。清代赵学敏《本草纲目拾遗》开始记载茶叶作为主药使用的一些配方如下。

口烂。《救生苦海》：茶树根，煎汤代茶，不时饮，味最苦，食之立效。

烂茶叶：此乃泡过残茶，积存瓷罐内，如若干燥，以残茶汁添入，愈久愈妙。治无名肿毒，犬咬及火烧成疮，俱效如神。捣烂似泥敷之，干则以茶汁润湿，抹去再换，敷五六次痊愈。

雨前茶：产杭之龙井者佳，莲心第一，旗枪次之。土人于谷雨前采撮成茗，故名。三年外陈者入药，新者有火气。

清咽喉，明目，补元气，益心神，通七窍。性寒而不烈，以其味甘益土，消而不峻，以其得先春之气，消宿食，下气，去噎气，清六经火。

下疳。《外科全书》：雨前茶、麻黄各一钱五分……

普洱茶：普洱茶膏，能治百病。如肚胀受寒，用姜汤发散，出汗即愈。

安化茶：出湖南，粗梗大叶。须以水煎，或滚汤冲入壶内，再以火温之，始出味。其色浓黑，味苦中带甘，食之清神和胃。

性温，味苦，微甘。下膈气，消滞，去寒澼。

武彝茶：出福建崇安。其茶色黑而味酸，最消食下气，醒脾解酒。治休息痢。《救生苦海》：乌梅肉、武彝茶、干姜，为丸服。

松萝茶：产徽州。《本经逢原》云：徽州松萝，专于化食。

六安茶：张处士《逢原》云，此茶能清骨髓中浮热，陈久者良。年希尧

《经验方》：有异传，终身不出天花法。用金银花拣净七两，六安茶真正多年陈者三两，共为粗末，冲汤代茶，每日饮数次，终身不出天花，虽出亦稀，极验。

普陀茶：《定海县志》云定海之茶，多山谷野产，又不善制，故香味不及园茶之美。五月时重抽者，曰二乌，苦湿不堪。产普陀山者，入药，不可多得。治血痢、肺痈。

上述茶叶药用大多用的是陈化之茶而非新茶，还有发酵之茶。看来陈茶叶亦有妙用，但只记载龙井茶、普洱茶、安化茶、武彝茶、松萝茶、六安茶、普陀茶，其他茶是否有此妙用则不可知。

毛文锡《茶谱》记载一故事：蒙山，"山有五顶，顶有茶园，其中顶曰上清峰。昔有僧病冷且久。尝遇一老父，谓曰：'蒙之中顶茶，当以春分之先后，多构人力，俟雷之发声，并手采摘，三日而止。若获一两，以本处水煎服，即能祛宿疾；二两，当眼前无疾；三两，固以换骨；四两，即为地仙矣。'是僧因之中顶筑室以候，及期获一两余，服未竟而病瘥。"蒙顶茶有仙灵之效，故有治病之功，虽是夸张，但说明确有非常之处。

4. 保健功能

茶叶更多的是保健功效。晋朝刘琨《与兄子南兖州刺史演书》云："吾体中愦闷，常仰真茶，汝可置之。"茶叶有去昏滞之效。

陆羽在《茶经》云："茶之为用，味至寒，为饮，最宜精行俭德之人。若热渴、凝闷、脑疼、目涩、四支烦、百节不舒，聊四五啜，与醍醐、甘露抗衡也。"茶叶具有调解身心的作用。

温庭筠《采茶录》记载，"白乐天方斋，禹锡正病酒，禹锡乃馈菊苗、齑、芦菔、鲊，换取乐天六班茶二囊，以自醒酒。"茶叶有醒酒之功。

元代忽思慧《饮膳正要》记，"凡诸茶，味甘苦，微寒无毒。去痰热，止渴，利小便，消食下气，清神少睡。"茶叶功效甚广，因其味苦之故。苦味物质多具有消炎杀菌功能，同时能提升身体阳气，从而增强免疫力。

朱权《茶谱》亦云："茶之为物，可以助诗兴，而云山顿色；可以伏睡魔，而天地忘形；可以倍清谈，而万象惊寒，茶之功大矣……食之能利大肠，去积热，化痰下气，醒睡、解酒、消食，除烦去腻，助兴爽神。"将茶叶之妙用完整说出，既能去病强身，又能清心奋思。

5. 调节身心

茶能清神修心，历代文人对其多有讴歌。李白有诗云："茗生此中石，玉泉流不歇。根柯洒芳津，采服润肌骨。"茶生石泉之间，能够滋润身体。

李嘉祐有"竹窗松户有佳期，美酒香茶慰所思"之佳句。茶能相伴解闷，寄托情思。

明代朱权《茶谱序》云："予尝举白眼而望青天，汲清泉而烹活火，自谓与天语以扩心志之大，符水火以副内炼之功，得非游心于茶灶，又将有裨于修养之道矣。"通过参天以扩心志，煮水品茶以修道心，茶之功效大矣。

而"栖神物外，不伍于世流，不污于时俗。或会于泉石之间，或处于松竹之下，或对皓月清风，或坐明窗静牖，乃与客清谈款话，探虚玄而参造化，清心神而出尘表。"则是与亲友相交，煮茶谈话，确有出世之感。

6. 交流感情，增进友谊

唐朝茶饮刚兴，赐茶、赠茶成为一时风尚，也成为表情达意的重要载体。亲友设茶会、办茶宴、品佳茗、斗文采成为风流佳事。唐朝以诗而称，茶亦成为吟咏之物。唐代诗人茶诗虽少，但起始创之功，对后世影响很大。至宋代茶诗更是愈渐增多，佳作不少。而其中涉及朋友相交的诗文不少。

唐代钱起诗云："偶与息心侣，忘归才子家。玄谈兼藻思，绿茗代榴花。"朋友相聚，品茶赋诗。

"杯里紫茶香代酒，琴中绿水静留宾。"以茶代酒，琴声相伴，宾客同乐。

白居易有诗云："遥闻境会茶山夜，珠翠歌钟俱绕身。盘下中分两州界，灯前合作一家春。"茶山相会，歌舞相伴，美酒、香茶、佳人令人生羡。

7. 洗衣去污

清代沈李龙《食物本草会纂》记载，"茶子味苦寒有毒，治喘急顿嗽，去痰垢。捣仁洗衣，除油腻。"茶籽不但做药用，还能洗衣去污。

8. 节制

茶叶虽有多种妙用，但亦不应过度，应有节制。不然，事与愿违，反受其害。

南宋李石《续博物志》记："常伯熊者，因广鸿渐之法。伯熊饮茶过度，遂患风气。"

南宋赵希鹄《调变类编》云："茶能止渴消食，明目除炎。人固不可一日无茶，然只宜于饭后，过饮则损脾胃。"他倡议饭后再饮茶。"细茶宜人，粗茶损人。少饮则醒神思，多饮则致疾病。"并且应饮细茶即好茶，同时要适量。

还谈到空腹不能饮茶，有心事晚上也不要饮茶。因"空心茶去人脂，则清晨及饥时俱不可饮茶也。晚茶令人不寐，有心事者忌之。"

许次纾《茶疏》论及饮茶要节制。"茶宜常饮，不宜多饮。常饮则心肺清凉，烦郁顿释；多饮则微伤脾肾，或泄或寒。盖脾土原润，肾又水乡，宜燥宜温，多或非利也。古人饮水饮汤，后人始易以茶，即饮汤之意。但令色香味备，意已独至，何必过多，反失清冽乎。且茶叶过多，亦损脾肾，与过饮同病。俗人知戒多饮，而不知慎多费，余故备论之。"饮茶在于通过观赏、品尝，能够有所思、有所得、有所悟即可，不要贪求太多；要常饮、少饮，多饮会损伤脾肾。

清代曹廷栋《老老恒言》亦认为多饮茶对肾不好，"惟饭后饮之，可解肥浓；若清晨饮茶，东坡谓直入肾经，乃引贼入门也。"

清代俞洵庆《荷廊笔记》谈到饮茶有养生之说，"茶之为性寒而啬，饮之可以荡涤物腻，且足解醒。但多饮亦伤脾，究非滋补之味。"饮茶虽对身体有益，但多饮则伤脾。

曹士馍《茶要》篇论及饮茶功效，颇有文采。其中："垒块填胸，浇洗顿尽，茶之巨力也。水厄无恙，香醉罔愆，茶之福德也。烦暑消渴，酩酊解醒，茶之小用也。蠲邪愈疾，祛倦益思，茶之伟勋也。"其意是说饮茶既有小功亦有大德，可谓深得饮茶之妙。

茶德主要体现在茶叶对人身心所产生的积极作用，具体为调和身体上的阴阳平衡，情感上的缓慢疗伤，而这无疑得益于茶叶中的营养物质对人体的有益补充。其根本是万物皆由五气所生，故同气相通，同气相求。如酸味物质为木气所生，人体肝脏为木气所生，故酸味物质对肝有补充；人体如果缺乏，就会喜欢酸味物质，故喜欢饮用鲜爽度高的茶叶。同时，六情中怒为木气所生，茶叶中氨基酸含量与怒有相关性。其他内在营养物质之功效亦是如此。

第十三章　藏茶之道

　　由于干茶含水量很低，只有不到 7%；而外界空气湿度远高于此，极易被外界湿气侵入，故藏茶应以防止湿气为第一要务。香气为阳气，其他香味物质容易使茶叶香气变杂，尤其香料气味能够压倒茶香，被人首先感触到，从而感受不到茶叶本真香味。因此，防止其他香料香气窜入同样重要。

　　干茶主要为木气所结，杂有其他气。外界气或为金气，呈腥味；或为火气，呈焦味；或为水气，呈咸味；或为土气，呈甜味。这些杂气都会打破干茶原有气之平衡，而改变其气味，尤以金气为劣，因金克木之故。因此，防止杂味侵染非常重要，茶叶储藏应该以保持本身阴阳之气相对不变为要务。任何外来物的阴气和阳气都会对干茶气味产生不良影响，密闭是最好的解决办法；同时应尽量避免周围温度过高过低，防止茶叶自身含有的阴阳二气随温度变化发生改变。

一、古代藏茶技术

　　古人对于茶叶存贮非常重视，方法也很多，主要亦是围绕如何防止外气侵入为解决思路。宋代蔡襄《茶录》论述藏茶之法。"茶宜箬叶而畏香药，喜温燥而忌湿冷。故收藏之家，以箬叶封裹入焙中，两三日一次，用火常如人体温温，以御湿润。若火多则茶焦不可食。"箬叶有香气，比香药要淡，但也会影响茶叶气味；主要用来阻挡外来湿杂气。同时收藏过程中要时时用低温火焙，去除湿杂气。

宋徽宗赵佶《大观茶论》对蔡襄提出的藏茶之法给予补充，提出"数焙则首面干而香减。"很有道理，茶叶火焙次数越多，其气味就会失去越多。况且在火焙过程中难免杂有其他不洁之气，因此，少焙为佳。

"失焙则杂色剥而味散，要当新芽初生，即焙以去水陆风湿之气。"但存放时间过长，杂有湿杂气同样对茶叶品质不利。因此，茶叶保持一年就必须火焙一次，时间在来年茶树新芽头萌发之时。

具体方法是，"焙用熟火置炉中，以静灰拥合七分，露火三分，亦以轻灰糁覆，良久即置焙篓上，以逼散焙中润气。然后列茶于其中，尽展角焙之，未可蒙蔽，候火通彻覆之。火之多少，以焙之大小增减。探手炉中，火气虽热而不至逼人手者为良。时以手挼茶体，虽甚热而无害，欲其火力通彻茶体耳。或曰，焙火如人体温，但能燥茶皮肤而已，内之余润未尽，则复蒸喝矣。"将所焙茶饼放在焙篓上，焙室内的温度要以不烫手为宜，并且要勤翻动所焙茶。

"焙毕，即以用久漆竹器中缄藏之，阴润勿开，如此终年再焙，色常如新。"焙干后将茶放入竹制容器中密闭收藏。

明代茶叶以炒青绿茶为主，其收藏方法与宋代不同。据明代张源《茶录》所论藏茶之法，"造茶始干，先盛旧盒中，外以纸封口。过三日，俟其性复，复以微火焙极干，待冷，贮坛中。轻轻筑实，以箬衬紧。将花笋箬及纸数重扎坛口，上以火煨砖冷定压之，置茶育中。切勿临风近火，临风易冷，近火先黄。"炒制好的茶叶先停放三天，然后再用微火焙干，待冷却后放入坛中，并用竹叶填充封住坛口，再用纸密封。坛上用冷却后的火煨砖压住，放入茶室里保存。茶室要保证冷热适中。

许次纾《茶疏》对如何收藏茶叶论述甚详细。一是选择好的茶叶贮藏室。其标准为常温不寒的板房，"宜砖底数层，四围砖砌。形若火炉，愈大愈善，勿近土墙；顿瓮其上，随时取灶下火灰，候冷，簇于瓮傍半尺以外，仍随时取灰火簇之，令里灰常燥。一以避风，一以避湿；却忌火气入瓮，则能黄茶。"

二是将茶叶密封之瓷瓮中。其法，瓷瓮"大容一二十斤，四围厚箬，中则贮茶。须极燥极新，专供此事。久乃愈佳，不必岁易。茶须筑实，仍用厚箬填紧，瓮口再加以箬，以真皮纸包之，以苎麻紧扎，压以大新砖，勿令微风得入，可以接新。"存茶的瓷瓮以存一二十斤为宜，并且要常用，不轻易换别的容器。瓮内壁四周围以厚竹叶，中间放茶，然后用竹叶填紧瓮口，用真皮纸包好扎紧。其实所有的措施就是为了尽量做到密闭，不渗入杂气湿气；保证干燥清洁，茶叶气味不变。

黄龙德《茶说》论藏茶之要在于时间掌握合适。因为茶性喜燥而恶湿，最难收藏。"藏茶之家，每遇梅时，即以箬裹之，其色未有不变者。由湿气入于内，而藏之不得法也，虽用火时时温焙，而免于失色者鲜矣。"藏茶时间不对，如梅雨时节正是雨湿之季，即使其他方法都对，难免湿气浸入茶中，从而造成茶叶失鲜。因此，善藏茶者，"当于未入梅时，将瓶预先烘暖，贮茶于中，加箬于上，仍用厚纸封固于外。次将大瓮一只，下铺谷灰一层，将瓶倒列于上，再用谷灰埋之。层灰层瓶，瓮口封固，贮于楼阁，湿气不能入内。虽经黄梅，取出泛之，其色、香、味犹如新茗而色不变。藏茶之法，无愈于此。"即在空气湿度不大的干燥时节，将茶叶密封入干燥瓶中，密封后列装于大瓮中，瓶低朝上，瓶口朝下，并用谷灰埋之，再将大瓮密封放在楼阁干燥之处。可以看出，将茶叶先装瓶再入瓮，无疑密封性得到更大提高，对于保持茶叶气味起到很好的作用。

冯可宾《岕茶笺》论藏茶之法，更是不断完善细化。"新净磁坛，周回用干箬叶密砌，将茶渐渐装进摇实，不可用手措。上覆干箬数层，又以火炙干炭铺坛口扎固；又以火炼候冷新方砖压坛口上。如潮湿，宜藏高楼，炎热则置凉处。阴雨不宜开坛。近有以夹口锡器贮茶者，更燥更密。盖磁坛，犹有微罅透风，不如锡者坚固也。"贮茶改用磁坛，坛口处先将竹叶封住，再铺上干炭然后扎紧，干炭能吸收杂气，故加了一层保险。并且对取用的时间要求阴雨天不开坛。并且出现了用夹口锡器贮茶者，效果更燥更密。

清代叶隽《煎茶诀序》谈到藏茶，他认为"藏之先，期其干脆也。利用焙藏之，须有以蓄贮也。利用器藏而不善，湿气郁而色枯，冷气侵而香败，原气泄而味变，气之失也，岂得咎茶之不美乎？"所藏茶必须保证干燥，如果所用方法不当，就会造成湿杂气侵入，令茶叶气味改变的结果。而对于具体之法并未言明。

二、现代藏茶技术

现代研究表明，影响茶叶变质的环境因素主要有温度、水分、氧气、光线。茶叶变质原因主要是：叶绿素的分解，茶多酚和维生素 C 的氧化，氨基酸和香气成分的氧化、合成等。藏茶之道在于降低茶叶贮藏室中阳气和阴气的量，因阳气主动，主变化；阴气与阳气结合就会加快茶叶品质的转化，从而失去原来的气味。温度、氧气、光线属于阳，干茶中的物质属于阴，因此，干茶易因温度、氧气、光线阳气而发生交合变化。茶叶香气为阳，水分属于阴，易因外界水分而交合变化。

现代藏茶技术主要基于能引起茶叶变质的原因并制定相应对策，即通过利用冰箱、冷库等降低贮藏温度，利用锡箔纸、真空密封袋等隔离阳光和氧气、水分。

藏茶之法无论怎么变化，其根本在于保证茶叶的本真不丧失，或者说丧失的速度慢一些，即保持干茶中的阴阳二气相对不变，茶叶颜色和气味相对不变。而要做到这些，就必须要隔绝湿气、冷气、香气和其他杂气的侵入。因湿气、冷气为阴气，香气为阳气，其他杂气则或阴或阳，一旦侵入干茶中，势必会打破原有的阴阳之气，从而改变茶叶的本真。因此，密封是否得当和周围环境是否稳定是茶叶存放能否成功的关键因素。

下篇　茶　文

赋并序

自幼喜好古文，工作之余，翻卷而读，不禁油然生敬，叹然浩渺，中国文化可谓博大深邃也。读茶文，一可博览众采，二可独坐静心，不觉口舌生津，心肺清新，实人生一佳事。随手之余，圈阅批点，渐成习惯；整理成篇，以利闲阅，亦求同志耳。

天有万象，地有万形；人之先哲，因模造字。记生活之点状，述心中之所望；文字之功用大矣。

点点涓流，汇集成河；滔滔渊海，不弃小流。无穷之容，方纳百川而不拒；奥秘纷繁，上下文采之散布。清澈芬芳，茶文扬风流；绚丽多姿，史河中显露。

谈笑于宴会之间，涌起在独坐之时。得宠于朝堂之上，汲养于百姓之家。朝臣权贵为之趋鹜，文人雅士为之劳神。千种情思汇入一聚，万种心志通于一物。茶文之功大矣。

茶文之聚来自八方，蕴含多韵。有诗歌之风咏，有美赋之达成；有茶书之专述，有公文之例行；有朋友之交情，有怀德之赞颂；至于记情述性，绘摹挥洒；汪洋恣肆，不拘一家。观众人之文采，成人间之佳话。

绪　论

　　天地有文，绘成多彩。人间有文，述尽百态。茶之有饮，不知何时。茶文始开，却在两晋。朝代更迭，渐至萎靡。唐朝富足，茶事渐起。诗书成篇，相沿踊跃。势如溪水，汇聚成渊。茶文自此广而博矣。

　　先民劳作，因情发歌。归集成文，渐成诗河。茶书著作，依赖专者。其他文类，因事而写。随年代而不同，茶事之繁盛而文字变化也。

　　故茶文为时代之反映，生活之境况；由文及理，可知古人之心境情致。事无万全，但取佳品一二，以飨读者。

　　所述茶文包括茶书、茶书序、茶法、诗、词、歌、曲、赋、颂、赞、表、书、论、说、记、书帖、铭等。未为大全，仅作一观。

第十四章 茶 书

在历史文字中，茶文所占甚少。现有文字记载表明，茶书著作始于唐代，宋代发展，至明代大盛，清代衰弱。茶书创作来源于生活，故茶书数量与质量一定程度上反映了当时的茶叶发展状况，当然还与当时文化环境及文人素质有关。茶书概貌集于《中国古代茶书集成》中，篇幅甚多，在此不录。对茶书的关注及论述已多，本书只对著作得失与新奇之处稍加评论。

唐代茶书

《中国古代茶书集成》中所载唐代茶书 9 种（其中，4 种全，5 种不全），遗失者 6 种。而 4 种茶书中《十六汤品》作者不明，或是后人伪作；《茶酒论》实是一篇茶事论文，只有《茶经》与《煎茶水记》是专述茶叶的技术类书籍。两书均为首篇，一开茶书著述之先河，一开寻水品水之发端，可谓功莫大焉。

陆羽《茶经》首开著述先河，涵盖十目；于煮茶品饮及茶事较完备，惟采制之法未详细，后世多依其纲目深入阐发。《煎茶水记》则只言水，在《茶经》基础上进一步将煮茶用水按名次排序，成为品水佳话。

其他则大抵不出《茶经》所定范围，或述茶事，或述茶品。有些茶书因原文遗失，很难知其原貌；但以书名而论，皎然《茶诀》应是述及茶叶加工、品饮之事；故陆羽在"三之造"纲目中未详细阐述采造之事。

《茶经》（陆羽）

陆羽《茶经》著于764年之后，并重新修订，具体成书时间难以确定。以整理、搜集、归纳、总结茶事为主，其中亦有个人实践获知和发明创造，关键是开创前人所未有，是至今发现的我国第一部茶书。

书中对品饮之道叙说较多，对于如何种茶及制茶谈及简单，这与时代要求有关。唐朝对茶饼制作要求不精，制茶相对简单，故没有大的创新需求；陆羽将主要精力用在采茶、品茶上，在制茶工艺上没有突破，茶书中涉及较少也就容易理解了。

对于《茶经》一书，后人多有褒赞。吴觉农《茶经述评》对其解说很详细，故对其中的技术问题不再一一阐述，只谈其作用。

《茶经》最大的作用体现在三个方面。

一是统一了"茶"字的写法，自此之后"茶树"有了真正属于自己的统一名字，克服了以前"茶树"混淆不清的问题，起到正本清源之效。

二是总结创新了茶叶的煮饮技术，对于茶饮的普及推广起到了关键助推作用。有了技术，人民才会行之有方，行之有则。

三是开创了茶书著作的体例模式，后世茶书多以它列出的纲目来进行阐发，故有"经"书之称。当然受历史时代限制，茶事资料不全等不足之处，在所难免，但其发轫之功是不能磨灭的。如果没有足够学识，没有丰富的实践，想写出一本专业书籍基本是不可能的。

《煎茶水记》（张又新）

陆羽《茶经》已开品水之端。但仅言其大略。"山水上，江水次，井水下。"亦是总体比较而言，不能一概而论。张又新紧跟其后，撰成《煎茶水记》；书中对江南部分地区之水按照自己标准划分名次，并托之于陆羽所品。宋代欧阳修对其提出了疑问和批判，因天下之水甚多，要一一品评殊非易事；再加上个人带有主观因素，所下结论也不一定正确。虽然如此，但无疑开启了后世寻水品水之风气，其意义不凡。

书中记载"家人辈用陈黑坏茶泼之,皆至芳香"一事,说明已通过外在颜色来对茶之好坏做出判断。提出的"夫茶烹于所产处,无不佳也,盖水土之宜。离其处,水功其半,然善烹洁器,全其功也。"既是实践获得,亦暗含道之理。茶树生长于此,吸水而长,其相得之妙非一日;所谓茶中有水,水与茶已融为一体。茶叶经过加工烘焙,水分几乎丧失殆尽,灵性减弱,要挥发其性必须借助水才能成其功;而本处之水与之相宜,无抵触之感,有相和之气,能挥发出茶叶原来本性。别处之水或有济茶之功,或有坏茶之能,关键就看水与茶能否相得、相宜、相和。当然,"离其处,水功其半,"只能说大概如此,未为至论。

《十六汤品》(苏廙)

陆羽、张又新提出茶叶用水之重要,苏廙继续阐发其功,细分其类。从而将水之重要性与如何识别提到一个新的高度。

"汤者,茶之司命。若名茶而滥汤,则与凡末同调矣。"苏廙将水定为"茶之司命",也就是说,冲泡茶叶的水对茶叶品质好坏具有决定作用。只有好茶而无好水,或用不好的水冲泡,则会表现不出好茶品质。

文中谈到水老嫩不等有三品,太嫩(火候不到),太老(火候过大)均不好,以适中为好,此亦最难,如何把控全靠经验判断。

注汤之疾缓有三品,汤注入急速过多,则会将茶膏冲出;汤注入不顺通,则与茶相容不均,茶味亦差;惟缓急得当,汤量恰当为最好,亦是熟能生巧。

还介绍了一种烹茶方法,是先将茶叶调成膏状后再注汤,似与宋朝时期流行的点茶法一样。因而此书的著述年代存在争议,有言唐朝者,有言宋人伪作,现做一分析。

如果是唐人所写,说明唐朝后期已有点茶法,人们不再局限于煮茶之法,但唐人诗文等历史资料中,并没有出现点茶之说,这对于崇新好奇的唐人来说似乎难以解释。从行文上来看,更像宋文。宋代盛行理学,张载气学尤盛。本文中多有论"气"之说,如"石,凝结天地秀气而赋形者也";"无油之瓦,渗水而有土气";又如"然体性虚薄,无中和之气";这些都更符合宋代行文特点。

《茶酒论》（王敷）

酒的历史悠久，比茶叶早很多；而茶却敢与一向自居第一的酒相提并论，可见实力不凡。"贡五侯宅，奉帝王家。时新献入，一世荣华。自然尊贵，何用论夸！"可见宠幸日盛。"浮梁歙州，万国来求；蜀山蒙顶，其（或为骑）山蓦岭；舒城太湖，买婢买奴；越郡余杭，金帛为囊。素紫天子，人间亦少。商客来求，船车塞绍。"又见其发展迅猛，实力强大，故敢与酒争雄。观其言辞，应是在顾渚贡焙之后事。从另一方面来讲，说明了当时人们日常饮物正逐步分化，好酒者谈酒之好处，嗜茶者则论茶之益处。人们有了更多选择，更多生活追求和寄托，这不正是人类文明不断发展的标志吗？

《采茶录》（温庭筠）

温庭筠《采茶录》记载煎茶事宜。"茶须缓火炙，活火煎，活火谓炭之有焰者。当使汤无妄沸，庶可养茶。始则鱼目散布，微微有声；中则四边泉涌，累累连珠；终则腾波鼓浪，水气全消，谓之老汤。三沸之法，非活火不能成也。"这基本引自《茶经》中所述茶汤三沸。煎茶要用活火，才能使汤温平稳；介绍了三汤，其中以中汤"四边泉涌，累累连珠"时投入茶最好，能成养茶之功。

宋代茶书

宋代茶书多以北苑贡茶为著述对象，或因宋徽宗亲撰《大观茶论》，众人有追捧之风。但由此可知，宋代贡茶制作之典范是其他茶类无可比及的。其他茶类在唐代即已存在，但其制造之法未有突破。因贡茶制造超出他类，贡茶之盛又带动了周边茶业及文化的发展，故宋书以建茶著作为多数。

宋代著作重点谈及贡茶制作及品饮之法，为当时所称并耀目一时，其他茶事却少有涉及。先有丁谓《北苑茶录》，谈及采造之事，可惜已丢失。蔡襄

《茶录》紧随其后，谈及品饮之法。后有宋子安《东溪试茶录》记载茶叶产地情况，黄儒《品茶要录》论述茶叶加工对品质的影响，而《宣和北苑贡茶录》及《北苑别录》则专述制造过程。

此外，对水的追捧成为当时茶事之热点，叶清臣有《述煮茶泉品》，欧阳修撰《大明水记》。茶法亦开始述及，沈括有《本朝茶法》。

《中国古代茶书集成》中所载宋代茶书 20 种（其中，14 种全，6 种不全），遗失者 15 种。

《茶录》（蔡襄）

蔡襄的《茶录》是目前所存宋朝最早的茶书。首次明确提出对茶的评价标准，是从色、香、味三者入手。

现有茶书中，蔡襄第一次介绍了点茶技术，虽然笼统但大体可知：先将茶饼碾成茶末，用小勺挹取一定量茶末，然后注少量汤调令极匀，再如画圆环注汤，同时击拂拌均匀。等盏内汤面达到十分之四即可，当然这是基于茶末一钱七的情况而言，如果茶末数量有变，茶汤随之变化，不可拘于一量。观看茶汤呈鲜白，"著盏无水痕为绝佳"。点茶技术的要点在于定量准确，击拂有道，观汤有数。

《东溪试茶录》（宋子安）

此书专业性很强，对北苑贡焙的情况叙述很详细，在对影响茶叶品质的因素分析上，也表现出极强的专业性，非一般人员所能为。作者应该是具体负责北苑贡茶生产的专业人士，故对北苑茶园情况非常了解。影响茶叶品质的因素既有地理环境差别，还有加工不当的原因；作者对两者的分析非常专业和科学；对品饮中出现的问题，能在加工中找到相对应的原因，可说是生产、加工、品饮过程都很专业。它也是记载茶树品种最早的著作，书中出新之处在于介绍了七个茶树品种。

《品茶要录》（黄儒）

书中主要是从茶叶采摘及加工对茶叶品质的影响入手，阐述了应注意的问题。按黄儒说，"原采造之得失，较试之低昂，次为十说，以中其病"。

茶叶生产的每一个环节都很重要，从原料采摘到加工的每一道工序，都要按标准及时准确实施才会做出好茶，否则就会影响茶叶的滋味、香气、汤色等品质。在对茶叶品质的评价上也更加丰富、细化。

生长环境优劣亦影响茶叶品质。本书最后对壑源与沙溪两地所产茶进行比较得出，"凡肉理怯薄，体轻而色黄，试时虽鲜白，不能久泛，香薄而味短者，沙溪之品也。凡肉理实厚，体坚而色紫，试时泛盏凝久，香滑而味长者，壑源之品也。"从干茶轻重、颜色、汤色、香气、滋味进行综合比较，可以说审评标准已很科学全面。

《大观茶论》（赵佶）

书中对茶叶审评从滋味、香气、汤色、外形上来判断，"夫茶以味为上，香甘重滑，为味之全。"赵佶认为滋味应是最重要。

书中新奇之处还在于将点茶之法精细化。宋徽宗在蔡襄点茶方法基础之上，将点茶之法进一步细化和规范。创立了七汤点茶法，每一个步骤均有要达到的标准。此点茶之法对每次注汤量，注入方式，击拂的力道、快慢都提出很高要求，只有经验丰富者才能达到。

《宣和北苑贡茶录》（熊蕃撰，熊克增补）

《宣和北苑贡茶录》由熊蕃先写，其子熊克增补而成。对北苑贡茶纲目及模具介绍详细，为后人了解贡茶情况保留了珍贵的历史资料。但由于对采制之过程未能言明，故赵汝砺《北苑别录》主要谈及贡茶纲次及采摘制作之事，从而为贡茶之说画上了较圆满的句号。

由明代徐勃跋文可知，"熊蕃，字叔茂，建阳（福建建阳县）人。善属文，长于吟咏，不复应举。筑堂名独善，号独善先生。"熊蕃为布衣，未有摄官于贡茶一事，但看其对贡茶描述之详细，应是极关注并且是有心之人。虽是布衣百姓，亦是不断努力待时而动；正如茶一样，只要具有优异的品质就会逢时而出，熠熠夺目。所以作者以藏书、看书、著述为人生目标，其写此书亦有意乎？其子熊克摄事贡茶一职，将模具绘图附入，可算是对先人最好的报答。

明代茶书

明代印刷业达到了空前的兴盛，印刷术的改进使得出书成本降低。明代炒茶方式的改变给茶书创作提供了更多写作素材，同时茶饮方式也在逐步改变，相关茶产业也呈现出逐步发展态势，这无疑充实和拓展了写作内容。

明代茶书出现多而少精之现象。印书成本的下降，茶文化的空前繁荣与发展带来了茶书著作的兴盛。明书多以搜集、整理、添加茶事为主，真正的茶叶专述比例相对较少。虽然如此，从数量上看，明代茶书著作出现了大而全、宽而广、精品不少的特点。

茶书著作出现消闲、专著、赢利三种发展模式。专著非身体力行，有实践经验者不能成。如张源的《茶录》，许次纾的《茶疏》，罗廪的《茶解》，冯时可《芥茶笺》等。消闲多为有目的搜集资料，并夹杂阐述己见，但多以品饮心得为主，有一定技术含量，这是表现最多的方式。如屠本畯《茗笈》，田艺蘅《煮泉小品》，徐献忠《水品》，陈师《茶考》，程用宾《茶录》等。赢利则只是搜集整理当时人民感兴趣的茶事为主，没有技术含量。如高元濬《茶乘》，喻政《茶集》《茶书》，夏树芳《茶董》等。

《中国古代茶书集成》中所载明代茶书 53 种（其中，46 种全，7 种不全），遗失者 29 种。

《水品》（徐献忠）

对于《水品》，《茶乘》有这样一段话，"徐献忠《水品》一书，穷究天下源泉，载福州南台山泉，清冷可爱，而不知东山圣泉、鼓山喝水岩泉、北龙腰泉尤佳。龙腰泉，在北郊城隅，无沙石气。端明为郡日，试茶必汲此泉。侧有苔泉二字，为公手书。"可知，天下泉水众多，未寻到者定是不少，又何必拘于一二泉？

此书与田艺蘅《煮泉小品》同是明代论水专著。对水的评判标准已基本确立。寻好水要先观水源地情况，山深厚秀丽者必出佳泉，此从气入手观泉还是有道理的。同时提出好水应具备清、活、甘、寒四性，其中前二者"清、活"为通论，"甘、寒"取其气美，为新论。

《茶录》（张源）

此书从采制到品饮多有心得，盖日积月累经验所成，可见其实践之功之深。全书透漏出一个"火候"，可谓至当。因其实践故能发现问题，无论是炒制、品饮还是贮藏都应该顺应物性，讲究活用。不能一言以蔽之，要随时随条件改变而改变，凡事以中和为妙。

书结尾首次提出"茶道"，有制造，有收藏，有冲泡，其实谈的是技术要领。"造时精，藏时燥，泡时洁；精、燥、洁，茶道尽矣。"他认为茶道在于精、燥、洁，其实过精易失去茶叶本真，还是应恰当为妙。"燥"为防止阴气进入，"洁"是为充分展示茶叶之本色，防止邪气沾染。茶道包括很多，他只提出其中三个，说明对其重视。其实茶叶生产、品饮、收藏等都非常重要。大道也存在其中，只有遵循大道运行，才能得到好的结果。

《茶疏》（许次纾）

此书确是实践获得，并加以体悟而成。里面有许多新知新见，从采摘至加工、品饮均有自己的看法，尤其在茶叶用量与用水的比例上做了很多实际探索。时间的把控上较细致，同样在采茶、制茶及品茶上有新的看法，也符合现在科学道理。书中涉及茶叶的方方面面，可谓非常详细，对我们了解当时的茶叶情况提供了全面依据。

《罗岕茶记》（熊明遇）

明代盛行炒青绿茶，但其他茶类亦未断绝，蒸青岕茶即是其中秀异者。以其独用蒸然后烘干，外形有别，品质亦不相同，可谓独树一帜，深得好异者喜欢，在明朝名茶中占据一席之地。因此，对其专述者还有周庆叔《岕茶别论》、冯可宾《岕茶笺》、周高起《洞山岕茶系》、佚名《岕茶疏》，可谓为数不少，为时人所重。

《茗谭》（徐𤂾）

《茗谭》一书以自己所悟而写，其与茶理相通可见。虽有引文，亦为谈自己所见而用，故此书非为摘录，是自得之书。其提出的茶之四难："种茶易，采茶难；采茶易，焙茶难；焙茶易，藏茶难；藏茶易，烹茶难。稍失法律，便减茶勋。"可谓深有道理，其实要想产出好茶，从种植、管理、采收、加工、收藏每一个环节都十分重要，稍有不当就会影响茶叶品质。何故？在于茶性不稳定，易被外界所污。

《茶说》（黄龙德）

黄龙德《茶说》主要谈及炒青制法及品饮之事。从炒制茶叶方法上看，工艺已非常详备；从原料摊晾，去筋脉处理，到每次炒制茶叶用量的控制，揉捻及炒制过程中注意事项，都考虑到并做得很合理，可见其实践之功。尤其是他总结出的"其制作精微，火候之妙，有毫厘千里之差，非纸笔所能载者。"可说是非常符合实际。

《洞山岕茶系》（周高起）

……至岕茶之尚于高流，虽近数十年中事，而厥产伊始，则自卢仝隐居洞山，种于阴岭，遂有茗岭之目。相传古有汉王者，栖迟茗岭之阳，课童艺茶，躔卢仝幽致，阳山所产，香味倍胜茗岭。所以老庙后一带，茶犹唐宋根株也。贡山茶今已绝种。

明朝周高起《洞山岕茶系》中的"汉王"一直被认为是汉朝的某一位王，并作为汉朝已开始种茶的证据来加以引用。但是否如此？其实这段材料有几个关键词，"厥产伊始"，给出了生产最早时间，即唐朝卢仝最早于洞山阴岭种

下篇 茶 文

茶，因此，岕茶起始不会早于唐朝。由卢仝诗《萧宅二三子赠答诗二十首》与《常州孟谏议座上闻韩员外职方贬国子博士有感》可知卢仝确曾去过扬州、常州，他又非常爱茶，故卢仝在洞山种茶极有可能。自此之后会不会有别的人在此逗留种茶？汉王会不会是卢仝之后的某位汉王？据查，中国古代一共有25位汉王，汉王并不一定是指汉朝某位王，也可能是封地在汉地（即山西，陕西一带）的王。唐朝几位受封汉王均早于卢仝，故不可能是唐朝的汉王。《洞山岕茶系》中"犹唐、宋根株也"说明汉王最有可能是宋朝某位汉王，因为唐有卢仝，而宋有汉王，故其茶树为唐、宋留存下来的，与文意相符。而宋朝的汉王有两位，分别是赵元佐和赵椿。

据史料记载：赵椿，宋徽宗第十九子，早薨。而赵元佐（965—1027年）历史较为吻合，其为宋太宗赵光义与元德皇后李贤妃所生的长子。985年废为平民，至道三年（997）4月，宋太宗去世，其子赵恒即位，是为宋真宗。宋真宗起任赵元佐为左金吾卫上将军，并恢复赵元佐被宋太宗剥夺的楚王爵位。听任他养病不上朝。赵元佐过生日时，宋真宗赐他宝带。大中祥符元年（1008）10月，真宗一行自澶州（今河南濮阳）至泰山，举行了庄严隆重的封禅，宋真宗封禅泰山后，实任赵元佐为太傅。

由此可以看出，985—997年赵元佐为平民，997—1008年虽然宋真宗恢复其爵位，但并没有实权。因此，在这两个时间段其在茗岭种茶亦有可能。

再结合文中句意分析，"栖迟茗岭之阳"中的"栖迟"其意有游玩休憩或淹留、隐遁之意；恰与赵元佐身世契合，因此在其失意之时，通过种茶、制茶、品茶打发时间成为可能。

如今，在江苏高淳的淳溪镇河城村，村子里的大多数人都姓赵，家谱上的始祖正是宋太宗赵光义，并且据说是赵元佐这一支的，说明赵元佐曾在江苏一带生活过，因此，综合分析，明朝周高起《洞山岕茶系》中的"汉王"最有可能就是宋朝时的汉王赵元佐。

清代茶书

茶书在经历明代的兴盛之后，在清代出现数量减少、精品不多的现象。编辑整理类以刘源长《茶史》、陆廷灿《续茶经》分类多，收藏丰富为著。其他大抵不出前代范畴，惟清朝茶叶对外贸易成为新的商业活动形式，茶叶种类由单一绿茶向与乌龙茶、红茶并存转变，相应带动了茶文化的丰富与发展，这也在茶书中得以充分体现。论述茶叶外贸经济的书有《茶务佥载》与《种茶良法》。

《中国古代茶书集成》中所载清代茶书 26 种（其中，23 种全，3 种不全），遗失者 10 种。

《茶务佥载》（胡秉枢）

此书记载了绿茶、乌龙茶、红茶的制作方法，与现今大体相同。反映了多种茶类的加工工艺在清代已基本成熟。惟有工艺细节改动及火候的把握与现今有出入，说明了茶叶技术在不断创新和完善中。

第十五章　茶书序

　　序是著作不可或缺的部分，对于了解作者情况，写作背景不无裨益。序文分前序与后序，前序有前言、序、叙、引言、总论等多种形式，后序有跋文、后序等表现形式。序文多述及作者写作本意，他人之评论、赞誉、勉励等。

唐　代

《茶经》（陆羽）

　　关于《茶经》，后世为其做序者甚多，从中撷取一二稍作评论。

　　1.《茶中杂咏序》摘（唐·皮日休）

　　自周以降及于国朝茶事，竟陵子陆季疵言之详矣。然季疵以前，称茗饮者，必浑以烹之，与夫瀹蔬而啜者无异也。季疵之始为《经》三卷，繇是分其源，制其具，教其造，设其器，命其煮，俾饮之者，除痟而去疠，虽疾医之，不若也。其为利也，于人岂小哉！

　　余始得季疵书，以为备矣。后又获其《顾渚山记》二篇，其中多茶事；后又太原温从云、武威段碣之各补茶事十数节，并存于方册。茶之事，繇周至于今，竟无纤遗矣。

　　昔晋杜育有《荈赋》，季疵有《茶歌》，余缺然于怀者，谓有其具而不形于诗，亦季疵之余恨也。遂为十咏，寄天随子。

　　唐代皮日休《茶中杂咏序》谈到在唐朝之前，饮茶方法与煮菜熬药相仿，既不能将茶叶的内在品质展示出来，又不能带给人们很大吸引力和兴趣。而"分其源，制其具，教其造，设其器，命其煮"之后，却使饮茶成为真正的生活享受和生活情趣，不但能祛病强身，还能陶冶情操，从而成为人们新的时尚追求。

2. 《茶经序》摘（宋·陈师道）

夫茶之著书自羽始，其用于世亦自羽始，羽诚有功于茶者也。上自宫省，下迨邑里，外及戎夷蛮狄，宾祀燕享，预陈于前，山泽以成市，商贾以起家，又有功于人者也，可谓智矣。

《经》曰："茶之否臧，存之口诀。"则书之所载，犹其粗也。夫茶之为艺下矣，至其精微，书有不尽，况天下之至理，而欲求之文字纸墨之间，其有得乎？

昔先王因人而教，同欲而治，凡有益于人者，皆不废也。世人之说，曰先王诗书道德而已，此乃世外执方之论，枯槁自守之行，不可群天下而居也。史称羽持具饮李季卿，季卿不为宾主，又著论以毁之。夫艺者，君子有之，德成而后及，乃所以同于民也。不务本而趋末，故业成而下也。学者谨之！

陆羽《茶经》大多言茶叶技术应用之道，对于物理探寻很少，亦未能言明，因此，后人多有非议。然技术虽实用但容易随着外界条件变化而变化，而"道"不同，它是事物的本性，产生的本源，不会因时间、环境而改变；改变的只是"术"而已。故宋代陈师道《茶经序》中言"夫茶之为艺下矣，至其精微，书有不尽，况天下之至理，而欲求之文字纸墨之间，其有得乎？"茶叶的具体操作方法是末技，况且文字具有有限性，文字表达有限，对事理描述亦有限，因此不可能完整解释清楚其中道理。"夫艺者，君子有之，德成而后及，乃所以同于民也。不务本而趋末，故业成而下也。学者谨之！"技艺虽然重要，但君子应该先探究物性，在懂得事物本性，发生发展规律后，自然就会制定出切实可行的办法；而如果不能明白物理，只重视技术的改进和应用，难免会容易被别人模仿。"史称羽持具饮李季卿，季卿不为宾主，又著论以毁之。"这就说明了只重视技术导致的后果。陆羽发现和整理了茶的品饮技术，却被常伯熊模仿并且技法上更胜一筹，从而使陆羽颜面扫地，以致著《毁茶论》；虽然只是史传，未必是真，但也说明了"不务本而趋末"产生的不良后果，故君子应引以为戒。

《茶述》（斐汶）

茶，起于东晋，盛于今朝。其性精清，其味浩洁，其用涤烦，其功致和。参百品而不混，越众饮而独高。烹之鼎水，和以虎形，过此皆不得。千人服之，永永不厌。与粗食争衡，得之则安，不得则病。彼芝术、黄精，徒云上药，至效在数十年后，且多禁忌，非此伦也。或曰，多饮令人体虚病风。余曰，不然。夫物能祛邪，必能辅正，安有蠲逐丛病，而靡保太和哉。今宇内为土贡实众，而顾渚、蕲阳、蒙山为上，其次则寿阳、义兴、碧涧、潷湖、衡山，最下有鄱阳、浮梁。今其精者无以尚焉，得其粗者，则下里兆庶，瓶盎粉揉。苟未得，则胃府（应为腑）病生矣。人嗜之如此者，两晋已前无闻焉。至精之味或遗也。作茶述。

此书其他不存，只留序文。"茶，起于东晋，盛于今朝。"此处应指茶饮的萌芽和发展是在东晋，此或由杜育《荈赋》得出结论。而饮茶之功效："其性精清，其味浩洁，其用涤烦，其功致和。"确实不少，但亦有"多饮令人体虚病风"之说，看来人们已经从对茶的狂热品饮中稍微清醒了点，能够认识到其弊处。其实应该辩证地看待茶叶的功能，有利也有弊；同时还要注意到每人体质不同，是否适宜饮茶以及饮何种茶类的问题。观其序文大体可知论茶内容，应大体包括茶事、茶功及当时名茶。

宋　代

《茶录》（蔡襄）

序

朝奉郎、右正言、同修起居注臣蔡襄上进：

臣前因奏事，伏蒙陛下谕，臣先任福建转运使日，所进上品龙茶最为精好。臣退念草木之微，首辱陛下知鉴，若处之得地，则能尽其材。昔陆羽《茶经》，不第建安之品；丁谓《茶图》，独论采造之本。至于烹试，曾未有闻。臣辄条数事，简而易明，勒成二篇，名曰《茶录》。伏惟清闲之宴，或赐观采，臣不胜惶惧荣幸之至。谨叙。

据"先任福建转运使日，所进上品龙茶最为精好"可知，此为蔡襄督办贡茶之后所作。在此之前，丁谓已作《茶图》一书，"独论采造之本，至于烹试，曾未有闻"，此书应是关于北苑贡茶的制作，可惜已失传。对于建安茶品，烹试中的点茶之法应是蔡襄首创，后书中详细介绍了点茶的方法。序中的"臣退念草木之微，首辱陛下知鉴，若处之得地，则能尽其材。"彰显了作者本意，是想借助最高统治者之手，提高建安茶品的知名度，毕竟是家乡特产，其目的是为家乡做贡献。

后序

臣皇祐中修起居注，奏事仁宗皇帝，屡承天问以建安贡茶并所以试茶之状。臣谓论茶虽禁中语，无事于密，造《茶录》二篇上进。后知福州，为掌书记窃去藏稿，不复能记。知怀安县樊纪购得之，遂以刊勒，行于好事者。然多舛谬。臣追念先帝顾遇之恩，揽本流涕，辄加正定，书之于石，以永其传。治平元年（1064）五月二十六日，三司使、给事中臣蔡襄谨记。

从后序中可知，蔡襄《茶录》也算几经波折，头稿被人窃去。不知是因为茶书内容好，还是因为书法极好缘故，由于其中错误很多，故又重新写了一本。《茶录》主要谈及品饮之事，也许是因为丁谓对采造之说甚备，故并无再言。

附录：龙茶录后序（宋·欧阳修）

茶为物之至精，而小团又其精者，录叙所谓上品龙茶者是也。盖自君谟始造而岁贡焉。仁宗尤所珍惜，虽辅相之臣未尝辄赐。惟南郊大礼致斋之夕，中书、枢密院各四人共赐一饼，宫人剪金为龙凤花草贴其上。两府八家分割以归，不敢碾试，但家藏以为宝，时有佳客，出而传玩尔。至嘉祐七年（1062），亲享明堂，斋夕，始人赐一饼。余亦忝预，至今藏之。余自以谏官供奉仗内，至登二府，二十余年，才一获赐……因君谟著录，辄附于后，庶知小团自君谟始，而可贵如此。治平甲辰（1064）七月丁丑，庐陵欧阳修书还公期书室。

欧阳修在《龙茶录后序》中将龙茶小团的创始者归于蔡襄，并对茶叶之珍贵叙说甚详，可见其印象之深刻，感触之良多。龙茶自"始造而岁贡"，为世所珍，欧阳修"以谏官供奉仗内，至登二府，二十余年，才一获赐。"可知，能得到龙茶小团赏赐是多么不易。此序文无疑是茶事之一证明，佐证了龙茶小团的创始人的问题。

跋蔡君谟《茶录》（宋·陈东）

余闻之先生长者，君谟初为闽漕时，出意造密云小团为贡物，富郑公闻之，叹曰："此仆妾爱其主之事耳，不意君谟亦复为此！"余时为儿，闻此语，亦知感慕。及见《茶录》石本，惜君谟不移此笔书《旋爨》一篇以进。

由陈东跋文可知，密云龙小团是蔡襄最早提出的制造方案，它比龙凤小团还要精致，故富郑公有不解之言，认为蔡襄此举为媚上，而其书法造诣不应只用于《茶录》石本，应该用在更多地方，此为调侃之言。

《东溪试茶录》（宋子安）

序

建首七闽，山川特异，峻极回环，势绝如瓯。其阳多银铜，其阴孕铅铁，厥土赤坟，厥植惟茶。会建而上，群峰益秀，迎抱相向，草木丛条，水多黄金，茶生其间，气味殊美。岂非山川重复，土地秀粹之气钟于是，而物得以宜欤？

北苑西距建安之涸溪，二十里而近，东至东宫，百里而遥。过涸溪、逾东宫，则仅能成饼耳。独北苑连属诸山者最胜。北苑前枕溪流，北涉数里，茶皆气弇然色浊，味尤薄恶，况其远者乎？亦犹橘过淮为枳也。近蔡公作《茶录》亦云："隔溪诸山，虽及时加意制造，色味皆重矣"。

北苑大体范围：西至建安之涸溪约二十里，东至东宫约百里，南至溪流，向北大约数里。看来北苑茶山为东西一百二十里长，南北窄的区域。此区域茶叶品质较好，故用作贡茶。

今北苑焙风气亦殊。先春朝隮常雨，霁则雾露昏蒸，昼午犹寒，故茶宜之。茶宜高山之阴，而喜日阳之早。自北苑凤山南，直苦竹园头东南，属张坑头，皆高远先阳处，岁发常早，芽极肥乳，非民间所比。次出壑源岭，高土沃地，茶味甲于诸焙。丁谓亦云："凤山高不百丈，无危峰绝崦，而岗阜环抱，气势柔秀，宜乎嘉植灵卉之所发也。"又以："建安茶品，甲于天下，疑山川至灵之卉，天地始和之气，尽此茶矣。"

……今书所异者，从二公纪土地胜绝之目，具疏园陇百名之异，香味精粗之别，庶知茶于草木，为灵最矣。去亩步之间，别移其性。又以佛岭、叶源、沙溪附见，以质二焙之美，故曰《东溪试茶录》。自东宫、西溪，南焙、北苑皆不足品第，今略而不论。

序文主要对北苑贡焙的地理位置、地形特点，气候特征及生产规模作介绍，将茶叶品质优异的原因归结于产地"气"的特殊，阴阳相和的结果。

北苑茶叶品质最好处为北苑凤山南至苦竹园头东南张坑头一部分，茶园处在高远先阳处，故茶美。而其根本原因在于当时天气变冷，"昼午犹寒"，故高阳处茶早发，用于早采奉奉朝廷。其次为壑源岭，"高土沃地，茶味甲于诸焙。"石乳名茶就出在壑源岭。序文并对北苑地形气候进行分析，其水分、光照、土壤皆适宜茶树生长。并对"气"非常注重，用"气势柔秀""天地始和之气"来形容。

《品茶要录》（黄儒）

总论

说者常怪陆羽《茶经》不第建安之品，盖前此茶事未甚兴，灵芽真笋，往往委翳消腐，而人不知惜。自国初以来，士大夫沐浴膏泽，咏歌升平之日久矣。夫体势洒落，神观冲淡，惟兹茗饮为可喜。园林亦相与摘英夸异，制卷鬻新而趋时之好，故殊绝之品始得自出于蓁莽之间，而其名遂冠天下。借使陆羽复起，阅其金饼，味其云腴，当爽然自失矣。

因念草木之材，一有负瑰伟绝特者，未尝不遇时而后兴，况于人乎！然士大夫间为珍藏精试之具，非会雅好真，未尝辄出。其好事者，又尝"论其采制之出入，器用之宜否，较试之汤火，图于缣素，传玩于时，独未有补于赏鉴之明尔。"盖园民射利，膏油其面，色品味易辨而难评。予因收阅之暇，为原采造之得失，较试之低昂，次为十说，以中其病，题曰《品茶要录》云。

国家安定，百姓生活满足则会带动人民更多的需求，茶饮的广泛普及在于茶叶具有的保健功效，能够使人"体势洒落，神观冲淡"，意即体态洒脱，神态淡泊，对修养身心不无裨益。有需求就必然有供给，因此带动了茶叶新品名品的不断涌现。"相与摘英夸异，制卷鬻新而趋时之好"亦是提高当地茶叶知名度，从而发展经济的有效手段。

序文对当时的茶饮兴盛原因做了很好的说明，士大夫安逸既久，对茶饮偏爱之，茶农亦迎合需求，茶叶发展迅速。品饮之风日炽，前人多有著述；涉及采制较多，而对于品鉴却言之甚少，故作者特意将采制与茶叶品质之关系进行详细阐述。

附录一　书黄道辅《品茶要录》后（眉山苏轼书）

物有畛而理无方，穷天下之辩，不足以尽一物之理。达者寓物以发其辩，则一物之变，可以尽南山之竹。学者观物之极，而游于物之表，则何求而不得？故轮扁行年七十而老于斫轮，庖丁自技而进乎道，由此其选也。

黄君道辅，讳儒，建安人，博学能文，淡然精深，有道之士也。作《品茶要录》十篇，委曲微妙，皆陆鸿渐以来论茶者所未及。非至静无求，虚中不留，乌能察物之情如其详哉！昔张机有精理而韵不能高，故卒为名医；今道辅无所发其辩，而寓之于茶，为世外淡泊之好，以此高韵辅精理者。予悲其不幸早亡，独此书传于世，故发其篇末云。

且不论这是否是苏轼所写，单看文中所书，可谓评论恰当；如果没有真正实践与辨悟，难以对茶叶加工与品饮了解如此深刻。作者主要论述了茶叶审评中香气、滋味、汤色的优劣与加工过程的对应关系，从而对提高审鉴之功找到了很好的方法与途径。只有对制茶环节充分了解，才能正确指出造成茶叶品质优劣的原因，从而在制茶时去改正或避免类似错误。

附录二　跋

黄儒事迹无考。按《文献通考》："陈振孙曰《品茶要录》一卷，元祐中东坡尝跋其后。"今苏集不载此跋，而陈氏之言必有所据，岂苏文尚有遗耶？然则儒与苏公同时人也。徐勃识。

此文或为上述跋文找到参考答案，苏东坡文集虽然没有记载，但或许是遗漏造成，因为黄儒与苏轼是同时期人，为其作跋当有可能。

《大观茶论》（赵佶）

序

尝谓首地而倒生，所以供人之求者，其类不一。谷粟之于饥，丝枲之于寒，虽庸人孺子皆知，常须而日用，不以岁时之舒迫，而可以兴废也。至若茶之为物，擅瓯闽之秀气，钟山川之灵禀，祛襟涤滞，致清导和，则非庸人孺子可得而知矣；冲淡简洁，韵高致静，则非遑遽之时可得而好尚矣。

本朝之兴，岁修建溪之贡，龙团凤饼，名冠天下；壑源之品，亦自此盛。延及于今，百废俱举，海内晏然，垂拱密勿，幸致无为。荐绅之士，韦布之流，沐浴膏泽，薰陶德化，咸以雅尚相推，从事茗饮。故近岁以来，采择之精，制作之工，品第之胜，烹点之妙，莫不咸造其极。且物之兴废，固自有然，亦系乎时之污隆。时或遑遽，人怀劳悴，则向所谓常须而日用，犹且汲汲营求，惟恐不获，饮茶何暇议哉？世既累洽，人恬物熙，则常须而日用者，因而厌饫狼藉。而天下之士，厉志清白，竞为闲暇修索之玩，莫不碎玉锵金，啜英咀华，较箧笥之精，争鉴裁之妙；虽否士于此时，不以蓄茶为羞。可谓盛世之清尚也。

呜呼，至治之世，岂惟人得以尽其材，而草木之灵者，亦得以尽其用矣。偶因暇日，研究精微，所得之妙，人有不自知为利害者，叙本末列于二十篇，号曰《茶论》。

饮茶之妙须雅人，更要有闲暇时间才能真正体会其中韵味。"本朝之兴，岁修建溪之贡，龙团凤饼，名冠天下；壑源之品，亦自此盛。"先有北苑贡茶，然后带动壑源茶品的兴起。

"而天下之士，厉志清白，竞为闲暇修索之玩，莫不碎玉锵金，啜英咀华，较箧笥之精，争鉴裁之妙，虽否士于此时，不以蓄茶为羞，可谓盛世之清尚也。"宋徽宗赵佶将饮茶提高到修身励节的志士闲暇之课，故朝臣莫不争先趋之，或品饮或著述，从而带动了宋朝茶文化的快速发展。宋徽宗可谓功不可没，但却倡导了朝众安逸之风，从而间接导致兵备松弛，战力大减，导致后来的"靖康之辱"。

《宣和北苑贡茶录》（熊蕃）

后序一

先人作《茶录》，当贡品极盛之时，凡有四十余色。绍兴戊寅（1158）岁，克摄事北苑，阅近所贡皆仍旧，其先后之序亦同，惟跻龙园胜雪于白茶之上，及无兴国岩小龙、小凤。盖建炎南渡，有旨罢贡三之一而省去也。先人但著其名号，克今更写其形制，庶览之者无遗恨焉。先是，壬子（1132）春，漕司再葺茶政，越十三载，仍复旧额。且用政和故事，补种茶二万株。次年益虔贡职，遂有创增之目。仍改京铤为大龙团，由是大龙多于大凤之数。凡此皆近事，或者犹未之知也。先人又尝作贡茶歌十首，读之可想见异时之事，故并取以附于末。三月初吉，男克北苑寓舍书。

此书是熊克在北苑供职时所写，将补写原由给以说明，并将其父茶歌十首一并录入。贡茶数量与之前有很大出入，减少了三之一，并且龙园胜雪居于白茶之上，盖其品质好于白茶，或饮茶习惯改变所致。"且用政和故事，补种茶二万株。"则表明茶园面积一直在扩大，并且茶树每年都有死亡者，故要及时补种。

后序二

北苑贡茶最盛，然前辈所录，止于庆历以上。自元丰之密云龙、绍圣之瑞云龙相继挺出，制精于旧，而未有好事者记焉，但见于诗人句中。及大观以来，增创新銙，亦犹用拣芽。盖水芽至宣和始有，故龙园胜雪与白茶角立，岁充首贡。复自御苑玉芽以下，厥名实繁。先子亲见时事，悉能记之，成编具存。今闽中漕台新刊《茶录》，未备此书。庶几补其阙云。

淳熙九年（1182）冬十二月四日，朝散郎、行秘书郎兼国史编修官、学士院权直熊克谨记。

熊蕃所记贡茶之事"止于庆历以上"。故熊克将之后北苑贡茶诸事补充说明，希冀在"闽中漕台所刊《茶录》"中能够录入此内容，也算告慰于先人了。从另一方面可知，当时福建漕吏著录茶书已成惯例之举；因《大观茶论》出自皇帝之手，下官跟风而进自是可理解之事。既能明君上之雅德，又能表自己之雅风，何乐而不为？

《北苑别录》（赵汝砺）

建安之东三十里，有山曰凤凰，其下直北苑，旁联诸焙，厥土赤壤，厥茶惟上上。太平兴国中，初为御焙，岁模龙凤，以羞贡篚，益表珍异。庆历中，漕台益重其事，品数日增，制度日精。厥今茶自北苑上者，独冠天下，非人间所可得也。方其春虫震蛰，千夫雷动，一时之盛，诚为伟观。故建人谓至建安而不诣北苑，与不至者同。仆因摄事，遂得研究其始末。姑摭其大概，条为十余类，目曰《北苑别录》云。

"仆因摄事，遂得研究其始末。"赵汝砺亲自督办贡茶，故其所写应是可信。

后序

舍人熊公，博古洽闻，尝于经史之暇，辑其先君所著《北苑贡茶录》，锓诸木以垂后。漕使侍讲王公，得其书而悦之，将命摹勒，以广其传。汝砺白之公曰："是书纪贡事之源委，与制作之更沿，固要且备矣。惟水数有赢缩、火候有淹亟、纲次有后先、品色有多寡，亦不可以或阙。"公曰："然。"遂摭书肆所刊修贡录曰几水、曰火几宿、曰某纲、曰某品若干云者条列之。又以所采择制造诸说，并丽于编末，目曰《北苑别录》。俾开卷之顷，尽知其详，亦不为无补。

淳熙丙午（1186）孟夏望日

门生从政郎、福建路转运司主管帐司赵汝砺敬书

从序文可知赵汝砺《北苑别录》著述之原因在于熊蕃《北苑贡茶录》讲述并不完整与全面，对于水数、火候、纲次、品色也未说清楚，故详细条列以补其阙。

明 代

《茶谱》（朱权）

序

挺然而秀，郁然而茂，森然而列者，北园之茶也。泠然而清、锵然而声，涓然而流者，南涧之水也。块然而立，晬然而温，铿然而鸣者，东山之石也。癃然而酸，兀然而傲，扩然而狂者，渠也。渠以东山之石，击灼然之火。以南涧之水，烹北园之茶，自非吃茶汉，则当握拳布袖，莫敢伸也。本是林下一家生活，傲物玩世之事，岂白丁可共语哉？予尝举白眼而望青天，汲清泉而烹活火，自谓与天语以扩心志之大，符水火以副内炼之功，得非游心于茶灶，又将有裨于修养之道矣。其惟清哉。涵虚子臞仙书。

开篇描述了其居住环境，有北园茶，南涧水，东山石，有山有水有茶，既可以游逸其中"以扩心志之大"，又可以汲水煮茶以练宁静之心，确是有益于修养之道。

《茶谱》（钱椿年著，顾元庆删校）

序

余性嗜茗，弱冠时，识吴心远于阳羡，识过养拙于琴川。二公极于茗事者也。授余收、焙、烹、点法，颇为简易。及阅唐宋《茶谱》《茶录》诸书，法用熟碾细罗为末、为饼，所谓小龙团，尤为珍重。故当时有"金易得而龙饼不易得"之语。呜呼！岂士人而能为此哉！

顷见友兰翁所集《茶谱》，其法于二公颇合，但收采古今篇什太繁，甚失谱意。余暇日删校，仍附王友石竹炉并分封六事于后，重梓于大石山房，当与有玉川之癖者共之也。

嘉靖二十年（1541）春吴郡顾元庆序

爱茶者才有茶趣，才有茶好；顾元庆本人嗜茶，故对历代茶书颇有详阅及心得。钱椿年所著《茶谱》内容广泛，但显杂乱，或有谬误，故对其删减校正。不知二人是何关系？

茶谱序（姚邦显）

嗜，人心也；心，一也。嗜而不失其正，一道心也。是故，曾子嗜羊枣，周子嗜莲，陶靖节嗜菊，于是乎观嗜斯知人矣。常熟友兰钱先生嗜茶，录茶之品类、烹藏，粤稽古今题咏，裒集成帙，非至笃好，乌能考详如是耶。夫茶良以地，味以泉，其清可以涤脾，其润可以已渴，于是乎幽人尚之，有烹以避鹤、饮以怡神者。子曰：饱食终日，无所用心，难矣是集也。萃三善焉：欲不为贪，贞也；良于用心，贤也；厌膏粱而说游艺，达也。观是集可以识先生矣。

古人观人嗜好可知人品如何，周敦颐嗜莲故其清心似莲，出污泥而不染；陶渊明爱菊，故其不慕浮华，甘于平淡自由。钱椿年爱茶故能甘于苦道，搜集考据编辑成书。茶叶因为产地优异而品质不俗，而其滋味的显露要借助泉水，因此茶与泉水有相益之功。观书可以看到钱椿年之人品，有贞、贤、达三个优点。甘于平淡是其贞，著述有益他人为其贤，不趋名利志于茶道，故能通达。

茶谱序（钱椿年）

茶性通利，天下尚之。古谓茶者，生人之所日用者也，盖通论也。至后世则品类益繁，嗜好尤笃。是故，王褒有《约》，卢仝有《歌》，陆羽有《经》，李白得仙人掌于玉泉山中，欲长吟以播诸天，皆得趣于深而忘言于扬者也。予在幽居，性不苟慕，惟于茶则尝属爱，是故临风坐月，倚山行水，援琴命弈；茶之助发余兴者最多，而余亦未有一遗于茶者。虽然，夫报义之利也，茶每余益而予不少茶著，是茶不弃余而余自弃于茶也多矣。均为乎平哉。是故集《茶谱》一编，使明简便，可以为好事者共治而宜焉。由真味以求真适，则山无枉枝，江无委泉，余亦可以为少报于茶云耳。兹集也，奚其与趣深言扬者丽诸？呜呼！蓬莱山下清风之梦，倘来卢石君家，金茎之杯暂辍，惟雅致者胥成。

序文所言著书之缘由，幽居远离世俗，有茶相伴故不独；临风坐月，倚山行水，援琴命弈，茶之相伴亦多矣。茶能助我、伴我、不弃我，可谓有义者；

我却无以为报，唯有集《茶谱》，以供好事者，以扬茶之德，亦为回报尔。

附录　《茶谱》后序

大石山人顾元庆，不知何许人也。久之知为吾郡王天雨社中友。王固博雅好古士也，其所交尽当世贤豪，非其人虽轩冕黼黻，不欲挂眉睫间。天雨至晚岁，益厌弃市俗，乃筑室于阳山之阴，日惟与顾、岳二山人结泉石之盟。顾即元庆，岳名岱，别号漳余，尤善绘事，而书法颇出入米南宫，吴之隐君子也。三人者，吾知其二，可以卜其一矣。今观所述《茶谱》，苟非泥淖一世者，必不能勉强措一词。吾读其书，亦可以想见其为人矣。用置案头，以备嘉赏。

归安茅一相撰

从茅一相所撰序文可以对顾元庆有所了解，其与王天雨、岳岱为知己好友。王天雨不好市俗，不慕权贵；岳岱则亦是隐逸君子，以书法见长；而顾元庆有茶癖，博览群书，所谓同声相求者人也。观其书则可以知人，其中甚合道理，言为心声，书为心志。

赵之履《茶谱续编》跋

友兰钱翁，好古博雅，性嗜茶。年逾大耋，犹精茶事。家居若藏若煎，咸悟三昧，列以品类，汇次成谱，属伯子奚川先生梓行之。之履阅而叹曰：夫人珍是物与味，必重其籍而饰之，若夫兰翁是编，亦一时好事之传，为当世之所共赏者。其籍（应为藉）而饰之之功，固可取也。古有斗美林豪，著经传世，翁其兴起而入室者哉。之履家藏有王舍人孟端《竹炉新咏》故事及昭代名公诸作，凡品类若干。会悉翁谱意，翁见而珍之，属附辑卷后为《续编》。之履性犹癖茶，是举也，不亦为翁一时好事之少助乎也。

赵之履与钱兰翁均为好茶之人，亦是"好事"之人，对于茶叶的爱好使之追慕前人，著述立说，对后人亦是幸事，可以多一点了解当时茶事情况。历史资料的保存流传得益于前人的积累与记录，其功不小。

《煮泉小品》（田艺蘅）

叙

田子艺夙厌尘嚣，历览名胜，窃慕司马子长之为人，穷搜遐讨。固尝饮泉觉爽，啜茶忘喧，谓非膏粱纨绮可语。爰著《煮泉小品》，与漱流枕石者商焉。考据该洽，评品允当，寔泉茗之信史也。予惟赞皇公之鉴水，竟陵子之品茶，耽以成癖，罕有俪者。洎丁公言《茶图》，颇论采造而未备；蔡君谟《茶录》，详于烹试而弗精；刘伯刍、李季卿论水之宜茶者，则又互有同异，与陆鸿渐相背驰，甚可疑笑。近云间徐伯臣氏作《水品》，茶复略矣。粤若子艺所品，盖兼昔人之所长，得川原之隽味；其器宏以深，其思冲以淡，其才清以越，具可想也。殆与泉茗相浑化者矣，不足以洗尘嚣而谢膏绮乎！重违嘉恳，勉缀首简。嘉靖甲寅（1554）冬十月既望，仁和赵观撰。

田子艺"历览名胜"，故对其中泉水多有赏汲。《煮泉小品》以此为基础写成，虽是个人之见，其中必浸润个人长久体会与心得，定有可取之处。"考据该洽，评品允当"，亦是赞美之辞。但观《煮泉小品》，确是神思灵动，文采清丽，赵观之说亦不谬也。赵观本人对茶事如此熟悉，可知亦是爱茶之人。

引

昔我田隐翁尝自委曰："泉石膏肓。"噫！夫以膏肓之病，固神医之所不治者也，而在于泉石，则其病亦甚奇矣。余少患此病，心已忘之，而人皆咎余之不治，然遍检方书，苦无对病之药。偶居山中，遇淡若叟，向余曰："此病固无恙也。子欲治之，即当煮清泉白石，加以苦茗，服之久久，虽辟谷可也，又何患于膏肓之病邪！"余敬顿首受之，遂依法调饮，自觉其效日著，因广其意，条辑成编，以付司鼎山童。俾遇有同病之客来，便以此荐之，若有如煎金玉汤者来，慎弗出之，以取彼之鄙笑。

时嘉靖甲寅秋孟中元日，钱塘田艺蘅序

田艺蘅自序中将自己看作是泉石膏肓之人，对名山佳泉爱之弥笃，须臾未尝忘记，亦是个人秉性如此，难以改变。虽曰得高士指点，应是戏谑之词。爱游名山爱饮苦茶，颇得其中之妙；而才情无处发越，势必溢之成书。书中之文，心中所想所悟也。大凡爱好山川之人，不慕虚名，不羡富贵，同气相吸；故曰好此道者与之，不然虽富贵者不与，可见其浩然之气。

跋

子艺作泉品，品天下之泉也。予问之曰："尽乎？"子艺曰："未也。"夫泉之名有甘、有醴、有冷、有温、有廉、有让、有君子焉，皆荣也。在广有贪，在柳有愚，在狂国有狂，在安丰军有咄，在日南有淫，虽孔子亦不饮者有盗，皆辱也。子闻之曰："有是哉，亦存乎其人尔。天下之泉一也，惟和士饮之，则为甘；祥士饮之，则为醴；清士饮之，则为冷；厚士饮之，则为温；饮之于伯夷，则为廉；饮之于虞舜，则为让；饮之于孔门诸贤，则为君子。使泉虽恶，亦不得而污之也，恶乎辱。泉遇伯封，可名为贪；遇宋人，可名为愚；遇谢奕，可名为狂；遇楚项羽，可名为咄；遇郑卫之俗，可名为淫；其遇蹠也，又不得不名为盗。使泉虽美，亦不得而自濯也，恶乎荣？子艺曰："噫！予品泉矣，子将兼品其人乎。"予山中泉数种，请附其语于集，且以贻同志者，毋混饮以辱吾泉。余杭蒋灼题。

天下水泉不可计数，穷其一生也难以品尽。天下泉名有好有恶，亦是人为，泉岂能自为之？故佳水未必有佳名，恶水未必就是不好，名与实不符者多矣。将泉水分成君子与恶士，恐非蒋灼为先，但其论述之精细可见认识深刻。引申开来，做人应与泉一样，应谨慎小心，有好名更要有善行，才能名实相符，才不会被人误解。泉水易污，人又何尝不是如此？

《水品》（徐献忠）

序

余尝著《煮泉小品》，其取裁于鸿渐《茶经》者，十有三。每阅一过，则尘吻生津，自谓可以忘渴也。近游吴兴，会徐伯臣示《水品》，其旨契余者，十有三。缅视又新、永叔诸篇，更入神矣。盖水之美恶，固不待易牙之口，而自可辨。若必欲一一第其甲乙，则非尽聚天下之水而品之，亦不能无爽也。况斯地也，茶泉双绝；且桑苎翁作之于前，长谷翁述之于后，岂偶然耶？携归并梓之，以完泉史。

嘉靖甲寅秋七月七日钱唐田艺蘅题

《煮泉小品》对水的评定，大抵脱不开《茶经》"山水上，江水次，井水下"之论断，徐献忠《水品》亦是如此。前人论水如张又新、欧阳修各有发现，亦是对水颇有深得者。吴兴之地自唐朝贡茶闻名，以陆羽而知名，泉水亦有可观之处。

后跋

徐子伯臣，往时曾作唐诗品，今又品水，岂水之与诗，其泠然之声、冲然之味有同流邪？予尝语田子曰："吾三人者，何时登昆仑、探河源、听奏钧，天之洋洋，还涉三湘；过燕秦诸川，相与饮水赋诗，以尽品咸池、韵濩之乐，徐子能复有以许之乎！"

余杭蒋灼跋

徐献忠曾有《诗品》为论诗之作，《水品》为论水之作，水在山川之间，登山观水赋诗亦是风雅之事。能与二三知己好友登昆仑找水源，相与饮水赋诗，其乐何如！蒋灼、田艺蘅与徐献忠因茶相知，因水相遇，因情性相投而遥相互问可为佳话。

《茶考》（陈师）

后跋

永昌太守钱唐陈思贞，少有书淫，老而弥笃。蹴脱郡组，市隐通都，门无杂宾，家无长物，时乎悬磬，亦复晏如。口诵耳闻，目睹足履，有会心嘅志处，胪列手存，久而成卷，凡数十种，率脍炙人间。晚有兹编，愈出愈奇，岂中郎帐中所能秘也。万历癸巳玄月，蜀卫承芳题。

从文中可知，陈师确为好学之人，闭门苦读不与世俗，有心收集，著作甚丰。而《茶考》一书文字不多，条理不明更像读书笔记，虽有个人品茶心得，亦未深论。

《茶录》（张源）

引

洞庭张樵海山人，志甘恬澹，性合幽栖，号称隐君子。其隐于山谷间，无所事事，日习诵诸子百家言。每博览之暇，汲泉煮茗，以自愉快。无间寒暑，历三十年，疲精殚思，不究茶之指归不已，故所诸《茶录》，得茶中三昧。余乞归十载，夙有茶癖，得君百千言，可谓纤悉具备。其知者以为茶，不知者亦以为茶。山人盍付之刭厥氏，即王濛、卢仝复起不能易也。

吴江顾大典题

张源所居之地包山（即洞庭西山），唐宋以风景秀丽而名，宋代时盛产太湖石成为上贡之物，明朝盛产茶叶。张源志趣淡薄，喜欢幽静；好读书品茗凡三十年，可谓深有所得，颇有见地。顾大典亦是苏州人，是同乡，辞官十年，亦好品茶，故两人可算相知。

《茶集》（胡文焕）

序

茶，至清至美物也，世不皆味之，而食烟火者，又不足以语此。此茶视为泛常，不幸固矣。若玉川其人，能几何哉？余愧未能绝烟火，且愧非玉川伦，然而味茶成癖，殆有过于七碗焉。以故，虎丘、龙井、天池、罗岕、六安、武夷，靡不采而收之，以供焚香挥麈时用也。医家论茶性寒，能伤人脾，独予有诸疾，则必藉茶为药石，每深得其功效。噫！非缘之有自，而何契之若是耶。

余既梓《茶经》《茶谱》《茶具图赞》诸书，兹复于啜茶之余，凡古今名士之记、赋、歌、诗有涉于茶者，拔其尤而集之，印命名曰《茶集》。固将表茶之清美，而酬其功效于万一，亦将裨清高之士，置一册于案头，聊足为解渴祛尘之一助云耳。倘必欲以是书化之食烟火者，是盖鼓瑟于齐王之门，奚取哉？付之覆瓿障牖可也。

万历癸巳（1593）初伏日钱塘全庵道人胡文焕序

茶本为清正和美之物，平常人未能体会，故将茶看作平常之物。作者既不像卢仝那样能解茶中三昧，又不像平常人那样只是用来解渴，可谓爱茶成癖；并收集天下名茶一一品尝，以求能得茶之真味。作者刻印许多茶书，一者成其所好，二者借以谋利以生活；所谓"裨清高之士"，其实是借以推销其书而已；但其功不为不大，在于整理并保存了许多史料。

《茶经》（张谦德）

古今论茶事者，无虑数十家，要皆大暗小明，近咎远泥。若鸿渐之

《经》，君谟之《录》，可谓尽善尽美矣。第其时，法用熟碾细罗，为丸为挺（应为铤）。今世不尔，故烹试之法，不能尽与时合。乃于暇日，折衷诸书，附益新意，勒成三篇，僭名《茶经》，授诸枣而就正博雅之士。

万历丙申（1596）春孟哉生魄日，蘧觉生张谦德言

此序文谈了著述此书的原因，是今世茶叶烹试之法已迥异以前；通过折衷诸书，另创茶叶新法，从而起到指引之作用。而以《茶经》为名，希求能得陆羽《茶经》之成效尔。

《茶疏》（许次纾）

序

陆羽品茶，以吾乡顾渚所产为冠，而明月峡尤其所最佳者也。余辟小园其中，岁取茶租自判，童而白首，始得臻其玄诣。武林许然明，余石交也，亦有嗜茶之癖，每茶期，必命驾造余斋头，汲金沙、玉窦二泉，细啜而探讨品骘之。余罄生平习试自秘之诀，悉以相授，故然明得茶理最精，归而著《茶疏》一帙，余未之知也。然明化三年所矣，余每持茗碗，不能无期牙之感。丁未（1607）春，许才甫携然明《茶疏》见示，且征于梦。然明存日著述甚富，独以清事托之故人，岂其神情所注，亦欲自附于《茶经》不朽与？昔巩民陶瓷肖鸿渐像，沽茗者必祀而沃之，余亦欲貌然明于篇端，俾读其书者，并挹其丰神可也。

万历丁未春日，吴兴友弟姚绍宪识于明月峡中

姚绍宪与许次纾可算是因茶而交，情同意合。姚绍宪家乡为顾渚山所在地，有地利之便能够在明月峡辟园而居；并且深爱茶事，乐此不疲，经过"童而白首"的长时间实践与体悟，"始得臻其玄诣"。许然明为杭州人，每年造茶之时，不怕远途，相遇参品，故茶之妙理在两人的共同探讨之下也逐渐清晰。应该说《茶疏》凝聚了两人的共同心血。

小引

吾邑许然明，擅声词场旧矣。丙申之岁，余与然明游龙泓，假宿僧舍者浃旬。日品茶尝水，抵掌道古。僧人以春茗相佐，竹炉沸声，时与空山松涛响

· 125 ·

答，致足乐也。然明喟然曰："阮嗣宗以步兵厨贮酒三百斛，求为步兵校尉，余当削发为龙泓僧人矣。"嗣此经年，然明以所著《茶疏》视余，余读一过，香生齿颊，宛然龙泓品茶尝水之致也。余谓然明曰："鸿渐《茶经》，寥寥千古，此流堪为鸿渐益友。吾文词则在汉魏间，鸿渐当北面矣。"然明曰："聊以志吾嗜痂之癖，宁欲为鸿渐功匠也。"越十年，而然明修文地下，余慨其著述零落，不胜人琴亡俱之感。一夕梦然明谓余曰："欲以《茶疏》灾木，业以累子。"余遽然觉而思龙泓品茶尝水时，遂绝千古，山阳在念，泪淫淫湿枕席也。夫然明著述富矣，《茶疏》其九鼎一脔耳，何独以此见梦，岂然明生平所癖，精爽成厉，又以余为臭味也，遂从九京相托耶？因授剞劂以谢然明。其所撰有《小品室》《荡栉斋》集，友人若贞父诸君方谋锓之。

丁未夏日社弟许世奇才甫撰

许次纾能够写就《茶疏》，固有姚绍宪授于茶理精髓，而与其爱茶并不断实践亦有很大关系。杭州龙井茶自古亦有名，为探求茶理，曾与社弟许世奇游龙泓，并住在僧舍二十日。每日品茶尝水，可谓深研其道，书成非一日之功，没有长时间的积累与总结，也难有新意。而其书确有许多新知卓见，可谓裨益《茶经》之功者。

后序

余斋居无事，颇有鸿渐之癖。又桑苎翁所至，必以笔床、茶灶自随，而友人有同好者，数谓余宜有论著，以备一家，贻之好事，故次而论之。倘有同心，尚箴余之阙，葺而补之，用告成书，甚所望也。次纾再识。

许次纾颇有谦词，其写书成因在于好著述，故人有所期待；对于此书，其未为完全满意，所以希能"葺而补之"，虽是自谦，亦是符合实际，所谓书海无边，学问有限，一人岂能尽得？

《茶乘》（高元濬）

序

图按经庶竟陵之汤勋不泯，北苑之绪芬具在云尔。癸亥菊月露中高元濬君鼎撰。

前两句是指《茶经》及北苑诸书对后世影响至今，《茶乘》之作欲借鉴诸书以求能成，所谓乘势而起者也。

茶乘品藻

品一　张燮

嗜茶，非自茶博士始也，王仲祖不先登乎？彼日与宾朋穷吸啜之致，但无复撰述以行。故陆氏之甘草癖独显，当是以《经》得名耳。宋以茶著者，无如吾闽蔡君谟。今龙凤团法且未废，而《茶录》尚播传诵。信乎，文之行远也。余向见友人屠田叔作《茗笈》而乐之，高君鼎复合诸家，删纂而作《茶乘》，古来茗灶间之点缀，可谓备尝矣。每读一过，使人涤尽尘土肠胃。后世有嗜茶者，尊《经》为茶素王，《录》为素臣。君鼎是编，尚未甘向郑康成车后也。

唐茶书以《茶经》为显，宋茶书以《茶录》而名，其原因亦是开创之功。至明朝龙凤团法未废，其品鉴之理大行，可见文化确能长久传承。论书之高下，《茶经》为王，因其第一，所论详备；《茶录》为臣，因其后起，所论单一。《茶乘》能集合众书，编著最广，可惜新意太少，张燮称其不甘于后亦是称赞而已。

品二　王志道

茗之初兴，曾比于酪，邾莒之盟，犹有异议。其后乃隐然与醉乡敌国。云："精于唐，侈于宋"，然其制莫不辗（应为碾）之、范之、膏之、蜡之。单焙之法，起自明时，可谓竟陵、建安后无作者哉！君鼎见之矣。今之好事汤社、麴部，事事中分艺苑，抑有一焉。叙记之，可以伯伦无功作对者，近体之，可与葡萄美酒饮中八仙作对者，尚觉寥寥。

有明以来，鼓吹唐风，得无有颇可采者乎？君鼎暇日将广搜之。

王志道此论，认为"单焙之法，起自明时"，应是指炒青制茶法；但事实或未必如其所说，任何一项技术都不可能一蹴而就，都要经过长时间的改进，炒青之法应亦是；虽然缺少文字史料佐证，但大抵不差。"有明以来，鼓吹唐风，"应是指茶叶的品饮之法，其所呈现的更多是一种精神追求，一种领悟方式。

品三　陈正学

予园居，以茶为谏友，君鼎道岸先登，其竟陵之法，胤苕溪之石交乎志。公惧法乘销毁，刻石而峪之，君鼎为《乘》之意良然。

陈正学闲居，以茶相伴为谏友，清心明志，可见亦是爱茶之人，其言"道岸先登"可见欣羡之意，或有志于著书否？

品四　章载道

余尝谓：嗜茶而不穷其致，仅与玉川角胜于碗杓间，此陆、蔡诸君所窃笑也。君鼎嗜茶，直肩随陆、蔡，故所著《茶乘》，虽述倍于创，要于疏原引类，各极其致，不趄三昧入矣。因戏谓君鼎："相与定交于茶白间，如何？"君鼎笑曰："子能出龙凤团相饷不？"余曰："《乘》中唯不详此，差胜耳。"君鼎曰："味长舆此言，嗜乃更进。"

爱茶应不仅限于表面，而要细究其理，否则只是解渴而已。《茶乘》虽"疏原引类，各极其致"，但犹有缺失。朋友相交，相互砥砺才可不断上进。

品五　黄以升

春雨中烹新芽，读君鼎《茶乘》，肺腑皆香，恍如惠山对啜时也。《茶经》《茶述》至矣，昔人犹病其略，建安迨蔡《录》始备。今得君鼎撰述，而嘉木名泉，点缀无憾，是亦皋卢之大成，吾闽之赤帜也。予好鞠部，恐污汤神，然知已过从，频罄惊雷之笑，以为尘尾，藉其玄液鼠须干焉。膏润种种幽韵，惟可与君鼎道耳。若品与法迸事与词，该尤《经》《录》所鲜。渴以当饮，不知世间有仙掌、醍醐也。

黄以升对《茶乘》给以高度评价，称其为"皋卢之大成，吾闽之赤帜也"。虽是过誉，亦为激励之词。建茶在宋代兴盛，茶书大行，而此后一度湮没无闻；黄以升故有此说，可见其对本地茶文化发展之关心。

《茶解》（罗廪）

叙

罗高君性嗜茶，于茶理有具解，读书中隐山，手著一编曰《茶解》，云书凡十目，一之原，其茶所自出；二之品，其茶色、味、香；三之程，其艺植高低；四之定，其采摘时候；五之撷，其法制焙炒；六之辨，其收藏凉燥；七之评，其点瀹缓急；八之明，其水泉甘洌；九之禁，其酒果腥秽；十之约，其器皿精粗。为条凡若干，而茶勋于是乎勒铭矣。其论审而确也，其词简而赅也，以斯解茶，非眠云跂石人不能领略。高君自述曰："山堂夜坐，汲泉烹茗，至水火相战，俨听松涛，倾泻入杯，云光潋滟。此时幽趣，未易与俗人言者，其致可把矣。"初，予得《茶经》《茶谱》《茶疏》《泉品》等书，今于《茶解》而合璧之，读者口津津，而听者风习习，渴闷既涓，荣卫斯畅。予友闻隐鳞，性通茶灵，早有季疵之癖，晚悟禅机，正对赵州之锋，方与袤辑《茗笈》，持此示之，隐鳞印可，曰："斯足以为政于山林矣。"

万历己酉（1609）岁端阳日友人屠本畯撰

屠本畯著有《茗笈》一书，可见其对茶事之深爱，而与罗廪《茶解》相比则高下立判。罗廪对于茶事颇有研究，周游各产地，亲自采制，并自己建茶园，十年磨砺，方成此功，故能自成一说，非只是相袭而已。而其所得在于能精心品悟，旁无杂物一心品茶。夜坐汲水煮泉，观涛细啜，才能有所得，有所悟。

跋

宋孝廉兄有茶圃，在桃花源西岩，幽奇别一天地，琪花珍羽莫能辨识其名。所产茶，实用蒸法如岕茶，弗知有炒焙、揉挪之法。予理鄞日，始游松萝山，亲见方长老制茶法甚具，予手书茶僧卷赠之，归而传其法。故出山中，人弗习也。中岁自祠部出，偕高君访太和，辄人吾里。偶纳凉城西庄称姜家山者，上有茶数株，翳丛薄中，高君手撷其芽数升，旋沃山庄铛，炊松茅活火，且炒且揉，得数合，驰献先计部，余命童子汲溪流烹之。洗盏细啜，色白而香，仿佛松萝等。自是吾兄弟每及谷雨前，遣干仆入山，督制如法，分藏董董。迩年，荣邸中益稔兹法，近采诸梁山制之，色味绝佳，乃知物不殊，顾腕法工拙何如耳。

……予疲暮尚逐戎马，不耐膻乡潼酪，赖有此家常生活，顾绝塞名茶不易致，而高君乃用。此为政中隐山，足以茹真却老，予实炉之。更卜何时盘砖相对，倚听松涛，口津津林壑间事，言之色飞。予近筑隐园，作泅息计，饶阳阿爽垲艺茶，归当手兹编为善知识，亦甘露门不二法也。昔白香山治池园洛下，以所获颍川酿法、蜀客秋声、传陵之琴、弘农之石为快。惜无有以兹解授之者，予归且习禅，无所事酿，孤桐怪石，凤故畜之。今复得兹，视白公池上物奢矣。率尔书报高君，志兰息心赏。

时万历壬子（1612）春三月武陵友弟龙膺君御甫书

由龙膺所书可知，其友宋孝廉有茶圃，所处幽奇别有洞天，周围奇花珍鸟毕集，确是灵异之地。故茶之品质别与他处，优于他处。炒制之法开始为蒸青，后学习长老制茶法，为炒青制法，品质自然不同；并亲见罗廪炒茶，自己经过不断学习，亦能炒出好茶，可见炒制之功非一日所能成，需要长久实践并揣摩。茶叶因产地而不同，但制工同样重要。曾与罗廪炒茶品茗，亦为快事！结尾言其羡慕之意，驰逐戎马，每日劳神，颇希望亦能有一处养老之地。故筑隐园，每日品茶赏景，大有白居易隐士之风。

《茗笈》（屠本畯）

序一

清士之精华，莫如诗，而清士之绪余，则有扫地、焚香、煮茶三者。焚香、扫地，余不敢让，而至于茶，则恒推毂吾友闻隐鳞氏，如推毂隐鳞之诗。盖隐鳞高标幽韵，迥出尘表于斯二者，吾无间然，其在缙绅，惟龆叟先生与隐鳞同其臭味。隐鳞嗜茶，龆叟之于茶也，不甚嗜，然深能究茶之理、契茶之趣，自陆氏《茶经》而下，有片语及茶者，皆旁搜博订，辑为《茗笈》，以传同好。其间采制之宜、收藏之法、饮啜之方，与夫鉴别品第之精，当可谓陆氏功臣矣。余谓龆叟宦中诗，多取材齐梁，而其林下诸作，无不力追老杜。少陵之后，有称诗史者，惟龆叟。而季疵之后称茶史者，亦惟龆叟。隐鳞有龆叟，似不得专其美矣。两君皆吾越人，余因谓茶之与泉，犹生才，何地无佳者。第托诸通都要路者，取名易，而僻在一隅者，起名难。吾乡泉若它山，茶若朱溪，以其产于海隅，知之者遂鲜。世有具赞皇之日，玉川之量，不远千里可也。

庚戌（1610）上巳日，社弟薛冈题

薛冈序文谈及几点：一是闻隐鳞与幽叟（屠本畯）皆为清正高洁之士，因二人皆好诗嗜茶，符合清士之行为。幽叟诗力甚工，逮追老杜。《茗笈》所著，乃其闲暇爱好之事。二是茶与泉每处都有佳者，与人才一样，只是天时地利不同，显与不显而已。

序二

屠幽叟先生，昔转运闽海衙斋中，阒若僧寮。予每过从，辄具茗碗，相对品骘古人文章词赋，不及其他。茗尽而谈未竟，必令童子数燃鼎继之，率以为常。而先生亦赏予雅通茗事，喜与语且喜与啜。凡天下奇名异品，无不烹试定其优劣，意豁如也。及先生擢守辰阳，挂冠归隐鉴湖，益以烹点为事。铅椠之暇，著为《茗笈》十六篇，本陆羽之文为经，采诸家之说为传，又自为评赞以美之。文典事清，足为山林公案，先生其泉石膏肓者耶？予与先生别十五载，而谢在杭自燕归，出《茗笈》读之，清风逸兴，宛然在目，乃谋诸守公喻使君梓之郡斋，以广同好。善夫陆华亭有言曰：此一味非眠云跂石人未易领略，可为幽叟实录云。

万历辛亥（1611）年秋日，晋安徐勃兴公书

徐勃亦是爱茶之人，清雅之士，其与屠幽叟交往深厚，经常品茶话谈，"相对品骘古人文章词赋"可见其文学之攻取。对于名茶，则尽力获取，烹试评判。具有文字功力又有爱茶之好，茶书而作亦是水到渠成，可见兴趣是成就一切的重要前提。

自序

不佞生也憨，无所嗜好，独于茗不能忘情。偶探友人闻隐鳞架上，得诸家论茶书，有会于心，采其隽永者，著于篇，名曰《茗笈》。大都以《茶经》为经，自《茶谱》迄《茶笺》列为传，人各为政，不相沿袭。彼创一义，而此释之，甲送一难，而乙驳之，奇奇正正，靡所不有。政如《春秋》为经而案之，左氏、公、穀为《传》而断之，是非予夺，豁心胸而快志意，间有所评。小子不敏，奚敢多让矣。然书以笔札简当为工，词华丽则为尚。而器用之精良，赏鉴之贵重，我则未之或暇也。盖有含英吐华、收奇觅秘者，在书凡二篇，附以赞评。幽叟序。

将成书归功于已有所好，而恰逢志趣相同之友，能够博览其收藏茶书，并有心整理编辑而成。他认为后世茶书多以《茶经》为经，然后相应阐发自己见解而已；虽有新见，多是一家之言，未必都是正确，但求一快志意。对自己书中未能将品茶器具，详列赏鉴颇有遗憾，但事难万全，疏漏自是难免。能广大搜集者其思少，有心求变者事难全，盖人力之有限也。

《茗笈》品藻

品一　王嗣奭

昔人精茗事，自艺而采、而制、而藏、而瀹、而泉，必躬为料理。又得家童洁慎者专司之，则可。余家食指繁，不能给饔餐，赤脚苍头，仅供薪水。性虽嗜茶，精则无暇，偶得佳者，又泉品中下，火候多舛，虽胡靴与霜荷等。余贫不足道，即贵显家力能制佳茗，而委之僮婢烹瀹，不尽如法。故知非幽人开士、披云漱石者，未易了此。夫季疵著《茶经》为开山祖，嗣后竞相祖述，屠豳叟先生撷取而评赞之，命曰《茗笈》，于茗事庶几终条理者。昔人苦名山不能遍涉，托之于卧游。余于茗事效之，日置此笈于棐几上，伊吾之暇，神倦口枯，辄一披玩，不觉习习清风两腋间矣。

茶事需同时具备财力与时间，缺一不可。居家不足，衣食常忧，没有精力去亲悟煮茶之法，偶有佳茗，耽于艺不精亦难有其效。有财力时间能制佳茗，但自己不能亲为，委之旁人，“烹瀹不尽如法”，亦不能尽得其中之妙。王嗣奭学习古人“卧游”之法，闲暇之余看书体悟，亦觉如饮好茶，清风自生。

品二　范汝梓

予谪归过，豳叟出《茗笈》相视，凡陆季疵《茶经》诸家笺疏、暨豳叟所自为评赞，直是一种异书。按《神农食经》：“茗久服，令人有力悦志。”周公《尔雅》：“槚，苦荼（应为茶）。而伊尹为汤说（应为《汤说》）：至味不及茗。”《周礼》浆人供王六饮，不及茗厥。后杜毓《荈赋》、傅巽《七诲》间一及之。而原之《骚》、乘之《发》、植之《启》、统之《契》，草木之佳者，采撷几尽，竟独遗茗何欤？因知古人不尽用茗，尽用茗，自季疵始，一切世味，荤膘甘脆，争染指垂涎。此物面孔严冷，绝无和气，稍稍沾唇渍口，辄便唾去，晡则嗜之。呦呦幽叟，世有知味，必嗜茗，并嗜此笈。遇俗物，茗不堪与酪为奴，此笈政可覆酱瓿也。

唐之前，记叙茶事之史料甚少，可知古人对茶不甚好；自《茶经》推广，茶饮始兴。但世俗多好肥甘，而茶性冷，能知茶者寥寥，幽叟可算知味之人，深得茶中妙谛。

品三　陈镆

夫茗，灵芽真笋，露液霜华，浅之涤烦消渴，妙至换骨轻身。藉非陆氏肇指于前，蔡、宋数家递阐于后，鲜不犯经所谓"九难"也者。幽叟屠先生，搜剔诸书，标赞系评，曰《茗笈》云。嗜茶者持循收藏，按法烹点，不将望先生为丹丘子、黄山君之俦耶？要非画脂镂冰，费日损功者可拟耳。予断除腥秽有年，颇得清净趣味，比获受读，甚惬素心。

陈镆为僧道吗？能够断除腥秽，茶之功亦大矣；轻则涤烦消渴，妙至换骨轻身。前人有引发之功，《茗笈》则继之于后，其中真意颇能感同身受。

品四　屠玉衡

幽叟著《茗笈》，自陆季疵《茶经》而外，采辑定品，快人心目，如坐玉壶冰啖哀仲梨也者。幽叟吐纳风流，似张绪；终日无鄙言，似温太真。迹胃区中，心超物外。而余臭味偶同，不觉针水契耳。夫赞皇辨水，积师辨茶，精心奇鉴，足传千古，幽叟庶乎近之。试相与松间竹下，置乌皮几，焚博山炉，斟惠山泉，把诸茗莽而饮之，便自羲皇上人不远。

此序文对幽叟人品作了综合概括，有张绪之风流，温太真（庭筠）之高雅，淡泊致远，心超物外。能够松间竹下煮泉品茗，确如神仙般潇洒飘逸。

《茶董》（夏树芳）

序

酒自三王时，天下已尤物视焉，争腴于兹，致烦候邦诘也。茶最后出，至唐始遇知者。然惟清流素德始相酬酢，而伧父俗物或望之而却走，则所谓时为帝而递相雌雄者乎？余尝著论，酒德为春，茗德为秋；酒类狂，茗类狷；酒为通人，茗为节士，凤以此平章之。而夏茂卿集酒曰《酒颠》，集茶曰《茶董》，

下篇　茶文

盖因昔人有"酒家南董"之称，而移其董酒者董茶。其降心折节，固有所独先，与夫酒有酒祸，波及者大，茶特小损，即称水阨，亦薄乎云尔。立监佐史之不须，何以董哉？无乃爱茶重茶而虞其辱，故称董，以董其辱茶者非与？余家姑苏虎丘之茶，为天下冠。又近长兴地，名洞山庙后所产芥，风格亦相絜焉。泉取惠山，甘过杨（应为扬，指扬子江水）子，二妙相配，茗事始绝。尝夫新雷既过，众蛰初晴，余与二三子亲采露芽于山址，命僮如法焙制烹点。迨夫素涛翻雪，幽韵生云，而余尝之，如餐霞，如挹露，欲习仙举，则叹夫茂卿之同好，真我枕漱之侣也。夫茶有四宜焉：宜其地，则竹林松涧，莲沼梅岭。宜其景，则朗月飞雪，晴昼疏雨。宜其事，则开卷手谈，操琴草圣。宜其人，则名僧骚客，文士淑姬。否则与茶韵调大不相偕，不亦辱乎？是茶史氏之所必掺霜钺而砭之者也。有右酒者曰：是四宜者，酒独不宜乎？余曰：酒神之性炎如，而茶神之性温如。是四宜者，得酒则或驰骤而杀景，得茶始驯伏而增趣。夫酒不能为茶弼士，而茶能为酒功臣久矣。妹邦祸流，天下濡首。天地若覆，日月若昏，清之重冀，涤之重明，唯茶之以。昔人所谓不减策勋凌烟，其斯之谓与？故酒有董，而茶尤不可无董。自茂卿著此书，而余为序，当露花洗天，推窗而望，茶星益烨烨其明，酒星退舍矣。

姑苏冯时可元成甫撰

此序文将酒与茶兼论，酒成名已久，茶在之后；酒德与茶德相异，人取之不同；酒性烈，茶性寒，故茶能伏酒而增趣。酒有南董，茶有董亦很恰当。虎丘与洞山茶并为天下好茶，扬子江水煮茶尤宜，二优相遇，可称绝配。饮之，大有飞仙之感，盖茶之清神如此。茶有四宜：地宜清气围绕，竹松莲梅之地尤佳；品茶观景则无如朗月晴昼，飞雪疏雨；人应为文雅之士，得道高僧；然后才能畅谈文理，领悟茶性，弹琴相悦。

题词

荀子曰："其为人也多暇，其出入也不远矣。"陶通明曰："不为无（应为有）益之事，何以悦有涯之生？"余谓茗碗之事，足当之。盖幽人高士，蝉脱势利，藉以耗壮心而送日月。水源之轻重，办若淄渑（应为渑）；火候之文武，调若丹鼎。非枕漱之侣不亲，非文字之饮不比者也。当今此事，惟许夏茂卿，拈出顾渚、阳羡，肉食者往焉，茂卿亦安能禁？壹似强笑不乐，强颜无欢，茶韵故自胜耳。予夙秉幽尚，入山十年，差可不愧茂卿语。今者驱车入闽，念凤团龙饼，延津为瀹，岂必土思，如廉颇思用赵？惟是绝交书。所谓心不耐烦而官事鞅掌者，竟有负茶灶耳，茂卿犹能以同味谅我耶？云间董其昌。

荀子之说，人能静，故能有得；陶渊明之论在于人生有目标，才会快乐充实。品茶可谓兼得之，此亦是高人幽士所乐所求。寻水品鉴，烹茶相饮，诉诸文字，夏树芳可谓得之矣。

小序

范希文云："万象森罗中，安知无茶星？"余以茶星名馆，每与客茗战，自谓独饮得茶神，两三人得茶趣，七八人乃施茶耳。新泉活火，老坡窥见此中三昧；然云出磨则屑饼作团矣。黄鲁直去芎用盐，去橘用姜，转于点茶，全无交涉。今旗枪标格，天然色香映发。岕为冠，他山辅之，恨苏黄不及见。若陆季疵复生，忍作《毁茶论》乎？江阴夏茂卿叙酒，其言甚豪。予笑曰："觞政不纲，曲蘖分愬，诋呵监史，倒置章程，去斗覆觚，几于腐胁。何如隐囊纱帽，翛然林涧之间，摘露芽，煮云腴，一洗百年尘土胃耶？醉乡网禁疏阔，豪士升堂，酒肉伧父，亦往往拥盾排闼而入，茶则反是。周有《酒诰》，汉三人聚饮，罚金有律；五代东都有曲禁，犯者族，而于茶，独无后言。吾朝九大塞著为令，铢两茶不得出关，正恐滥觞于胡奴耳。盖茶有不辱之节如此。热肠如沸，茶不胜酒；幽韵如云，酒不胜茶。酒类侠，茶类隐，酒固道广，茶亦德素。茂卿，茶之董狐也，试以我言平章之孰胜？"茂卿曰："诺"。于是退而作《茶董》。

陈继儒书于素涛轩

陈继儒以苏黄为榜样，品饮得茶趣，亦认为饮酒与饮茶相异。酒类侠，能起热肠肝胆；茶为隐，多有幽韵之志。饮酒能结交豪杰，故其道广；饮茶能涵养德行，故有素心。

序

夫登高丘望远海，酒固为吾侪张军济胜之资；而月团百片，消磨文字五千。或调鹤听莺，散发卧羲皇，则桧雨松风，一瓯春雪，亦所亟赏。故断崖缺石之上，木秀云腴，往往于此吸灵芽，漱红玉，瀹气涤虑，共作高斋清话。自晋唐而下，纷纷邾莒之会，各立胜场，品列淄渑，判若南董，遂以《茶董》名篇。语曰："穷春秋，演河图，不如载茗一车"，诚重之矣。如谓此君面目严冷，而且以为水厄，且以为乳妖，则请效綦毋先生无作此事。

冰莲道人夏树芳识

自茶兴起与酒争功，两者优劣，每人看法不一，随自己喜好而定。物难两全，各有利弊，非仅酒茶如此，故赞誉贬低非真论。爱茶者自能享受饮茶之乐趣，况茶亦能成其功业；古有定论，隋有"载茗"之说，宋有龙团之造，皆因茶而成，谁能说饮茶只是水厄而已？

《蒙史》（龙膺）

题辞

壶觞、茗碗，世俗不啻分道背驰，自知味者，视之则如左右手，两相为用，缺一不可。颂酒德，赞酒功，著茶经，称《水品》，合之双美，离之两伤。从所好而溺焉，孰若因时而迭为政也。吾师龙夫子，与舒州白力土铛，凤有深契，而于瀹茗品泉，不废净缘。顷治兵湟中，夷虏款塞，政有余闲，纵观泉石，扶剔幽隐。得北泉，甚甘烈，取所携松萝、天池、顾渚、罗岕、龙井、蒙顶诸名茗尝试之，且著《醒乡记》，以与王无功。千古竞爽，文围颉颃，破绝塞之颟蒙，增清境之胜事。乃知天地有真味，不在膻酪、姜椒、羶腥、盐豉间。而雅供清风，且推而与擐甲、关弧、荷毡披毳者共之矣。不肖蓄囊侍宴欢，辄困惫于师之觞政。所幸量过七碗，不畏水厄耳。恨不能缩地南国，览胜湟中，听松风，观蟹眼，引满醉茶于函丈之前，以荡涤尘情，消除杂念也。日奉斯编，用为指南，辄不自谅小巫之索然，敬缀数语，以就正焉。

万历壬子（1612）岁春正月，江左门人朱之蕃书于□椀斋

朱之蕃此论甚确，酒与茶各成其功，各有所用，如人之左右手，两相为用，方成全功。想饮酒时饮酒，以逞其雄豪之志；想饮茶时品茶，以静心爽神，修养身志；这也符合人之求新求变之本性。酒茶风味不同，带给人的体验

自是不一样。茶为雅物，爱屋及乌，雅量之人固当饮茶。听松风，观蟹眼，慢品茶又何尝不是一件惬意之事？

《茶集》（喻政）

跋

余所藏《烹茶图》，赏鉴家多以为伯虎真迹，言之娓娓，而余未能深解其所以。然昔人问王子敬云："君书何如君家尊？"答曰："固当不同。"既又云："外人那得知。"夫评书画者，既已未深知矣。即三人占，从二人之言，其谁曰不可。图之后，旧附有赞说数首。来守福州，稍益之，一时寅僚多隽才，促更余刻之石甚力。余逡巡谢，已而思之，余性孤僻，寡交游，即如囊者，盘桓金台白下，亦复许时而曾不能广谒名流，博求篇咏，以侈大吾图而彰明，吾好则与夫守其后语，矜慎不传，而自娱于筥中之珍也。无宁托寒山之片石，而使观者谓温子升可与共语耶。嘻！余实非风流太守，而谬负茶癖，以有此举也。后之君子，未必无同然焉。抑或谓三山之长，未能贞峰功令悬之国门，而为此不急之务，不佞亦无所置对。知我罪我，其惟此《烹茶图》乎。时三十九年季冬南昌喻政书于三山之光仪堂。

喻政有唐伯虎《烹茶图》赝品，赏鉴家多以为真，且言之凿凿，可见众人之目有时并不明晰如镜。对于茶叶来说何尝不是如此，众人认为好的茶品就一定好吗？只不过约定成规而已，谁又能与众人为抗？作者性孤僻，寡交游，不随世俗，故赏者亦希也。惟好茶，寄诸茶书，一伸垒块之积，不宜可乎？

《茶书》（喻政）

序

夫世竞市朝，则烟霞者赏矣；人耽梁肉，则薇蕨者贵矣。饮食者，君子之所不道也。曲蘖沉心，淳母爽口，古之作者，犹或谱之。矧于茶，其色香风味，既迥出尘俗之表，而消壅释滞，解烦涤燥之功，特与艺术颉颃。故自桑苎翁作《经》以来，高人墨客，转相绍述，互有拓充，至于今日，十有七种。

其于栽培、制造之法，煎烹取舍之宜，亦既搜括无漏矣。

盖尝论之，三代之上，民炊藜而羹藿，七十食肉，口腹之欲未侈，故茶之功用隐而弗章，然谷风之妇已歌之矣。谁谓茶苦，其甘如荠而董茶如饴，周原所以纪胝也。近世鼎食之家，效尤淫靡，庖宰之手，穷极滋味。一切煎炙之珍奇，皆伐肠裂胃之斧斤，若非云钩露芽之液，沃其炎炽，而滋其清凉，疾疠夭札踵踵相望矣。故茶之晦于古，著于今，非好事也，势使然也。吾郡侯喻正之先生，自拔火宅，大畅玄风，得唐子畏烹茶卷，动以自随。入闽期月，既已勒之石矣。复命徐兴公袭鸿渐以下《茶经》《水品》诸编，合而订之，命曰《茶书》，间以示余。余叹谓使君一举而得三善焉。存古决疑，则嵇含状草木，陆机疏虫鱼之旨也；齐民殖圃，则葛颖记种植，赞宁谱竹笋之意也；远谢世氛，清供自适，则陈思谱海棠，范成大品梅花之致也。昔蔡端明先生治吾郡，风流文采，千古罕俪，而于茶尤惓惓焉。至制龙团以进天子，言者以为遗恨，不知高贤之用意固深且远也。九重乙夜，前后左右，惟是醍醐膏芳，谁复以清远之味相加遗者？且也不犹愈于曲江之献荔支赋乎？正之治行，高操绝出伦表，所好与端明合，而是书之传世，不劳民，一不媚上，又高视古人一等矣。正之笑谓余："吾与若皆水曹也，夫唯知水者，然后可与辨茶，请与子共之。"余谢不敏，遂次其语以付梓人。

万历壬子（1612）元旦晋安谢肇淛书于积芳亭

谢肇淛此序是针对非议蔡襄制龙团献天子之事，并阐发己意。蔡襄文采斐然，为世所称，其献龙团之事，有勉励者有攻击者；欲以明君子亦有所累，而不知高贤自有深远之用意。对于君上，如其自身不能控制欲望，除了茶叶难道就不能喜好别的东西吗？譬如唐朝有荔枝之献。上贡茶叶虽然对百姓有烦忧之害，但茶叶品饮亦是雅事，对于促进当地茶叶经济发展及全国茶饮的兴盛，无疑起到很好的促进作用。"世竞市朝，则烟霞者赏矣；人耽粱肉，则薇蕨者贵矣"。世俗逐利求名，故隐者为希，淡薄者为贵。茶叶既有消壅释滞，解烦涤燥之功效，又是清心养正之良诱，饮茶对于世风之矫正不亦有益吗？古人对所好之物著述以闻，已非一日。有草木虫鱼之疏，种植之术，更有竹笋、海棠、梅花之谱，茶叶亦应该有书，《茶书》之出，亦佳事也。

茶书序

余向读陆鸿渐《茶经》，而少之以为处士出而茗功章彻，一洗酪奴之诮声，施荣华至今，诚于此道为鼻祖。顾后来好事之彦，羽翼鼓吹，散在群书，往往而是，而编辑无闻，统纪未一，使人惜碎金而筒片玉。大观之，谓何夫千金之裘，非一狐之腋；然不索胡获，不庀胡纠。我实未尝谋诸野，而徒诧孟尝之幸。得于秦宫者以为独贵，非裘难也，所以成裘者则难矣。喻正之不甚嗜茶，而澹远清真，雅合茶理。方其在留京为司马曹郎，握库笈钥，尽以其例羡，付之杀青。所刊正诸史志，辨鲁鱼，订亥豕，列在学宫，彼都人士，直将尸而祝之。今来福州，复取古人谈茶十七种，合为《茶书》。正烟虽非茶僻，抑诚书淫矣。其书以《茶经》为宗，譬则泰山之丈人峰乎？余若徂徕日观之属罗列，不啻儿孙脉络常贯，而峭菁各成洋洋乎。美哉！畅韵士之幽怀，作词场之佳话，功不在陆处士之下，更何待言。

……观昔人云：书值会心读却易尽，请使君再广为搜故事。太守与丞倅，李官名为僚，而实无敢以雁行，进常会一茶而退，郑重不出声。即不然，亦聊启口而尝之。又不然，漫造端而骈之，而使君质任自然心无适，莫合刻《茶书》以发舒其澹远清真之意，遂使不受世网如余者，浮以窥见微指作寥旷之谈，破矜庄之色，无亦非所宜乎，请使君自今引于绳。使君欣然而笑曰：有是哉。广搜之，请敢不子从何谓引绳不敢闻命。我与二三子游于形骸之外，而子索我于形骸之内，子其犹有蓬之心也。夫余而后知使君之澹远清真，雅合茶理不虚也。

壬子孟春西陵周之夫书于妙香斋中

此序谈了几个问题：一是说著述之艰难，外人只看到狐裘之珍贵之华美，不知道每一件狐裘是聚集许多狐皮精华缝纫加工而成，可谓非常辛苦。写书亦是如此，要广泛搜集材料，还要进行取舍加工编辑，可谓非一日之功。二是喻政不甚好茶，但其情趣雅真却与茶理相同，故好之才会写之。《茶书》结构以《茶经》为范，可谓对茶饮有助者，"功不在陆处士之下，"是其赞言而已，未必是真；两者所处时代不同，其功自是不能相比。三是谈了周之夫自己好茶并喜好茶书，对茶书所不足提出建议，希望再"广为搜故事"。

茶书自叙

余既取唐子畏所写《烹茶图》而珉绣之，一时寅彦胜流，纷有赋咏，楮墨为色飞矣。而自念幸为三山长，灵源云英，往往浇燥脾而回清梦，盖与桑苎翁千载神狎也。爰与徐兴公广罗古今之精于谭茶若隶事之者，合十余种，为《茶书》。茶之表章无稍挂，而桑苎之《经》则仍《经》之；诸翊而缀者，亦犹内典金刚之有论与颂耳……至剔幽揽隐为茗苑中一大摠持，无乃烦乎。余无以难客，已而曰：颖箕洁蹈，瓢响犹厌，其声洙泗，真乐水饮，偏归于适，明有待之未冥而无碍之合漠也。夫啜茗之于饮水烦矣，品茗之于去瓢尤烦矣。余则何辞？抑余于嵇、阮诸君子窃有畸焉。盖彼之趣，藉物以怡；而余之肠，得此而涤，固非劳吾生为所嗜，后津津而不止者也……客退，聊次问答语为《茶书》叙云。

万历癸丑（1613）涂月哉生明鼓山主人洪州喻政撰

从喻政自序文中得知，其写此书目的在于有所寄，有所用，有所得而已。爱茶故爱书，集之成册非为观赏，亦为保存有益于他人；而自己能够闲处品饮，亦可养志。虽然仅有记载搜集之功，无阐发己意之得，确为憾事也。但漫观茶书，心中自得亦一妙。

《茶说》（黄龙德）

序

茶为清赏，其来尚矣。自陆羽著《茶经》，文字遂繁，为谱、为录，以及诗、歌、咏、赞，云连霞举，奚啻五车。眉山氏有言："穷一物之理，则可尽南山之竹"，其斯之谓欤。黄子骧溟著《茶说》十章，论国朝茶政；程幼舆搜补逸典，以艳其传。斗雅试奇，各臻其选，文葩句丽，秀如春烟，读之神爽，俨若吸风露而羽化清凉矣。书成，属予忝订，付之剞劂。夫鸿渐之《经》也以唐，道辅之《品》也以宋，骧溟之《说》、幼舆之《补》也以明。三代异治，茶政亦差，譬寅丑殊建，乌得无文。噫！君子之立言也，寓事而论其理，后人法之，是谓不朽，岂可以一物而小之哉！

岁乙卯（1615）天都逸叟胡之衍题于栖霞之试茶亭

茶为清赏，自陆羽著《茶经》后，所著繁多。茶虽为小物，但亦能明理，而理之奥妙实难一言以蔽之，非尽南山之竹而不可明之，茶叶虽小，岂可小觑？

总论

茶事之兴，始于唐而盛于宋。读陆羽《茶经》及黄儒《品茶要录》，其中时代递迁，制各有异。唐则熟碾细罗，宋为龙团金饼，斗巧炫华，穷其制而求耀于世，茶性之真，不无为之穿凿矣。若夫明兴，骚人词客，贤士大夫，莫不以此相为玄赏。至于曰采造，曰烹点，较之唐、宋，大相径庭。彼以繁难胜，此以简易胜；昔以蒸碾为工，今以炒制为工。然其色之鲜白，味之隽永，无假于穿凿，是其制不法唐、宋之法，而法更精奇，有古人思虑所不到。而今始精备茶事，至此即陆羽复起，视其巧制，啜其清英，未有不爽然为之舞蹈者。故述国朝《茶说》十章，以补宋黄儒《茶录》之后。

此论简短而丰富。首先谈了古今制茶方法之演变，唐朝为饼茶，不甚精制；宋代"穷其制而求耀于世"，可谓评价得当，但其失于真。两朝皆为蒸青，茶叶色香味未能充分展示出来。明代则"以简易胜"，炒制为工，故色香味均比唐宋奇绝。其次谈及品饮之风，始于唐而盛于宋，今世更为广泛，"骚人词客，贤士大夫，莫不以此相为玄赏。"品饮方法也与古人不同。

《茗史》（万邦宁）

小引

须头陀邦宁，谛观陆季疵《茶经》、蔡君谟《茶谱》，而采择收制之法：品泉嗜水之方咸备矣。后之高人韵士相继而说茗者，更加详焉。苏子瞻云"从来佳茗似佳人"，言其媚也；程宣子云"香衔雪尺，秀起雷车"，美其清也；苏廙著"十六汤"，造其玄也。然媚不如清，清不如玄，而茗之旨亦大矣哉。黄庭坚云"不惯腐儒汤饼肠"，则又不可与学究语也。余癖嗜茗，尝舣舟接它泉，或抱瓮贮梅水。二三朋侪，羽客缁流，剥击竹户，聚话无生，余必躬治茗碗，以佐幽韵。固有"烟起茶铛我自炊"之句。

时辛酉春，积雨凝寒，僵然无事，偶读架上残编一二品，凡及茗事而有奇致者，辄采焉，题曰《茗史》，以纪异也。此亦一种闲情，固成一种闲书。若令世间忙人见之，必攒眉俯首，掷地而去矣。谁知清凉散，止点得热肠汉子，醍醐汁，止灌得有缘顶门，岂能尽怕河众而皆度耶？但愿蔡、陆两先生千载有知，起而曰："此子能闲，此子知茗"。或授我以博士钱三十文，未可知也。复愿世间好心人，共证《茗史》，并下三十棒喝，使须头陀无愧。

天启元年（1621）闰二月望日万邦宁惟咸撰

万邦宁追慕前人之风，于闲时，有闲情，成闲书，可谓善于消遣者。其欲奏陆羽、蔡襄之功，得二子之赞，岂不可得乎？茶叶之媚、清、玄亦是自得之言，神悟而成，其爱茶如何由此可知矣。

惟咸著《茗史》，羽翼陆《经》，鼓吹蔡《谱》（应为《录》），发扬幽韵，流播异闻，可谓善得水交茗战之趣矣。浸假而鸿渐再来，必称千古知己；君谟重遘，讵非一代阳秋乎？

点茶僧圆后识

僧之言盖不谬也，万邦宁可谓"善得水交茗战之趣"之人，但想必常与僧品茶话谈，故两人是茶之知己矣。

茗史评

惟咸有茗好，才涉莽菆嘉话，辄裒缀成编。腹中无尘，吻中有味，腕中能采，遂足情致。置一部几上，取佐清谈，不待乳浮铛沸，已两腋习习生风，何复须缥醪酒水晶盐。

仓海董大晟题

饮茶确能清心清神，能使世俗之味渐去；而有文思故能著述成其嘉话，于人于己皆可助其情致。

茗，仙品也，品品者亦自有品。固云林市朝，品殊不齐，酿鲜清苦，品品政自有别。惟咸钟傲烟萝，寄情篇什，饶度世轻，举志深知茗理，精于点瀹世外品也。爰制《茗史》，摭其奇而抉其奥，用为枕石漱流者助。余谓即等鸿渐之《经》、君谟之《谱》，奚其轩轾。

社弟李德述评

此论有过誉之处，陆羽《茶经》成后世茶书之圭臬，蔡襄《茶录》为后世品饮之楷模，而此《茶书》虽有编辑之功，但新意处乏言可陈，难与前二者相提并论。虽然如此，亦有其功之处，其情致之胜亦可羡也。

《茗史》之作，千古余清，不第为鸿渐功臣已也。且韵语正不在多，可无求备，佳叙闲情，逸韵飘然云霞间，想使史中诸公读一过，沁发茶肠，当不第七瓯而止。

全天骏

此论恰当，《茗史》之作，对于茶饮发展其功不小，对倡导清雅之风亦有裨益。

茗品代不乏人，茗书家自有制。吾友惟咸，既文既博，亦玄亦史，常令茶烟绕竹，龙团泛瓯，一啜清谈，以助玄赏，深得茗中三昧者也。因筑古之诸茗家，或精或幻，或癖或奇，汇成一编。俾风人韵士，了然寓目，不逮于今惧滥觞也。君其泠泠仙骨，翩翩俊雅，非品之高，乌为书之洁也哉。屠豳叟著《茗笈》，更不可无《茗史》。披阅并陈，允矣双璧。

友弟蔡起白

评价其人有文才，有雅致，善品茶故能成《茗史》，与屠豳叟著《茗笈》可谓茶书双璧，大美哉！

夫史以纪载实事，补缀缺遗。茗何以有史也？盖惟咸嗜好幽洁，尤爱煮茗，故汇集茗话，靡事不载，靡缺不补，实写自己冲襟，表前人逸韵耳。名之曰史有以哉。昔仙人掌茶一事，述自青莲居士，发自中孚衲子，以故得传，今惟咸著史于兹鼎足矣。

社弟李桐封若甫

茶史即茶事，由来已久；编辑成书，亦有多人，《茗史》之新亦因其名而已。但其推波助澜之功则不可没。

茗史赘言

须头陀曰：展卷须明窗净几，心神怡旷，与史中名士宛然相对，勿生怠我慢心，则清趣自饶。得趣

此意为博览史料，看茶名士之情趣轶事，超然向往之。

代枕、挟刺、覆瓿、粘窗、指痕、汗迹、墨痕，最是恶趣。昔司马温公读书独乐园中，翻阅未竟，虽有急务，必待卷束整齐，然后得起。其爱护如此，

干函万轴，至老皆新，若未触手者。爱护

好书者亦珍惜书，但适时圈阅写点亦无不可。

闻前人平生有三愿，以读尽世间好书为第二愿。然此固不敢以好书自居，而游艺之暇，亦可以当鼓吹。静对

"以读尽世间好书为第二愿"，非惟嗜茶亦好书。

朱紫阳云：漠吴恢欲杀青以写漠书，晁以道欲得公谷传，遍求无之。后获一本，方得写传。余窃慕之，不敢秘焉。广传

此其意也，将好书，好的东西分享给大家，可见其志广。

奇正幻癖，凡可省目者悉载。鲜韵致者，亦不尽录。削蔓

此为书中资料收录原则，能醒目者全部载入，而少韵味者不录。

客有问于余曰，云何不入诗词？恐伤滥也。客又问云，何不纪点瀹？惧难尽也。客曰然。客辩

此对书中所缺作解释，没有诗词，是因有关茶的诗词太多，怕有杂乱之感。不记品饮是因其中之道难以言传。

独坐竹窗，寒如剥肤，眠食之余，偶于架上残编寸褚，信手拈来，触目辄书，因记代无次。随喜

书中所记乃信手拈来，故次序不清。

印必精帘，装必严丽。精严

此是指重视印书质量，要求精致好看。

文人韵土，泛赏登眺，必具清供，愿以是编共作药笈之备。资游

此是愿望之言。希望能得文人韵土之垂青。

赘言凡九品，题于竹林书屋。

甫上万邦宁惟咸氏

竹林，乃雅士所居，故有雅风逸韵，其品不下也。

《岕茶笺》（冯可宾）

序　岕名

环长兴境，产茶者曰罗嶰、曰白岩、曰乌瞻、曰青东、曰顾渚、曰筱浦，

不可指数，独罗嶰最胜。环嶰境十里而遥，为嶰者亦不可指数。嶰而曰岕，两山之介也；罗氏居之，在小秦王庙后，所以称庙后罗岕也。洞山之岕，南面阳光，朝旭夕晖，云滃雾浡，所以味迥别也。

岕为两山之间地，据传因罗隐曾居此，故名罗岕。长兴县产茶地主要有六处，顾渚亦在其中，而以罗岕品质最好。

《阳羡茗壶系》（周高起）

壶于茶具用处一耳。而瑞草、封泉，性情攸寄，实仙子之洞天福地，梵王之香海莲邦。审厥尚焉，非曰好事已也。故茶至明代，不复碾屑、和香药、制团饼，此已远过古人。近百年中，壶黜银锡及闽豫瓷，而尚宜兴陶，又近人远过前人处也。陶曷取诸，取诸其制，以本山土砂，能发真茶之色、香、味；不但杜工部云："倾金注玉惊人眼"，高流务以免俗也。至名手所作，一壶重不数两，价重每一二十金，能使土与黄金争价。世日趋华，抑足感矣。因考陶工、陶土而为之系。

明代时兴宜兴陶壶，不再以银锡及闽豫瓷为上。宜兴古称阳羡，阳羡壶之所以成名亦在于制工；"一壶重不数两，价重每一二十金，能使土与黄金争价。"可见当时对于茶具，崇尚本真自然之狂热。因用本地土砂，茶又生于土，故做出的茗壶能够发挥出本地茶之色香味。虽有益茶之功，亦是炒作而已。

《岕茶别论》（周庆叔）

另附：书岕茶别论后　　陈继儒

昔人咏梅花云，"香中别有韵，清极不知寒。"此惟岕茶足当之。若闽中之清源、武夷，吴之天池、虎丘，武林之龙井，新安之松萝，匡庐之云雾，其名虽大噪，不能与岕梅抗也。自古名山留以待羁人迁客，而茶以资高士，盖造物有深意。而周庆叔著为《别论》以行之天下，度铜山金穴中无此福，又恐仰屠门而大嚼者未必领此味，则庆叔将无孤行乎哉？

高皇帝题吴兴山："乌啼红树里，人在翠微中。"又敕顾渚每岁贡茶三十二斤，则岕于国初已受知遇，施于今而渐远渐传，渐觉声价转重。既得圣人之清，又得圣人之时，第蒸、采、烹、洗，悉与古法不同。而喃喃者犹持陆鸿渐之《经》、蔡君谟之《录》而祖之，以为茶道在是，当不令庆叔失笑。庆叔隐居长兴，所至载茶具，邀余于素鸥黄叶间，共相欣赏，而尤推茶勋于妇翁徐子舆先生。不恨子舆不见此论，恨鸿渐、君谟不见庆叔耳。为之覆茶三叹。

此书为专述岕茶第一书，可惜正文遗失。但观沈周、陈继儒之跋文，可想见周庆叔煮泉品茗之风致。

岕茶香韵不同于其他名茶，故得高士为赏，著为《别论》，但知者甚少，周庆叔将不会孤行乎？

时代改变，茶叶制法、饮法都已改变，而岕茶自唐代受宠至于今日，声名仍在，可见其品质确有独到之处。

清 代

《茶史》（刘源长）

圣祖南巡，大参公曾以是书进御。扈从诸臣，咸购得之，一时纸贵。三十年来，镌本亦稍蚀。予尝披览竟卷，见其搜采精核，觉有至味，浸淫心口间。又闻先生性至孝，弱冠侍亲官粤西，及扶榇归，山途遇虎，众骇散，先生伏榇不去，虎曳尾过。涉洞庭，风作覆舟，先生抱榇疾呼，风竟息。精行修德，耄而好学，七为乡大宾；没崇祀乡贤。余读其书，未尝不想见其为人。苏文忠公有言，"君子可以寓意于物，而不可以留意于物。"秋于奕，伯伦于酒，嵇康于锻，阮孚于蜡屐，以及杜征南之癖左，蔡中郎之秘《论衡》，亦各适其意之所寄而已。先生矻矻孜孜，丹铅不辍，岂于雀舌龙团、香泉碧乳独有偏嗜？盖其澡涤心性，和神养气，一食饮不敢忘亲，即是编可以窥寻其微意，以视琅琊漏卮，苍头水厄，曾何足云。书不盈寸，得邀圣祖鉴赏，固臣子之荣耀，而孝思所积，感格天人，益信而有征矣。

今年秋，先生之曾孙乃大，重校是书，修整装潢，请序于余，余特表其行，以谂世之读是书者。乃大年少多才有志绳武，将合前人述作，先后尽付诸梓，且勉于文行，不失其世守，是则余之所望也已。时雍正六年（1728）秋七月，桐城张廷玉拜撰。

张廷玉为康熙、雍正两朝元老，其文可信。前文述及刘源长《茶史》曾轰动一时，而"搜采精核"可见其涉猎广泛，甄别甚细。而其至孝是因扶亲榇而归，遇虎不怕，涉水不惧，抱榇不弃，可见其侍亲之诚。而此序所作乃其曾孙乃大所求，一为彰扬孝行，二为弘扬茶德，以茶养性；作之成文，亦有所望也。

叙

古文无茶字，《本草》作荼，盖药品，非日用之物……吾观生民之务，莫切于饱暖，乃或终岁不得制衣，并日不得一食，安计不急之茶？至于奔名趋利，淫湎纷华者，虽有名品，不瑕（应为暇）啜也。桓谭有云：天下神人，一曰仙，二曰隐。吾以为具此二德，而后可以锡茶之福，策茶之勋。

介翁先生，淮右学古君子也，读书好闲静，年益高，著述益富，有茶嗜，因绯为《茶史》。以其史也，必有因据，虽有私见异闻，不敢澜也。其实茶之事日新，山岳井泉，气有变易，先生姑不尽言以俟圆机之自会耳。若夫茶马之司，起于宋，行于今日，更关国计。然考宋，一蜀陇之间，每岁息入，过今日远甚，岂晰利者之过欤？抑别有其故欤？今史不载，非遗也。

先生闲静人，希乎仙而全乎隐者也，故亦置而不言。

时康熙丁巳（1677）仲秋，蜀遂制通家侍生李仙根拜题

李仙根此文可见其忧虑之情，对于生民来说，饱暖乃其平生所愿，比饮茶要实际并且迫切。食之不足，安计其他？况不急之茶。茶乃仙和隐二者之福德，既不是百姓所急需，亦不是求名趋利者之所能悟。《茶史》一书，引事有据，话有余地；盖茶事日新月异，泉水亦不断变易，岂可定论？而此书对于茶法之事遗漏，定有隐情？

序

……前辈刘介祉先生，少壮砥行，晚多著述，一经传世，长君六皆早翱翔于天禄石渠间，家庭颐养，其潇洒出尘之致，不必规模鸿渐，而往往发鸿渐之

所未有。嗜茶之暇，因《茶经》而广之为《茶史》。世尝言古今人不相及，若先生者，岂多让耶。有鸿渐之为人，而《茶经》传，有介祉先生之为人，而《茶史》著。鸿渐与先生，其先后同符也。披其卷，谬加订次，辄两腋风生，使予复见鸿渐之流风……

　　　　　　　时康熙乙卯（1675）夏月，年家姻晚生陆求可咸一父顿首拜撰

序文认为世之著述者皆是有所寄托而书，非惟文中之意。陆羽《茶经》非是因其喜好茶而已，观其"尝行旷野，诵诗击木"，至恸哭而返，其心中垒块非茶所能尽释已明矣。刘源长好茶，为精行修德之人，能够发陆羽之所未有，《茶史》之作，亦其有功于茶也。

跋

《茶史》上下二卷，先曾王父介祉先生手辑。先生弱冠时，万里省亲，怀集归行深山丛箐中，涉洞庭之险，遭虎豹风涛，感以诚孝，皆不为害，故至今人称为孝子。先生生平笃嗜茗饮，水火烹瀹诸法，评品不遗余力。更搜讨古今茶案，凡一语一事，必掌录之。久乃成帙，遂辑为《史》。朝夕校订，愈老不辍……近南游黔粤，所过山川林麓，皆先生只身亲历处。扣之乡三老，犹有能道及往事者。因出行笈中《茶史》，读之，觉先生性情嗜好，俨岳岳于苍梧岭海间。归理先泽，深惧泯灭，因急修补校刻，俾成完书，以无忘吾先人之美。曾孙乃大敬跋。

由其曾孙乃大跋文可知，刘源长《茶史》是第二次印刷，第一次印刷时间已久，藏者很少。刘源长被称为孝子，以孝而名；嗜好茶饮，曾南游黔粤，与当地人关系甚好，积累了一些实践认知，加上好学笃进，因此能够完成茶书创作。

《岕茶汇钞》（冒襄）

小引

茶之为类不一，岕茶为最；岕之为类亦不一，庙后为佳。其采撷之宜，烹啜之政，巢民已详之矣，予复何言。然有所不可解者，不在今之茶，而在古之茶也。古人屑茶为末，蒸而范之成饼，已失其本来之味矣。至其烹也，又复点

之以盐，亦何鄙俗乃尔耶。夫茶之妙在香，苟制而为饼，其香定不复存；茶之妙在淡，点之以盐，是且与淡相反；吾不知玉川之所歌、鸿渐之所嗜，其妙果安在也？善茗饮者，每度率不过三四瓯，徐徐啜之，始尽其妙。玉川子于俄顷之间，顿倾七碗，此其鲸吞虹吸之状，与壮夫饮酒，夫复何殊？陆氏《茶经》所载，与今人异者，不一而足，使陆羽当时茶已如今世之制，吾知其沉酣倾倒于此中者，当更加十百于前矣。昔人谓饮茶为水厄，元魏人至以为耻，甚且谓不堪与酪作奴，苟得罗岕饮之，有不自悔其言之谬耶。吾乡三天子都，有抹山茶；茶生石间，非人力所能培植；味淡香清，足称仙品；采之甚难，不可多得。惜毂民已殁，不能与之共赏也。心斋张潮撰。

以今人之心之情揣度前人之心，之情恐不能得；因今世非前世，今人非前人。时代不同，社会生活状况不同，人文情怀不同，人之所想所好能一样吗？茶饮在唐朝始开，作为一种新鲜事物，一切都充满新鲜和神秘之处，唐之前茶饮未有定法，一切都在摸索之中，故在茶中添加姜、盐成为当时所好事，在今日看来不可理解，在当时亦是寻求茶饮方法的途径之一。没有经过实践验证谁又能说不可呢？茶叶加工亦是如此，制其为饼，是为了好储存；同时也许是参照面饼之制法，故先将其磨碎再压制。一切都是在试验中摸索前进，因未有成法，只有先制成法；任何事物的发展都是如此，不是一蹴而就，而是不断实践摸索，不断改进创新，才推进事物不断发展。所谓万事开头难，就是说开创之功的重要性。在没有先例的情况下能够突破旧事物，本身就是一项壮举。陆羽《茶经》之作又何尝不是？我们现在看此书有许多不足之处，但在没有前例的情况下能够编辑成书，其开创之功就无人可比，尊其为茶圣，不亦宜乎？

跋

吾乡既富茗柯，复饶泉水，以泉烹茶，其味尤胜，计可与罗岕敌者，唯松萝耳。予曾以诗寄巢民云："君为罗岕传神，我代松萝叫屈。同此一样清芬，忍令独向隅曲。"迄今思之，殊深我以黄公酒垆之感也。心斋居士题。

心斋居士所居之处盛产茶叶，以松萝茶为最。而能与之比拟者，唯有罗岕茶。他与冒襄可谓好茶者，均有知己难遇之憾。

《茶史补》（余怀）

序

曼叟曰："余嗜茶成癖，向著有《茶苑》一书，为人窃稿，几为谭峭化书。今见淮阴刘介祉先生《茶史》，风雅详赡，迥出《茶语》《茶颠》之上。余不惴梼昧，爰取《茶苑》杂纸，删史中所已载者，存史中所未备者，名曰《茶史补》，亦庶几褚少孙补《史记》，李肇补唐史（应为《唐史》）之意云尔。"不孝读曼史之言而有感已。先辈苟有著于当世，必竭其心力所至，而人多率意读之已耳。其有能告以阙失者，则细心以读其书，而又博闻强识以为助也。使曼叟与先大人少同里闬，壮同游学，其为《茶史》《茶苑》合为一书矣。曼史诗赋古文词最富，而《茶史补》内有《采茶记》《沙苑侯传》及他著录，皆大有阐发。予先刻其摭古者凡六十有三则。

康熙戊午（1678）季夏望有六日山阳刘谦吉讱庵敬题

余怀所著《茶史补》正如序文所说是为了"删史中所已载者，存史中所未备者"，亦取范于"褚少孙补《史记》，李肇补《唐史》"。而能有所补，在于细心读其书，用心广为搜集整理，以求全茶史之功。

跋

《茶史补》者，补刘介祉《茶史》所遗也。搜奇抉秘，无能不新。惜兹刻铲削不全，即序中所载传记二篇，亦阙而未备。客岁，余购得研山草堂文集残本，《沙苑侯传》俨然在焉，因取以著录。而《采茶记》则竟作广陵散矣。

癸酉季秋震泽杨复吉识

《茶史补》是补《茶史》所遗漏，其中有《沙苑侯传》，而之前版本所记载的《采茶记》已遗失不再，可为憾事。

《茶苑》［（明）黄履道，（清）佚名增补］

序

张子曰："凡物之英华卓绝者，必秉至清之质。在天为湛露，在地为醴泉；在人伦为贤哲，在草木为茗荈，皆感造化冲和清粹之气孕毓而成。故露之能濡，泉之能润，贤哲之能抡才康济，茗荈之能蠲渴除烦，是皆有功于造物，非徒生者也。"客曰："不然。草木之类，动以万计，毛举实繁。昔人云：'适口者，莫过于刍荛；果腹者，莫过于稻粱。'今黄子堕口腹而事纯漓，废甘肥而趋隽永，独谱茗荈，何哉？"张子曰："否。夫黄子者，目穷万卷，气概千秋，其品流才调，诚可用世匡时。惜其栖迟不偶，落拓善愁，故其胸次牢骚，心怀块垒，但以饮量不胜蕉叶，日借茗汁浇之。吾知其非所深嗜也；不尔，则干霄壮气何以消？而《茶苑》之辑，有自来矣。昔者洛花以永叔谱之而传，建茗以君谟录之而著。二公皆宋高士，勋名硕望，俱足仪型百代，犹复假柔翰以寓闲情，士林传为佳事。而黄子《茶苑》，亦何不可追踪先哲耶？"黄子闻之，辗然笑曰："有是哉！皆非所知也。吾少也贱，病而废业，抱皇甫之书，滥婴、相如之消渴。及壮，复耽茗事，名品必搜，左泉右灶，惟日不足。乡同诮为漏卮（古同卮），亲朋畏其水厄，尚漫征求探讨，笃嗜不休。及今年逾中境，衰疾日增，襟怀牢落，栖托鲜欢，每闻泉响炉鸣，辄跃跃自喜……偶读陆子《茶经》，有会于心者，恨其未备，亟取箧中群籍，辑录一通，聊以寄志。昔吕行甫嗜茶，老而病不饮，烹而把玩。余之谱茶，亦此意也，何敢与欧蔡较优劣哉！"张子曰："虽然吾子之志余知之矣，吾子具清流之望，有湛露之濡，醴泉之润，康济之用，蠲渴之才，不妨尚友古人，与玉川、桑苎诸公共把清芬也。凡读斯编者，宜以蕤香薰袂薇露瀚手，然后开帙，庶几不秽斯编耳。"

时弘治二年（1489）新秋邗江年友弟张槚琴题于兰陵舟次

此序文以辩论而起，可谓善出新意。张子（张槚琴）认为物之卓绝者，皆感造化神和清粹之气孕毓而成，具有特殊功效，茶叶亦然。客则认为草木繁庶甚多，独谱茶原因何在？张子认为黄子胸有万机，不得舒展，惟借著述以发心中郁积，以求能比肩欧阳修、蔡襄之美事佳话。而黄子却说虽然他们所说有理，但其实是因为自己爱茶成癖，无茶不欢；并积累了很多心得体会，是《茶经》所未有，故集之成册，"聊以寄志"。

《煎茶诀》（叶隽）

序

夫一草一木，罔不得山川之气而生也，唯茶之得气最精，固能兼色、香、味之美焉。是茶有色、香、味之美，而茶之生气全矣。然所以保其气而勿失者，岂茶所能自主哉。盖采之，采之而后有以藏之。如获稻然，有秋收者，必有冬藏。藏之先，期其干脆也。利用焙藏之，须有以蓄贮也。利用器藏而不善，湿气郁而色枯，冷气侵而香败，原气泄而味变，气之失也，岂得咎茶之不美乎？然藏之于平时，以需用之于一时。而用之法，在于煎；张志和所谓"竹里煎茶"，亦雅人之深致也。磁碗以盛之，竹笼以漉之，明水以调之，文火以沸之；其色清且碧，其香幽且烈，其味醇且和；可以清诗思，可以涤烦渴，斯得其茶之美者矣。是在煎之善。至若水，则别山泉、江泉；火，则详九沸、九变；器，则取其洁而不取其贵；汤，则用其新而不用其陈。是以水之气助茶之气，以火之气发茶之气，以器之洁不至污其气，以汤之新不至败其气。气得而色、香、味之美全矣。吾故曰："人之气配义与道，茶之气配水与火；水火济而茶之能事尽矣，茶之妙诀得矣。"友人以《煎茶诀》索序，予为详叙之如斯。

光绪戊寅（1878）六月谷旦浙东泰园王治本撰并书

王治本此文将茶与水火的关系分析明晰。茶生于山川之间，得气最全，故色香味俱在。但藏不得法，品饮不以活水洁器，亦会损害茶之味。茶叶内质既美，辅之以好水、新汤、洁器，则会色清且碧，香幽且烈，味醇且和，从而得茶之妙。水还要讲究火候得当，茶之妙诀亦在此。

跋

山林绝区，清淑之气钟香露，芽发乎云液，使人恬淡是味。此非事甘脆肥浓者所得识也。夫其参四供，利中肠，破昏除睡，以入禅悦之味，乃所谓四悉檀（应为擅）之，益固可与道流者共已。叶氏之诀，得其精哉，殆缵竟陵氏之绪矣。

不生道人跋

煎茶有四得：参四供，利中肠，破昏除睡，入禅静。

后序

点茶之法，世有其式。至于煎茶，香味之间，不可不精细用心，非复点茶比。而世率不然。叶氏之《诀》，实得其要。犹有遗漏，顷予乘闲补苴，别为一本，以遗蒹葭氏。如或灾木，与好事者共之，亦所不辞。

丙辰孟冬蕉中老衲识森世黄书

指出《煎茶诀》之得失。得，在于能够体悟煎茶要领；失，在于有所遗漏。

《湘皋茶说》（顾蓧）

序

吴主礼贤，方闻置茗；晋人爱客，才有分茶。读韩翃启，则知茶之开创，绝不自季疵始，而说者竟以陆羽饮茶，比于后稷树谷，误矣。第开创之功，虽不始于桑苎，而制茶自出，实大备于季疵。嗣后，名山所产，灵草渐繁，人巧之功，佳茗日著。罗君有言，茶酒二事，可云前无古人，而我独怪夫世之厄谈名酒者甚多，清谈佳茗者实少也。不宁惟是，一切世味，荤臊甘脆，争染指垂涎，独此物面孔严冷，绝无和气，稍稍沾唇渍口，辄便唾去，畴则嗜之，非幽人开士，披云漱石之流，其孰可与语此者乎？予生也憨，口之于味，一无所嗜，独于茗不忘情。偶阅前贤论茶诸书，有会于心，摘其精当，辑为一编，名曰《茶说》。阅是编者，试于松间竹下，置乌皮几，焚博山炉，斟惠山泉，把诸茗莽而啜之，便自羲皇上人矣。若夫客乍倾盖，用偶消烦，宾待解醒，则饮茶防滥，厥戒惟严。重赏之外，别有攸司，此皆排当于闺政，请勿弁髦乎《茶说》。

时乾隆己未（1739）清龢月湘皋老人题于曼寄斋

茶酒二事已成人们生活所需，而好酒者多，爱茶者少，在于茶冷峻，面无和气，对人有清心之用，而世俗之人染指名利岂能忘却私欲，故茶非淡泊超然者不可知。我惟好饮茶，得其中三昧，并乐此不疲；煮泉品茗，观茶书悟茶道，其乐何如。而著述自然而成，是为《茶说》。

《枕山楼茶略》（陈元辅）

自序

昔李白善酒，卢仝善茶，故一斗七碗之风，至今传为佳话。然或恶旨酒，或著酒诰，未闻有议及茶者。亦以其产于高岩深谷间，专感雨露之滋培，不受纤尘之滓秽，为草中极贵之品，与曲生糟粕清浊迥殊耳。世人多言其苦寒，不利中土，及多食发黄消瘦之说，此皆语其粗恶、其苦涩者也。自予论之，竹窗凉雨，能助清谈；月夕风晨，堪资觅句，茶非骚人之流亚欤！细嚼轻斟，只许文人入口；浓煎剧饮，不容俗子沾唇；茶又高士也。晋接于揖让之堂，左右于诗书之室，茶非君子乎？移向妆台之上，能使脂粉无香；捧入绣帏之中，顿令金钗减色；所称绝代佳人，茶又庶几近之。且能逐倦鬼，祛睡魔，招心胸智慧之神，涤脏腑烦愁之祟，亦可谓才全德备者矣。但人莫不饮食，鲜能知味，遂致烹调失宜，反掩其美，予甚惜之。兹特谱为二十则，曰《茶略》。非敢谓足尽其妙也，亦就予所见所闻者，信笔书之；尚有未穷之蕴，请教大方，续当补入。今而后两腋风生，跂予望之，厌厌夜饮，吾知免矣。

将茶归结于文人之资，高士之用有失偏颇；茶之为物，惠及万民，无有私爱，得与不得在于个人而已。文人多情怀故能借题发挥，借物抒情，非只茶也，世间万物皆可借以抒怀。文人之品饮方式与常人有异，亦在于个人领悟不同。处在清净环境之中，茶自然增添雅致；处在污浊粗俗之中，茶也沾染许多秽气；文人自有闲情逸致，故茶借以清香自溢。但若"烹调失宜，反掩其美"，故书《茶略》以成其功，因是信笔而来，遗漏难免。茶之道，含意无穷，非一人一力所能道尽。有所言，对人有所益不宜可乎？

《茶务佥载》（胡秉枢）

叙

夫茶字之义，从草，从木，从人。其初始于汉代，兴于有唐；乃炽乃昌，至今为盛。其为物也，如木叶焉；其为用也，能涤除烦恼，解渴而生津，去食积而厚肠胃，消暑而醒眠。其始自中土，而流播外洋，制作则日益其精，种植日用，则日益其广。而制法功用等类，虽唐之陆羽曾注《经》焉，其中所言，制法则如砖茶之类；而其为用，则不过略言之矣。若今之洋庄，则自明代而至于今，其制作功用，亦乏人而考核焉。至于笔之书，则吾未之见也。故于是心有憾焉！而将其种植、采择、制作、收藏、功用等类，缕析详言而书之。余本不文，其书中之词句，务质实而易知，使文学之士，一目了然；而农樵牧子、村妇童孺等辈，苟略识字之人而览之便晓。故句读不事繁文典奥，务朴质而剪衍文。其书中所载，凡于洋庄茶务有关者，无不备述而描摹之。自茶之树本至于人事功用，纤毫毕录，使后学者皆得入门。仰企先达诸君，恕无知而匡不逮，不胜引领感祷焉。

时光绪三年（1877）杏月岭南沂生胡秉枢谨识龙封修书

茶之出，与人之功，前人论述备至；而对于洋庄茶务者则未有言者，《茶务佥载》即是为此而写。为求通俗易知，言语简单明了，对茶务之事，"无不备述而描摹之"，可见其泽及众人之心。

小引

溯自四洲互易以来，惟五金、烟土、布匹、丝茶为大宗。夫布匹、烟土则来自外洋，独丝茶为土产。然欧洲以烟土、布匹、煤铁、器械等类远越重洋，不避艰险而来贸迁者，其故何欤？亦不过为衣食计耳。然而四洲之大，民生之众，各逞所长，尽夫人之心思者，力而讲求。是苟匹夫匹妇有一技之所长，则必专心致志，无论乎仕（士）、农、工、商，或书或艺，苟有至善，始则呈于君上，继则普告国人，既定之以年，亦恶乎取值。故人乐而为之者众，故物出而日见其精。惟人耽逸乐，士而拘泥，苟有一至州之工，费尽心志，作一历世无双之器；苟可效者，众则聚而谋之，而夺其利；苟不可效者，众乃聚而群谤之，必使蹈于奇技淫巧，妄被无辜而后快。虽有聪颖者流，无不专心于八股文词，以为幸进计，谁暇计及民生工艺哉！夫以四洲之货殖，而聚汇于一区，以有易无，利恒倍蓰。惜一国之钱财有限，则不可不将土物讲求，小益之也。土物大宗，丝、茶为最。姑将茶之货品，土地之肥硗，培植之法则，制作之所宜，撰而成书，俾公于家。仆不忖鄙撰成，仰望先达哲人，匡其不逮，不胜感祷焉！

胡秉枢又识

国人与外商贸易货物，以五金、烟土、布匹、丝茶为大宗，只有丝茶为我国所产，其他均来自国外，可见外商求利之坚，亦见商贸之盛。所谓天下皆为利往，所言不虚。贸易往来在于互惠互利，我国只有丝茶为大宗用于贸易取利，故必须引起重视；应该团结一致，科学管理，精细加工，以求获取厚利。《茶务佥载》所写即是为了知己知彼，可谓为国尽力者，为国谋利者。

《红茶制法说略》（康特璋，王实父）

中国土产出口，茶为一大宗。茶之出口多寡，为商务盛衰所系，此固夫人而知者也。查光绪十年（1884）以前，出口计有一百八十八万九千余担；光绪二十年（1894）以后，出口则仅有一百二十八万四千余担。外洋用茶，固已日益加增；中国销路，则递年见减，几有江河日下之势。其中致衰之故，或由印度、锡兰（今斯里兰卡）产茶日多，产多销分，实势□然。或谓华商制法，专藉人工，印锡制茶，全用机器；外洋嗜好机器所制之茶，故华茶不敌印锡茶之畅销。尝考印度、锡兰产茶之处，茶树皆属公司，自培养、采摘以及制造、装箱，无一而非公司之事，自可无一而不用机器。中国则园户、茶商，截然分为两途。产茶之园户，既星散而无统率；业茶之商人，亦凑合而无恒业。园户草率制成而售于茶商，茶商亦遂仓猝贩运，赶急求脱，微特不能仿用机器；即人工制法，亦并未讲求。而尤大之病，在多作伪。如绿叶之染色，红茶之搀土，甚至取杂树之叶充茶出售，坏华商之名誉，蹙华茶之销路，莫此为最。华茶至今仍未断绝于外洋者，幸赖物质之良，实有大过于印锡者。若能改良制造，尽绝其从前之弊，西人自无不争相购致。若徒恃质美，漫不加察，任窳工之作伪，年复一年，恐不知伊于胡底？今拟邀合同志，筹集资本，先于安徽产茶最优之处，设立制造红茶公司，并会通各茶商讲求制法，选料精工，舍短用长，制成之后，直贩出洋，与印锡之茶共相比赛，以期货良品贵，声价自增，亦收回固有权利之一道也。谨就愚昧所见制法，条呈于左，伏乞钧鉴。

该书认为中国茶叶出口占据外贸大宗，但由于制造不精、不洁造成茶叶出口额逐年下降之趋势。再者中国茶叶生产模式亦存在问题，印度、锡兰产茶之处，茶叶生产由公司统一经营，用机器生产，故标准统一，茶叶总体品质较好；而中国则是散户管理，自己采制，茶商收购，故存在以次充好，弄虚作假，制作不精等品质问题。要想扭转困境，就要认清存在问题，发扬茶叶产地品质优势，合伙经营，精心制作，提高产品竞争力；只有这样才能在未来的茶叶贸易中获胜。

《种茶良法》［（英）高葆真，（清）曹曾涵校润］

绪言

山茶为商品营运之一大宗，产于中国、印度居多；而中国尤知之最早，印度次之。印度迤北有亚撒玛邦者，植茶极繁盛。按《群芳谱》"山茶"，一名曼陀罗树。高者丈余，低者二三尺。曼陀罗者，印度迤北一带之古音也。法学士某君，尝谓印度迤北各山甚古，虽有此物，恒视为野树。及中国茶叶采制发明未几，印度亦踵而效之为饮料品。顾中国与印度，昔第于物界上争考察之美名；今则印度与锡伦岛，于商界上争贸易之实业。茶之一物，其利大矣，然而百年来，华茶情形不同，中国业茶者，可不加之意哉……

茶叶贸易以中国、印度为盛，近百年来，中国茶叶贸易额越来越少，被后来者印度不断分取贸易份额。中国与印度之争，不单是茶树发源地之争，还有贸易份额之争。因此，中国茶叶发展应该引起足够重视。而此书正为此而写，可算是未雨绸缪。

《龙井访茶记》（程淯）

龙井以茶名天下，在杭州曰本山。言本地之山，产此佳品，旌之也。然真者极难得，无论市中所称本山，非出自龙井；即至龙井寺，烹自龙井僧，亦未必果为龙井所产之茶也。盖龙井地既隘，山峦重叠，宜茶地更不多。溯最初得名之地，实维狮子峰，距龙井三里之遥，所谓老龙井是也。高皇帝南巡，啜其茗而甘之。上蒙天问，则王氏方园里十八株，荷褒封焉。李敏达《西湖志》称：在胡公庙前，地不满一亩，岁产茶不及一斤，以贡上方；斯乃龙井之冢嫡，厥为无上之品。山僧言：是叶之尖，两面微缺，宛然如意头。叶厚味永，而色不浓；佳水瀹之，淡若无色。而入口香洌，回味极甘。其近狮子峰所产者，逊胡公庙矣，然已非他处可及。今所标龙井茶，即环此三五里山中茶也。辛亥清明后七日，余游龙井之山，时新茶初苗，才展一旗，爰录采焙之方，并栽择培溉之略。世有卢陆之嗜，宜观斯记。

　　龙井茶得名已久，而自清高宗南巡，加封十八株茶树以后，声名更盛。龙井茶以胡公庙为最，其次为狮子峰，再次为本山龙井茶。而真龙井茶产量少，故能得真者极难；真者淡若无色，香洌回甘。此记即为记录龙井茶产制情况而写。

第十六章　茶　法

茶法是指与茶叶买卖管理相关之法令条文。茶有法始自唐代，之后渐成定法。

五害说（节选）

（宋）欧阳修

臣窃闻议者谓茶之新法既行，而民无私贩之罪，岁省刑人甚多，此一利也。然而为害者五焉：江南、荆湖、两浙数路之民，旧纳茶税，今变租钱，使民破产亡家，怨嗟愁苦不可堪忍，或举族而逃，或自经而死，此其为害一也。自新法既用，小商所贩至少，大商绝不通行，前世为法以抑豪商，不使过侵国利与为僣侈而已；至于通流货财，虽三代至治，犹分四民，以相利养，今乃断绝商旅，此其为害二也。自新法之行，税茶路分犹有旧茶之税，而新茶之税绝少；年岁之间，旧茶税尽，新税不登，则损亏国用，此其为害三也。往时官茶容民入杂，故茶多而贱，遍行天下；今民自买卖，须要真茶，真茶不多，其价遂贵，小商不能多贩，又不暇远行，故近茶之处，顿食贵茶，远茶之方，向去更无茶食，此其为害四也。近年河北军粮用见钱之法，民入米于州县，以钞算茶于京师，三司为于诸场务中择近上场，分特留八处，专应副河北入米之人翻钞算请；今场务尽废，然犹有旧茶可算，所以河北和籴日下未妨，窃闻自明年以后，旧茶当尽，无可算请，则河北和籴实要见钱，不惟客旅得钱变转不动，兼亦自京师岁岁辇钱于河北和籴，理必不能，此其为害五也。一利不足以补五害。今虽欲减放租钱以救其弊，此得宽民之一端耳，然未尽公私之利害也，伏望圣慈特诏主议之臣，不护前失，深思今害，黜其遂非之心，无袭讹谤之迹，除去前令，许人献说，亟加详定，精求其当，庶几不失祖宗之旧制。

评：此文是因茶法改变为直接向百姓摊派租税而起写。朝廷为扩大茶叶利源，从国家专卖取利到与商人争利，最后直接向百姓取利，将百姓利益置之不顾，一味满足自己私欲，这无疑激化了社会矛盾，使百姓生活雪上加霜。欧阳修听闻非议，作《五害说》以进，言新茶法虽有一利却有五害。由于新茶法允许百姓贩卖，故因此而犯罪者少，此为一利，而害处有五：

一是加重百姓负担，原因在于茶树因灾害减少而赋税不减，更有赋税收取加重，造成家破人亡之事发生，此应是官员苛刻收税所致。二是新法施行，因利少故茶商贩卖随之减少，从而间接引起其他产业收入降低，减少了税收。三是旧茶税已尽，新税未收，短期内直接影响国库收入。四是新法对茶叶品质提出更高要求，提高了茶叶价格，百姓饮茶成本上升，饮茶受到影响，不利于茶业发展。五是河北军粮用现钱之法，使得朝廷运送现金成本增多。

之前的茶叶管制方法，官府与富商各有其利，百姓亦可获取微利。而新法实施后，虽能增加国家收入，但无疑陷民于水火之中。再加上各级官府在实行新茶法过程中，曲解新法盘剥百姓，因此其生活困苦可知。惟有对这些贪赃枉法者，严刑惩戒才会于国于民有利，否则，再好的法律条文也只是空文一张。其实朝廷修改茶法亦只为获取更多利税而已，欧阳修岂能不知，故从国家、商贸流通及百姓等方面陈说其害，亦是曲折劝谏之意。而恰逢明君，能够善听劝谏下诏免去茶禁、并减少利税以利通商和宽民，看来欧阳修此举确实为百姓带来了好处。

通商茶法诏

（宋）欧阳修

古者山泽之利，与民共之，故民足于下，而君裕于上；国家无事，刑罚以清。自唐末流，始有茶禁，上下规利，垂二百年。如闻比来，为患益甚，民被诛求之困，日惟咨嗟。官受滥恶之入，岁以陈积；私藏盗贩，犯者实繁。严刑峻诛，情所不忍，使田间不安其业，商贾不通于行。呜呼！若兹，是于江湖间，幅员数千里，为陷阱以害我民也，朕心恻然，念此久矣。间遣使者往就问之，而皆谨然愿弛榷法；岁入之课，以时上官。一二近臣，件条其状，朕嘉览于再，犹若慊然。又于岁输，裁减其数，使得饶阜，以相为生，划去禁条，俾通商贾。历世之弊，一旦以除，著为经常，弗复更制，损上益下，以休吾民。尚虑喜于立异之人，缘而为奸之党，妄陈奏议，以惑官司，必置（应为寘）明刑，用戒狂谬。布告遐迩，体朕意焉。

评：茶禁自唐末有之，茶叶不准私买私卖，违者必究，其目的在于国家控制，以利税收；宋朝因之，并变本加厉。其引起的后果很明显，官府虽然积累很多茶叶，但却粗败不堪；百姓买茶成为难事，价格越来越高；茶利高，故知法犯法者此起彼伏。因此，朝廷体民之情，下诏减少赋税征收额度，除去茶禁，以利通商。而对敢于"妄陈奏议"，朋比为奸，标新立异之人将严刑以待。

榷茶论

（宋）林德颂

自唐陆羽隐于苕溪，性酷嗜茶，乃著《茶经》三篇，言茶之原、之法、之具尤备。如常伯熊嗜之、玉川子嗜之、江湖散人嗜之，故天下益知饮茶；回纥入朝，亦驱马市之矣。习之既久，民之不可一日无茶，犹一日而无食。故茶之有税，始于赵赞，行于张滂，至王播则有增税，至王涯则有榷法，迨至我朝，往往与盐利相等。宾主设礼，非茶不交；而私家之用，皆仰于此。榷商市马，入御置使，而公家之利，全办于此，茶至是而始重矣。然尝以国朝榷茶之法而观之，曰榷务，曰贴射，曰交引，曰三分，曰三说，曰茶赋，纷纷不一。然论其大要，不过有三：鬻之在官，一也；通之商贾，二也；赋之茶户，三也。乾德之榷务，淳化之交引，咸平之三分，景德之三说，此鬻之在官者。淳化二年，贴射置法，此通之商贾者。嘉祐三年，均赋于民，此赋之茶户者。然榷茶之法，官病则求之商，商病则求之官。二法之立，虽曰不能无弊，然彼此相权，公私相补，则亦无害也，惟夫财切之于民，则民病始极。噫，岂惟民病哉，虽在官在商，亦因是而有弊耳……夫何韩绛以三司所得之息而均于茶户之民，旧纳茶税，今令变租钱，民甚困之，甚者税多不登，而官有浸亏之课，贩者日寡，而商有不通之患，此官之与商、商之与民交受其弊。欧阳公五害之说，岂欺我哉？噫，此犹未至极病者。茶户均赋固也，异日均赋之外，复有榷之之法，民堪之乎？茶地出租可也，异日无茶之所，亦例有租钱之输，民堪之乎？噫，民病矣！其可不为之虑耶？昔开宝中，有司请高茶价，我太祖曰："茶则善矣，无乃困吾民乎，诏勿增价。"噫，是言也，将天地鬼神实闻矣，岂惟斯民感之哉。愚愿今之圣天子法之。景德中，茶商俱条三等利害，宋太祖曰："上等利取太深，惟从中等，公私皆济。"噫，是言也，将民生日用实赖之，岂惟国用利之哉？愚愿今之贤士大夫法之。

评：此文将唐以来榷茶的起始与变迁过程叙述清晰。茶税始自唐朝，至宋朝时与盐利相等。茶叶已成为百姓日常所用，榷茶得当与否关系百姓生活。榷茶之法多变，有榷务、贴射、交引、三分、三说、茶赋不同形式；但其根本则是官府专卖，商人贩卖，百姓摊派三种取利手段。前两种实则是官府与商人争利，其中榷茶之务官府取利多，贴射、交引二法商人取利多，三分、三说之法则官商各有利弊，普通百姓亦可少许获利。而实行摊派茶赋即是直接向与民争利，百姓苦不堪言。年景好，茶叶产量高尚可应付；而一旦天灾人祸，茶叶产量锐减甚至绝产，则百姓仍然要交茶税，百姓难堪其重。因此，好的榷茶之法不应只是为国取利，更应该考虑到商户及百姓之需、之利。

整饬皖茶文牍（整饬茶务第一示节选）

（清）程雨亭

到本大臣承准此，查近来中国茶务之敝，固由外洋产茶日多，销路渐分，华商力薄，自紊行规，实则由于采制之不精，商情之作伪，致使洋商有所借口，退盘割价，种种刁难，过磅破箱，层层剥削，商本多遭亏折，茶务因而日坏。是以迭次通行整顿，首讲采制，力戒掺杂。盖华茶色香味均远胜洋产，为西人所喜嗜。产地苟能采摘因时，炒制合法，贩商货色整齐，行规严肃，于茶务利源，未尝不可挽回。今阅和国克大臣照会，益足信而有征。自应由产茶各属，谆切董戒，力劝讲求，以畅销路，以固利源。兹准前因，除分行外，合行札局遵照，飞饬产茶各属，及通晓茶务之商，实力筹办。仍令将劝办情形，详细禀复，核咨毋违，等因到局。奉此除照会产茶各县一体示谕，实力筹办外，合亟出示晓谕，为此示仰各茶商、山户人等知悉。自示之后，该山户务将茶树加意灌溉培护，慎防冰雪之僵冻，尤当采摘之因时，不得听其自生自长，因偷惰而致窳萎。撷采以后，亦不得以柴炭薰焙，并惜工费，日下摊晒，务当用锅焙炒，以葆真色香味。至各茶商近来成规日坏，弊窦丛生，以伪乱真，贪小失大之锢习，几至牢不可破。本年春间，曾经上海茶业会馆刊布公启，历述弊端。虽经本道谆切示禁，而本届徽茶运沪，各弊尚未尽铲除。自坏藩篱，搅乱大局，莫此为甚。现奉南洋大臣刘札饬前因，知中国茶事，自可振兴，嗣后各商务须各整牌号，各爱声名。一切焙制之法，实力讲求，严肃市规，不准掺杂作伪，以归销路，以固利源。倘有奸商小贩，不顾颜面，再以劣茶冒充老商著名之字号，欺骗洋商，扰乱茶政者，一经查出，定当照例严办，决不徇容。其各懔遵毋违，特示。

评：此针对中国茶叶贸易出口日渐衰弱寻找原因并提出解决办法。商贸竞争在所难免，重要的是有过硬的产品质量。中国茶贸存在的突出问题不是有竞争对手，而是"采制之不精，商情之作伪"。解决办法是"首讲采制，力戒掺杂。"中国茶叶因产地优势具有良好的品质形成基础，只要各茶户精心管理，认真制作，不掺杂作伪，形成自己的产品特色，定会销路通畅。并且应讲究信誉，恪守诚信，共同努力，就一定会好转起来。

第十七章 诗、词、歌、曲

诗

　　诗言志，歌咏言。诗必基于情，必基于理。唐代茶饮未大开，茶艺茶制未精，故诗少，工者亦少。宋代茶饮大兴，茶艺精进，有一定的茶理基础，故宋代茶诗多有阐发，诗理中蕴含茶理，故能工。明清两代茶书业发达，茶诗精品不多，故稍有述及。

　　古代茶诗词等经过长久转载，已非原貌。本章所录亦就便采摘，恐非原貌。因所引书籍版本不同里面存有分歧，姑且两录，并于不同处稍加甄别选取，亦是一己之见，仅作一观。

西 晋

　　西晋时期国家相对安定与繁荣，文人雅士的诗歌将茶饮归结为风雅之事，从而开启了文人对茶叶讴歌的时代。孙楚的《出歌》、左思的《娇女诗》、张载的《登成都白菟楼》功不可没。《出歌》放在下文注解。

娇女诗（摘自陆羽《茶经》）

左　思

　　吾家有娇女，皎皎颇白皙。小字为纨素，口齿自清历。

其姊字惠芳，眉目粲如画。驰骛翔园林，果下皆生摘。

　　贪华风雨中，……心为茶［“茶”字为陆羽所创，“茶”字减“一”画而成，故《茶经》用“茶”字，实则应为“茶”］荈剧，吹嘘对鼎䰝［原文字为左金右历，查无。有作“䰝”］。

　　评：左思曾以《蜀都赋》《吴都赋》《魏都赋》三赋轰动一时。但令人奇怪的是在三首赋所列草木及特产中，并无茶的只言片语，茶之影响可见一斑。而在此诗中却有“心为荈剧”之句，联系上下文，当应是茶，可见茶已成为少数人的饮物。

登成都白菟楼（同上）
张　载

　　重城结曲阿，飞宇起层楼……借问扬子舍，想见长卿庐。程卓累千金，骄侈拟五侯。门有连骑客，翠带腰吴钩。鼎食随时进，百和妙且殊［有作“百味妙且殊”］。披林采［有作“摘”］秋橘，临江钓春鱼。黑子过龙醢，果馔逾蟹蝑。芳茶冠六清，溢味播九区。人生苟安乐，兹土聊可娱。

　　评：张载曾游蜀都，其在《叙行赋》中有“岁大荒之孟夏，余将往乎蜀都”之句，此诗应是到达蜀都后所作。诗中记载游览古迹之怅想，品尝美味之不忘，故诗中结尾发出“人生苟安乐，兹土聊可娱”之叹。诗中之句“芳茶冠六清，溢味播九区”，确可证明当时茶饮已在蜀都流行。

唐　代

　　茶叶成为众民之饮却是在唐朝。唐朝思想的解放，政治经济的繁荣为各种新事物的催生提供了良好的环境。唐诗之盛，诗人之多，取材之广泛为历代所未有。茶叶在诗人眼里不单是解渴去睡，更重要成了交流的媒介，寄情的载体。茶叶经过唐诗的绘彩和点化，成了生活中的相伴，苦闷时的相知。饮茶之功主要有三：

下篇 茶文

1. 调节身心

李白："茗生此中石，玉泉流不歇。根柯洒芳津，采服润肌骨。"茶生石泉之间，自有清神之能。

李嘉祐："桂楫闲迎客，茶瓯对说诗"。茶能启发情思，故有诗意兴然。"竹窗松户有佳期，美酒香茶慰所思。"茶能相伴解闷，情有所寄。

王建："愿师常伴食，消气有姜茶。"茶能消气。

刘禹锡："诗情茶助爽，药力酒能宜。"茶有启思之妙。

孟郊："道意勿乏味，心绪病无悰。蒙茗玉花尽，越瓯荷叶空。"无茶无味。

白居易："驱愁知酒力，破睡见茶功。"饮茶能去睡。

2. 交流感情

杜甫："枕簟入林僻，茶瓜留客迟。"茶成待客之物。

崔道融："一瓯解却山中醉，便觉身轻欲上天。百幅轻明雪未融，薛家凡纸漫深红。"茶能解酒。

钱起："偶与息心侣，忘归才子家。玄谈兼藻思，绿茗代榴花。"朋友相聚茶饮之乐。

"杯里紫茶香代酒，琴中绿水静留宾。"以茶代酒，方显君子相交。

白居易："遥闻境会茶山夜，珠翠歌钟俱绕身。盘下中分两州界，灯前合作一家春。"茶山相会，歌舞相伴，美酒香茶何等风流。

3. 休闲娱乐

韦应物："聊因理郡余，率尔植荒园。"对茶的好奇和喜爱，故亲身种植。

岑参："庭树纯栽橘，园畦半种茶。"看来种茶已成风尚。

白居易："架岩结茅宇，斫壑开茶园。"亲自种茶。

"吟咏霜毛句，闲尝雪水茶。"以雪水烹茶。

贯休："伊余本是胡为者，采蕈锄茶在穷野。"管理茶园。

刘禹锡："山僧后檐茶数丛，春来映竹抽新茸。"山僧种茶自得其乐。

"何处人间似仙境，春山携妓采茶时。"仙境之美在于春季采茶之时，景美人美。

戴叔伦："远访山中客，分泉谩煮茶。"幽人以茶为伴，慢悟生活真道。

张籍："药看辰日合，茶过卯时煎。"卯时过后再煎茶。

元稹："铫煎黄蕊色，碗转麴尘花。"碗中茶花浮荡。

吃茗粥作（摘自《茶乘》）
储光羲

当昼暑气盛，鸟雀静不飞。念君高梧阴，复解山中衣。

数片远云度，曾不蔽炎晖。淹留膳茶［有作"茗"］粥，共我饭蕨薇。

敝庐既不远，日暮徐徐归。

注：茶粥用以解暑，应是沿袭古人余风。此诗告诉我们，茶叶作为食物添加一直被食用，其原因就在于茶叶亦是植物叶子，具有解渴降温去火之功效，故暑热尤为需要。

喜园中茶生
韦应物

洁性不可污，为饮涤尘烦。此物信灵味，本自出山原。

聊因理郡余，率尔植荒园。喜随众草长，得与幽人言。

评：韦应物是否为园中种茶第一人，还不得知。但唐代兴起饮茶之风，官员亲自在园中种茶，从一定程度上说明了茶叶给人们带来了更多生活体验和乐趣。

与赵莒茶宴
钱　起

竹下忘言对紫茶，全胜羽客醉流霞。尘心洗尽兴难尽，一树蝉声片影斜。

评：由上诗可以清楚知道，茶叶在当时交际应酬中已成风尚。有专门茶会用以谈心聊天，有专门茶宴用以交流思想。此首茶诗谈竹下饮茶之乐。竹有不屈之节，傲岸之姿；茶有清心乐神之效，两者相遇，大有远离尘器，淡泊宁志之意。

茶山诗（摘自《茶乘》）

袁 高

禹贡通远俗，所图在安人。后王失其本，职吏不敢陈。亦有奸佞者，因兹欲求伸。动生千金费，日使万姓贫。我来顾渚源，得与茶事亲。氓辍耕农未，采采实苦辛。一夫但［有作"旦"，不准确］当役，尽室皆同臻。扪葛上欹壁，蓬头入荒榛。终朝不盈掬，手足皆鳞皴。悲嗟遍空山，草木为不春。阴岭芽未吐，使者牒已频。心争造化力［有作"功"］，先走银台均。［有作"走挺麋鹿均"不知何意？］。选纳无昼夜，捣声昏继晨。众工何枯槁，俯视弥伤神。皇帝尚巡狩，东郊路多堙。周回绕天涯，所献愈艰勤。未知供御馀，谁合分此珍。［后补］顾省忝邦守，又惭复因循。茫茫沧海间，丹愤何由申。

评：此诗专言茶贡之害。一是耗费巨资，二是荒废农事，百姓日夜操劳，无暇顾及。诗先谈及制作之辛苦，后谈及隐患。作者害怕的是以后会变本加厉，因为"所献愈艰勤"。并且刚经历战乱，即"安史之乱"，国家刚有好转，应该节俭养民，而不是疲民。"未知供御余，谁合分此珍。顾省忝邦守，又惭复因循。茫茫沧海间，丹愤何由申。"此为作者之本意，贡茶随意增加只因除了供奉朝廷，还要献给高官大员。各地也会群体效仿，以开媚上之路；百姓也会更加困苦不堪。而这也只有最高封建统治者才能制止这种恶风继续蔓延下去，而结果也确实起到一定作用，就是朝廷减免了贡茶数量。

巽上人以竹闲自采新茶见赠，酬之以诗
（摘自《茶乘》诗名为《酬巽上人竹问新茶诗》）

柳宗元

芳丛翳湘竹，零露凝清华。复此雪山客，晨朝掇灵芽。蒸烟俯石濑，咫尺凌丹崖。圆芳［有作方，不准确］丽奇色，圭璧无纤瑕。呼童［有作"儿"，不准确］爨金鼎，余馥延幽遐。涤虑发真照，还源荡昏邪。犹同甘露饮［有作"饭"，不准确］，佛事薰毗耶。咄此蓬瀛客［有作"侣"］，无为［有作

"乃"〕贵流霞。

评：上人是指持戒严格并精于佛学的僧侣。茶叶与僧人有着密切关系，割舍不开。茶叶能成其参悟之功，故僧人种茶、制茶、喝茶已成潮流。

吴兴三绝（摘自《中国茶叶历史资料选辑》）
张文规

蘋洲须觉池沼俗，苎布直胜罗纨轻。清风楼下草初出，明月峡中茶始生。

吴兴三绝不可舍，劝子强为吴会行。

评：吴兴即湖州，有三种特产，其中之一为茶。此诗当是借鉴孙楚《出歌》，亦是宣扬之词；而明月峡中茶也因此成名，当然其茶叶品质确有不俗之处。

湖州贡焙新茶（同上）
张文规

凤辇寻春半醉回，仙娥进水御帘开。

牡丹花笑金钿动，传奏吴兴〔有作"湖州"〕紫笋来。

评：凡事贵在先，因能发前人所未言，故能博人耳目。此诗为赞扬贡焙茶第一首，短小但内涵丰富，可谓意在言外。饮酒之后要用茶醒酒，春游之后恰有惊喜，可谓正是时候；酒渴能喝到今年的新茶，该是多么的惊喜和惬意。这贡茶来得及时，来得善解人意，大臣逢迎之功力可见一斑。

凭周况先辈于朝贤乞茶（摘自《明抄茶水诗文》）
孟 郊

道意忽乏味，心绪病无悰。蒙茗玉花尽，越瓯荷叶空。

锦水有鲜色，蜀山饶芳丛。云根才剪（有作"翦"）绿，印缝已霏红。

曾向贵人得，最将诗叟同。幸为乞寄来，救此病劣躬。

评：无茶而思茶，确是须臾不能离开茶。"乞茶"亦是调侃之语，未必当真。

下篇 茶 文

· 169 ·

和韦开州盛山十二首茶岭

张　籍

紫芽连白蕊，初向岭头生。自看佳人摘，寻常触露行。

评：白蕊即白合，现称之为鳞片。紫芽自是紫笋类茶树。只是不知四川开州的茶树与顾渚山贡焙茶树有何渊源？

香炉峰下新置草堂，即事咏怀，题于石上

白居易

香炉峰北面，遗爱寺西偏。白石何凿凿，清流亦潺潺。
有松数十株，有竹千馀竿。松张翠伞盖，竹倚青琅玕。
其下无人居，悠哉多岁年。有时聚猿鸟，终日空风烟。
时有沉冥子，姓白字乐天。平生无所好，见此心依然。
如获终老地，忽乎不知还。架岩结茅宇，斫壑开茶园。
何以洗我耳，屋头飞落泉。何以净我眼，砌下生白莲。

评：庐山多雨，山势奇险，种茶地不多，故"斫壑开茶园"，确是不易。茶树生长之环境幽雅，松竹泉石，猿鸟云烟，自是品质脱俗。

夜闻贾常州、崔湖州茶山境会想羡欢宴因寄此诗

白居易

遥闻境会茶山夜，珠翠歌钟俱绕身。盘下中分两州界，灯前合作一家春。
青娥递舞应争妙，紫笋齐尝各斗新。自叹花时北窗下，蒲黄酒对病眠人。

评：顾渚官焙负责每年对朝廷的贡茶，故湖州、常州两官非常重视。而贡茶之余饮酒品茶，听歌观舞成为当时风尚，人人向往之。诗人因病不能参加，故有遗憾之语，想望之念。两州为了办好贡茶团结一致，这应在共同办贡之后；开始之初，亦因争贡而产生过矛盾。贡焙茶山分属两州，茶会亭则设在中间，以便相互往来，故有"盘下中分两州界"之句。佳人歌舞自是各争风骚，茶叶也是相互斗美，而这无疑为苏轼"佳茗似佳人"之句提供借鉴。争斗之

原由来自人对于名的渴望与追求，大多数人不能置身事外。

题茶山（摘自《茶乘》）

杜　牧

山实东吴秀，茶称瑞草魁。剖符虽俗吏，修贡亦仙才。

溪尽停蛮棹，旗张卓翠苔。柳村穿窈窕，松涧渡喧豗。

等级云峰峻，宽平洞府开。拂天闻笑语，特地见楼台。

泉嫩黄金涌，牙香紫璧裁。拜章期沃日，轻骑疾奔雷。

舞袖岚侵涧，歌声谷答回。磬音藏叶鸟，雪艳照潭梅。

好是全家到，兼为奉诏来。树阴香作帐，花径落成堆。

景物残三月，登临怆一杯。重游难自克，俯首入尘埃。

评：这是杜牧任湖州刺史期间督办贡茶，再次入茶山之见闻，是咏景之作。顾渚秀，茶为魁。有金沙泉，紫芽树，山间雾气浮于涧上，鸟声啼唱，梅花绕潭绽放，小路落花成堆。字里行间透漏出心情轻松愉快，憧憬无比。

茶中杂咏·茶笋（同上）

皮日休

褒然三五寸，生必依岩洞。寒恐结红铅，暖疑销紫汞。

圆如玉轴光，脆似琼英冻。每为遇之疏，南山挂幽梦。

评：皮日休《茶中杂咏》十首诗中以此诗描写形象生动。对茶芽整体做了描述，长度为三五寸，茶茎为圆轴状，内里像琼英。寒冷时停止生长，而一遇暖和天气又会快速伸长。

茶中杂咏·茶舍（同上）

皮日休

阳崖枕白屋，几口嘻嘻活。棚上汲红泉，焙前蒸紫蕨。

乃翁研茗后，中妇拍茶歇。相向掩柴扉，清香满山月。

评：山中生活虽然辛苦，但也别有滋味，朴素淡然，和乐融洽。"乃翁研茗后，中妇拍茶歇。"生活气息浓郁。

奉和袭美茶具十咏·茶舍（同上）
陆龟蒙

旋取山上材，驾为山下屋。门因水势斜，壁任岩隈曲。

朝随鸟俱散，暮与云同宿。不惮采撷劳，只忧官未足。

评：此为描写农田生活之辛苦。农舍就地取材，因势而成。"门因水势斜，壁任岩隈曲"，非常简陋，看来这应是临时建筑，是为了采茶而临时搭建。居住艰苦如此，而采摘更是早出晚归，也只为糊口度日。

奉和袭美茶具十咏·茶焙（同上）
陆龟蒙

左右捣凝膏，朝昏布烟缕。方圆随样拍，次第依层取。

山谣纵高下，火候还文武。见说焙前人，时时炙花脯。

评：诗虽短小，内容丰富。讲述了制茶一些细节问题。先将茶叶捣碎成膏，然后放入模具中，模具有方有圆。而茶饼烘焙过程中要根据干湿程度，上下层调整在烘箱中的位置。劳作之余，山谣时高时低，像烘焙温度一样有高有低。

谢僧寄茶（同上）
李咸用

空门少年初行坚，摘芳为药除睡眠。匡山茗树朝阳偏，暖萌如爪拏飞鸢。

枝枝膏露凝滴圆，参差失向兜罗绵。倾筐短甑蒸新鲜，白纻眼细匀于研。

砖排古砌春苔干，殷勤寄我清明前。金槽无声飞碧烟，赤兽呵冰急铁喧。

林风夕和真珠泉，半匙青粉搅潺湲……

评：茶之为药，一直未断，因其能破除睡眠。然后描写采茶制茶情状，庐山茶树朝阳，茶芽像鹰爪，茶茎上凝结露水，芽头参差不齐被云烟笼罩。蒸熟之后研磨成形焙干，这是诗人想象之事。品饮却是实际描写，先将茶饼在金槽中碾碎，然后用珍珠泉煮茶。

尚书惠蜡面茶

徐　夤

武夷春暖月初圆，采摘新芽献地仙。飞鹊印成香蜡片，啼猿溪走木兰船。
金槽和碾沈香末，冰碗轻涵翠缕烟。分赠恩深知最异，晚铛宜煮北山泉。

评：唐代已有蜡面茶，并且是在武夷，此诗可以证明。

和门下殷侍郎新茶二十韵

徐　铉

暖吹入春园，新芽竞粲然。才教鹰觜拆，未放雪花妍。
荷杖青林下，携筐旭景前。孕灵资雨露，钟秀自山川。
碾后香弥远，烹来色更鲜。名随土地贵，味逐水泉迁。
力藉流黄暖，形模紫笋圆。正当钻柳火，遥想涌金泉。
任道时新物，须依古法煎。轻瓯浮绿乳，孤灶散余烟。
甘荠非予匹，宫槐让我先。竹孤空冉冉，荷弱谩田田。
解渴消残酒，清神感夜眠。十浆何足馈，百榼尽堪捐。
采撷唯忧晚，营求不计钱。任公因焙显，陆氏有经传。
爱甚真成癖，尝多合得仙。亭台虚静处，风月艳阳天。
自可临泉石，何妨杂管弦。东山似蒙顶，愿得从诸贤。

评：此诗有几句甚佳。"孕灵资雨露，钟秀自山川。"此句包含阴阳之
道，雨露为阴，而山川为阳，阴阳相合才能孕育佳品。"名随土地贵，味
逐水泉迁。"地方不同，茶叶品质不一；所用品饮泉水不同，茶叶滋味亦
不同；可见环境对茶叶品质有影响，品茶用水对茶叶品质展露同样重要。
"采撷唯忧晚，营求不计钱。"茶以早为好，是因为温度上升后，茶叶生
长加快，内含物质相应减少，品质必然变差，所以采摘时间越晚茶叶越不
值钱。

五言月夜啜茶联句

颜真卿

泛花邀坐客，代饮引情言。——陆士修

醒酒宜华席，留僧想独园。——张荐

不须攀月桂，何假树庭萱。——李崿

御史秋风劲，尚书北斗尊。——崔万

流华净肌骨，疏瀹涤心原。——颜真卿

不似春醪醉，何辞绿菽繁。——皎然

素瓷传静夜，芳气清闲轩。——陆士修

评：文人相聚，品茶赋诗以较风骚。联句诗早已有，谈及茶此为先。

顾渚行寄裴方舟（摘自《中国名家茶诗》）

皎 然

我有云泉邻渚山，山中茶事颇相关。鶗［不准确，应为"鹈"，鹈鴂即杜鹃鸟］鴂鸣时芳草死，山家渐欲收茶子。伯劳飞日芳草滋，山僧又是采茶时。由来惯采无近远，阴岭长兮阳崖浅。大寒山下叶未生，小寒山中叶初卷。吴婉携笼上翠微，蒙蒙香刺胃春衣。迷山乍被落花乱，度水时惊啼鸟飞。家园不远乘露摘，归时露彩犹滴沥。初看怕出欺玉英，更取煎来胜金液。昨夜西峰［有作"风"］雨色过，朝寻新茗复如何。女宫露涩青芽老，尧市人稀紫笋多。紫笋青芽谁得识，日暮采之长太息。

评：此诗谈及茶事，收茶籽在秋末草枯死之后，表明茶农已懂得采收种子用来种植。重点谈采茶，春季开采，春天早上露水未干，茶农就采摘。山上杂花迷乱，惊鸟啼飞；风景虽美，采茶之人恐怕无暇顾及。虽然采摘辛苦，希望能早采、多采卖个好价钱，但市场却卖鲜叶者多，买者少，看来今年行情不好，故长叹息。

谢灉湖茶

齐　己

灉湖唯上贡，何以惠寻常。还是诗心苦，堪消蜡面香。

碾声通一室，烹色带残阳。若有新春者，西来信勿忘。

评：作诗苦极，喝茶能够启发神思。

宋　代

北苑十咏·造茶（摘自《茶谱外集》）

蔡　襄

屑玉寸阴间，抟金新范里。

规呈月正圆，势动龙初起。

焙出香色全，争夸火候是。

评：蔡襄《北苑十咏》中以此诗最好。诗虽短小，却能将制茶过程叙说备至，可见其亲力亲为。"屑玉寸阴间"指研磨，"抟金新范里"指入模，"规呈月正圆"指拍压，"势动龙初起"指外饰，"焙出香色全，争夸火候是"则指烘焙之要在于火候得当。

北苑茶

蔡　襄

北苑龙茶著，甘鲜的是珍。四方惟数此，万物更无新。

才吐微茫绿，初沾少许春。散寻萦树遍，急采上山频。

宿叶寒犹上，芳芽冷未伸。茅茨溪上焙，篮笼雨中民。

长疾勾萌折，开齐分两匀。带烟蒸雀舌，和露叠龙鳞，

作贡胜诸道，先尝只一人。缄封瞻阙下，邮传渡江滨。

特旨留丹禁，殊恩赐近臣。啜将灵药助，用于上尊亲。

投进英华尽，初烹气味真。细番胜却麝，浅色过于筠。

顾诸惭投木，宜都愧积薪。年年号供御，天产壮瓯闽。

评：作者对"北苑茶"作了尽情的描述，全诗可以分为赞茶、采茶、贡茶、品茶等几方面。写得气势雄壮，算得上是"北苑龙茶"的一首赞歌。

初识茶花
陈与义

伊轧篮舆不受催，湖南秋色更佳哉。

青裙玉面初相识，九月茶花满路开。

评：茶花与其他花一样也能赏心悦目，古人常采摘观赏。秋季万物萧条而茶花却正开放，给了世界一片生机。而九月茶花开放亦是天气暖和所致。

次韵戴帅初觅茶子二首
陈 著

风流清苦自成家，要撷春香煮雪花。

知味不随鸿渐唾，刿翁自种刿翁茶。

新诗著意不曾疏，苦觅茶栽胜索租。

搜送坚霜千碧颗，难酬五十斛明珠。

评：看来诗人也是一直追求诗之创新，而茶籽是种茶发展茶园所必需，因此，茶籽成熟之时搜集起来，留待来年栽种成为诗人日常生活。种茶是为了应付朝廷赋税，但无疑赋税太重。"搜送坚霜千碧颗，难酬五十斛明珠。"虽然种茶千棵，却也难够交税之用。

北苑焙新茶并序（摘自《中国名家茶诗》）
丁 谓

天下产茶者将七十郡半。每岁入贡，皆以社前、火前为名，悉无其实。惟建州出茶有焙，焙有三十六。三十六惟北苑发早而味佳。社前十五日即采其芽，日数千工，聚而造之，逼社即入贡。工甚大，造基精，皆载于所撰《建阳茶录》，仍作诗以大其事。

> 北苑龙茶者，甘鲜的是珍。四方惟数此，万物更无新。
> 才吐微茫绿，初沾少许春。散寻萦树遍，急采上山频。
> 宿叶寒犹在，芳芽冷未伸。茅茨溪口焙，篮笼雨中民。
> 长疾勾萌并，开齐分两匀［有作"均"］。带烟蒸雀舌，和露叠龙鳞。
> 作贡胜诸道，先尝只一人。缄封瞻阙下，邮传渡江滨。
> 特旨留丹禁，殊恩赐近臣。啜将灵药助，用与上樽［有作"尊"］亲。
> 头进英华尽，初烹气味真。细香胜却麝，浅色过于［有作"於"］筠。
> 顾渚惭投木，宜都愧积薪。年年号供御，天产壮瓯闽。

评：丁谓曾督办北苑贡茶，对贡茶之事颇为熟知，故此诗可谓水到渠成，毫无赘言。其诗序说得很明白，亦是弘扬北苑贡茶之早，之盛大。遗憾的是其所写《建阳茶录》已佚，但从此诗中可以看出其功。北苑龙茶以甘鲜珍贵而闻名，其主要原因在于早，在于精；社前十五日即采其芽，而其他郡县均无如此。制作之前原料经过挑选分级，所谓"长疾勾萌并，开齐分两均"。贡茶做成后要经过水路和陆路达到京师，而能一亲芳泽者，皇帝及近臣而已。贡茶的品质如何？香气浓郁，颜色淡绿，滋味甘醇，顾渚紫笋及湖北名茶均望尘莫及，自拜其下。

答宣城张主簿遗鸦山茶次其韵（摘自《中国名家茶诗》）

梅尧臣

> 昔观唐人诗，茶咏鸦山嘉。鸦衔茶子生，遂同山名鸦。
> 重以初枪旗，采之穿烟霞。江南虽盛产，处处无此茶。
> 纤嫩如雀舌，煎烹比露芽。竞收青蒻焙，不重漉酒纱。
> 顾渚亦颇近，蒙顶未以遐。双井鹰掇爪，建溪春剥葩。
> 日铸弄香美，天目犹稻麻。吴人与越人，各各相斗夸。
> 传买费金帛，爱贪无夷华。甘苦不一致，精粗还有差。
> 至珍非贵多，为赠勿言些。如何烦县僚，忽遣［不准

确，应为"遗"］及我家。

雪贮双砂罂，诗琢无玉瑕。文字搜怪奇，难于抱长蛇。

明珠满纸上，剩蓄不为奢。玩久手生胝，窥久眼生花。

尝闻茗消肉，应亦可破痃。饮啜气觉清，赏重叹复嗟。

叹嗟既不足，吟诵又岂加。我今实强为，君莫笑我耶。

评：鸦山茶产于安徽宣城，品质可与顾渚茶、蒙顶茶、双井、建溪、日铸角胜，比天目要好。"甘苦不一致，精粗还有差"乃是相因之词，甘苦不一样的原因就在于原料粗细不同。

得雷太简自制蒙顶茶（同上）
梅尧臣

陆羽旧《茶经》，一意重蒙顶。比来唯建溪，团片敌金
［有作"汤"，不准确］饼。

顾渚及阳羡，又复下越茗。近来江国人，鹰爪夸双井。

凡今天下品，非此不览省。蜀荈久无味，声名谩驰骋。

因雷与改造，带露摘牙颖。自煮至揉焙，入碾只俄顷。

汤嫩乳花浮，香新舌甘永。初分翰林公，岂数博士冷。

醉来不知惜，悔许已向醒。重思朋友义，果决在勇猛。

倏然乃以赠，蜡囊收细梗。吁嗟茗与鞭，二物诚不幸。

评：当时茶叶名品有建溪茶，顾渚茶、阳羡茶，双井茶。而蒙顶茶在唐朝著名，现却声名不再，原因在于制造之差；经过改进工艺，蒙顶茶品质亦佳。由此看出，名茶成名托之于名人之手亦是常用手段。

王仲仪寄斗茶（摘自喻政《茶集》）
梅尧臣

白乳叶家春，铢两直钱万。资之石泉味，特以阳芽嫩。

宜言难购多，串片大可寸。谬为识别人，予生固无恨。

评：斗茶多是精品，此诗的斗茶为叶家制作的白乳茶，价值过万，虽有价

但很难购得。看来两人交情颇深，故以罕物相赠。

闻进士贩茶（摘自《中国名家茶诗》）
梅尧臣

山园茶盛四五月，江南窃贩如豺狼。顽凶少壮冒岭险，夜行作队如刀枪。

浮浪书生亦贪利，史笥经箱为资［有作"盗"，似确］囊。津头吏卒虽捕获，官司直惜儒衣裳。

却来城中谈孔孟，言语便欲非尧汤。三日夏雨刺昏垫，五日炎热讥旱伤。

百端得钱事酒炙［有作"厄"］，屋里饿妇无糇粮。一身沟壑乃自取，将相贤科何尔当？

评：茶叶亦同它物，奇货可居，故很多人不惜冒险取利。所谓天下熙熙皆为利往，进士贩茶亦无不可。不过在当时明令禁止的情况下，作为拥有道德的知识分子似乎只应该读书做官，不应该做此作奸犯科之事。更别说侥幸逃脱处罚却仍不知悔改，妄言讽议；故诗人贬之，但未究产生之根本原因，实是遗憾。

尝新茶歌呈圣俞（摘自《茶乘》）
欧阳修

建安三千五百里，京师三月尝新茶。人情好先务取胜，百物贵早相矜夸。

年穷腊尽春欲动，蛰雷未起驱龙蛇。夜闻击鼓满山谷，千人助叫声喊呀。

万木寒痴睡不醒，惟有此树先萌芽。乃知此为最灵物，宜其独得天地之英华。

终朝采摘不盈掬，通犀銙小圆复窊。鄙哉谷雨枪与旗，多不足贵如刈麻。

建安太守急寄我，香箬［有作"蒻"］包裹封题斜。

泉甘器洁天色好，坐中拣择客亦嘉。新香润色如始造，不似来远从天涯。

停匙侧盏试水路，拭目向空看乳花。可笑俗夫把金锭，猛火炙背如虾蟆。

由来真物有真赏，坐逢诗老频咨嗟。须臾共起索酒饮，何异奏乐终淫哇。

评："人情好先务取胜，百物贵早相矜夸。"道出贡茶贵早的原因在于人情世俗好然，以早为好为贵亦是为夸示之用。所以"鄙哉谷雨枪与旗，多不足贵如刈麻。"等到了谷雨之时，茶叶为枪旗，其实味道才算完备，但世人却因为多而不珍贵之。实在是令人费解，亦因人性乎？

种茶（同上）
苏 轼

松间旅生茶，已与松俱瘦。茨棘尚未容，蒙翳争交构。天公所遗弃，百岁仍稚幼。紫笋虽不长，孤根乃独寿。移栽白鹤岭，土软春雨后。弥旬得连阴，似许晚遂茂。能忘流转苦，戢戢出鸟味。未任供春［有的用"白"，其实二者有分别，白为磨碎，与磨字重复；春为捣碎，符合诗意］磨，且可资摘嗅。千团输大官，百饼衔［同炫］私斗。何如此一啜，有味出吾囿。

评：茶苗移栽始于此诗。松间种茶茶亦瘦，因杂草丛生，松土肥力差。苏轼以栽茶为乐，虽然还未长大，还不能采摘，但每日看着茶树移栽成活长大亦是一种自豪，毕竟移栽茶树之法未有传载。而移栽茶树成活的原因也在诗中点明，"移栽白鹤岭，土软春雨后，弥旬得连阴，似许晚遂茂。"春雨之后气候开始暖和时移栽，并且一直阴天，避免了茶树暴晒之苦，减少了茶树体内水分的过度蒸发，根系能够得以迅速恢复生机。

问大冶长老乞桃花茶栽东坡（同上）
苏 轼

周诗记茶苦［有作"苦茶"，似不及"茶苦"顺畅］，茗饮出近世。初缘厌粱肉，假此雪昏滞。嗟我五亩园，桑麦苦蒙翳。不令寸地闲，更乞茶子蓺［有作"艺"，种植之意虽符合；但"蓺"为草木生貌，更符合诗意］。饥寒未知免，已作大［有作"太"，在古文中，"大"很多即为"太"之意］饱计。庶将通有无，农末不相戾。春来冻地裂，紫笋森已锐。牛羊烦诃吒，筐筥未敢睨。江南老道人，齿发日夜逝。他年雪堂品，空记桃花裔。

评：苏东坡好种茶，因其好品茶。所以到处寻找茶籽，看来那时移栽茶苗者较少，主要以茶籽播种为主。诗人种了五亩茶园，所以自信满满，"饥寒未知免，已作大饱计"。

寄周安孺茶（同上）
苏　轼

　　大哉天宇内，植物知几族，灵品独标奇，迥超凡草木，名从姬旦始，渐播桐君录，赋咏谁最先，厥传惟杜育，唐人未知好，论著始于陆，常李亦清流，当年慕高躅，遂使天下士，嗜此偶于俗，岂但中土珍，兼之异邦鬻，鹿门有佳士，博览无不瞩，邂逅天随翁，篇章互赓续，开园颐山下，屏迹松江曲，有兴即挥毫，灿然存简牍，伊予［有作"余"］素寡爱，嗜好本不笃，粤自少年时，低回客京毂，虽非曳裾者，庇荫或华屋，颇见绮纨中，齿牙厌梁肉，小龙得屡试，粪土视珠玉，团凤与葵花，斌珠［有作"式砆"，其实不准确。"斌珠"为象玉的石头，盖指茶饼颜色似玉，"杂鱼目"则指绿中带白之意］杂鱼目，贵人自矜惜，捧玩且缄椟，未数日注卑，定知双井辱，于兹自研讨，至味识五六，自尔入江湖，寻僧访幽独，高人固多暇，探究亦颇熟，闻道早春时，携篓赴初旭，惊雷未破蕾，采采不盈掬，旋洗玉泉蒸，芳馨岂停宿，须臾布轻缕，火候谨盈缩，不惮顷间劳，经时废藏蓄，髹筒净无染，箬笼匀且复，苦畏梅润侵，暖须人气燠，有如刚耿性，不受纤芥触，又若廉夫心，难将微秽渎，晴天敞虚府，石碾破轻绿，永日遇闲宾，乳泉发新馥，香浓夺兰露，色嫩欺秋菊，闽俗竞传夸，丰腴面如粥，自云叶家白，颇胜中山醁，好是一杯深，午窗春睡足，清风击两腋，去欲凌鸿鹄，嗟我乐何深，水经亦屡读，陆子咤中泠，次乃康王谷，螟培顷曾尝，瓶罂走僮仆，如今老且懒，细事百不欲，美恶两俱忘，谁能强追逐，姜盐拌白土，稍稍从吾蜀，尚欲外形体，安能徇心腹，由来薄滋味，日饭止脱粟，外慕既已矣，胡为此羁束，昨日散幽步，偶上天峰麓，山圃正春风，蒙茸万旗簇，呼儿为佳客，采制聊亦复，地僻谁我从，包藏置厨簏，何尝较优劣，但喜破睡速，况此夏日长，人间正炎毒，幽人无一事，午饭饱蔬菽，困卧北窗风，风微动窗竹，乳瓯十分满，人世真局促，意爽飘欲仙，头轻快如沐，昔人固多癖，我癖良可赎，为问刘伯伦，胡然枕糟曲。

　　评：本诗为长篇叙事诗。开篇谈及茶史，茶叶名人杜育、陆羽、常伯熊、李季卿等对于茶叶的发展功不可没；然后主要谈及自己从认识茶到知茶、嗜茶的经历。少年时对小龙团、凤团及葵花茶就已熟知；日铸茶及双井茶亦有领略，颇知其中三昧。踏入江湖中，与高僧谈道，多有收获；包括茶叶的制作，讲究趁鲜制作，不能过宿；烘焙时还要讲究火候高低不同。藏茶之法在于防湿，要时时烘焙，"苦畏梅润侵，暖须人气煦"。对茶性的认知也较新颖，茶性如人，有"刚耿性，不受纤芥触"，受不得半点侮辱；有"廉夫心，难将微秽渎"，心地纯白，不容玷污。对品茶用水亦有心得，中泠泉、康王谷、虾蟆培都曾品尝。老年百事不欲，但对茶的喜爱遇机而发，闲逛看到茶园，制茶品茶之兴油然而生，制茶不计精粗，品茶在于自得，亦是一种达观心境。

茶园十二韵（扬州作）（同上）
王禹偁

勤王修岁贡，晚驾过郊原。蔽芾余千本，青葱共一园。
芽新撑老叶，土软迸深根。舌小侔黄雀，毛狞摘绿猿。
出蒸香更别，入焙火微温。采近桐华节，生无谷雨痕。
缄縢防远道，进献趁头番。待破华胥梦，先经闾［应为"闾"，闾阖门是中国古代神话传说中的天门；而"华胥"传说是伏羲氏的母亲，为仙人］阖门。
汲泉鸣玉甃，开宴压瑶罇。茂育知天意，甄收荷主恩。
沃心同直谏，苦口类嘉言。未复金銮召，年年奉至尊。

评：诗人负责贡茶，故对茶树生长情况比较熟悉。"芽新撑老叶，土软迸深根。"意指春天芽头萌发，而土壤厚度影响茶树根系生长。"舌小侔黄雀，毛狞摘绿猿。"芽头如黄雀舌般，芽叶上布满白毛。贡茶在谷雨前就已完成。

监造御茶有所争执（摘自《中国名家茶诗》）
徐玑

森森壑源山，㵀㵀［有作"注注"为溪水冲注，而"㵀㵀"为水汽弥漫，更准确］壑源溪。修修桐树林，下荫茶树低。

桐风日夜吟，桐雨洒霏霏。千丛高下青，一丛千万枝。

龙在水底吟，凤在山上飞。异物呈嘉祥，上奉玉食资。

腊余春未新，素质蕴芳菲。千夫喏登垅，叫啸风雷随。

雪芽细若针，一夕吐清奇。天地发宝秘，鬼神不敢知。

旧制尊御膳，授职各有司。分纲［有作"网"，有《分网茶》诗，似亦可］制品目，簿尉监视之。

虽有领督官，焉得专所为？初纲七七夸，次纲数弗差。

一以荐郊庙，二以瀹宾夷。天子且谦受，他人奚可希。

奈何贪渎者，凭陵肆奸欺！品尝珍妙余，倍称求其私。

初作狐儿媚，忽变狼虎威。巧计百不行，叱怒面欲绯。

再拜长官前，兹事非所宜。性命若蝼蚁，蠢动识尊卑。

朝廷设百官，责任无细微。所守傥在是，恪谨焉可违。

君一臣即二，千古明戒垂。以此得重劾，刀锯弗敢辞。

移官责南浦，奉命去若驰。回首凤凰翼，雨露先光辉。

评：对御茶如何督办有不同意见。旧制官员分工明确，有"簿尉监视之，"并有督办总管全权负责。因此，御茶纲目没有差错，也难以有假公济私之事。而现在竟有中饱私囊者，品赏且不算，还要私下索要，并且索求前态度谦卑，一旦不如愿就恼羞成怒，并且百计丛生，为达目的不择手段，毫无人臣之礼。诗人建议对执法犯法者要严刑重罚，以儆效尤。

和伯恭自造新茶

余　靖

郡庭无事即仙家，野圃栽成紫笋茶。疏雨半晴回暖气，轻雷初过得新芽。
烘褫精谨松斋静，采撷萦迂涧路斜。江水对煎萍仿佛，越瓯新试雪交加。
一枪试焙春尤早，三盏搜肠句更嘉。多谢彩笺贻雅贶，想资诗笔思无涯。
评：自种茶园并且制造茶叶仍是闲雅之事。

嘲茶山

葛胜仲

吴兴紫笋，实产顾渚。唐昔底贡，阚山芽吐。

隼旗出临，虎岩亲驻。邻邦刺史，金匏相遇。

木瓜堂前，穿云滭露。烹蒸包发，及春未暮。

天子称珍，分苦当路。今则不然，名毁势去。

金沙弗湘，玉食弗御。敷荣穷山，牢落谁顾。

如女失宠，空闺自媚。请以千金，买长门赋。

评：唐时顾渚为贡茶，官吏督造，烹蒸烘焙，暮春前入贡，天子称珍。宋时北苑官焙兴起，顾渚茶及金沙水均不入贡，宠幸不在。

词

诗、词均发源于《诗经》，词为长短句，亦为诗。唐朝以诗为盛，宋朝则以词为最；茶饮至宋而大开，诗词随之增多，明清虽有词作，佳品甚少，难出宋代词人之轨辙。

月兔茶

宋 苏轼

环非环，玦非玦，中有迷离玉兔儿。一似佳人裙上月，

月圆还缺缺还圆，此月一缺圆何年。

君不见斗茶公子不忍斗小团，上有双衔绶带双飞鸾。

评：苏轼此词描写了月兔茶的外形，既不像环，又不像玦，实非团月之形，为凤茶系列中的一种。此诗结尾颇有余韵，"君不见斗茶公子不忍斗小团，上有双衔绶带双飞鸾。"团月象征团圆，而双飞鸾又指男女相合，因此，不忍破坏其美好。

西江月·茶词

宋　苏轼

龙焙今年绝品，谷帘自古珍泉。雪芽双井散神仙，苗裔来从北苑。

汤发云腴酽白，盏浮花乳轻圆。人间谁敢更争妍，斗取红窗粉面。

评：龙焙茶精美，谷帘水为天下第一水；两绝品相互交融，遂成旷世之事。乳汤如云白，分到茶盏中，如花浮动，馨香扑鼻；再加上佳人红窗相映，更增添无比韵味。

望江南·超然台作

宋　苏轼

春未老，风细柳斜斜。试上超然台上望，半壕春水一城花。烟雨暗千家。

寒食后，酒醒却咨嗟。休对故人思故国，且将新火试新茶。诗酒趁年华。

评：春末风光依然妩媚，雨雾蒙蒙，缠绕城中花。酒醒后，煮水煎茶，别是风雅。酒诗相配，亦相得，茶能清思，故词成毫不费力，自豪之感油然而生。

行香子·茶词

宋　苏轼

绮席才终。欢意犹浓。酒阑时、高兴无穷。

共夸君赐，初折臣封。看分香饼，黄金缕，密云龙。

斗赢一水，功敌千钟。觉凉生、两腋清风。

暂留红袖，少却纱笼。放笙歌散，庭馆静，略从容。

评：酒宴已经结束，但宾主仍然兴致正浓，看来因酒过量，互相夸示不已。尤其对君上的赏赐更是你说他言，以示其宠。其中就有茶中珍品——密云龙，它是头纲稀奇之品，能够得到赏赐，可见宠幸之极，无人再敢夸示其他。珍品自是不同，喝一钟能敌千钟，不觉两腋清风，可谓茶效显著。

阮郎归（摘自《茶集》）

宋 黄庭坚

摘山初制小龙团，色和香味全。碾声初断夜将阑。烹时鹤避烟。

消滞思，解尘烦，金瓯雪浪翻。只愁啜罢水流天。余清搅夜眠。

评：小龙团为宋代第一纲贡茶，采制早，但应不是最早，因最早的茶叶由于天气还寒，故味并不全。看着瓯中雪浪翻滚，不觉已喝多杯，文思泉涌，故挥手写词，写罢尘烦消去。喝多故难以入睡，清思绵绵。

品令·茶词（同上）

宋 黄庭坚

凤舞团团饼。恨分破，教孤令。金渠体净，只轮慢碾，玉尘光莹。

汤响松风，早减了三分酒病。味浓香永，醉乡路，成佳境。恰如灯下故人，万里归来对影。口不能言，心下快活自省。

评：这首小令写得很好，内容丰富，情景交融。酒后饮茶，饮好茶，醺醺中有一丝清醒，有些许朦胧，确是佳境。茶如好友，虽不言但心意相同，饮茶之后的感觉如同与故人畅快相诉，痛快无比。茶为凤团，亦是茶中精品。先破茶，再慢慢碾碎，看着玉尘散落，别是赏心悦目。茶汤已松鸣，恰是倒入茶末时候，一会香气袅袅飞腾，尝一下，滋味甘浓。人生之清福如是，有好茶喝，有词成。

满庭芳（摘自佚名《茶史》）

宋 苏轼

北苑春风［有作"北苑研膏"］，方圭圆璧，万里名动京关。碎身粉骨，功合上凌烟。

樽俎风流战胜，降春睡、开拓愁边。纤纤捧，熬波［有作"香泉"］溅乳，金缕鹧鸪斑。

相如方病酒，一觞一咏，宾友［有作"有"］群贤。为扶起，樽前醉玉颖山。

搜揽胸中万卷，还倾动、三峡词源。归来晚，文君未寝，相对小妆残。

评：北苑茶团外形如方圭圆璧，佳人手捧"金缕鹧鸪斑"似的茶瓯，瓯中膏乳浮面，饮后能去春睡，忘掉忧愁。

西江月·龙焙头纲春早
宋　黄庭坚

龙焙头纲春早，谷帘第一泉香。已醺浮蚁嫩鹅黄。想见翻成雪浪。
兔褐金丝宝碗，松风蟹眼新汤。无因更发次公狂。甘露来从仙掌。

评：看来用"金丝"镀茶碗在当时已成风尚。龙焙头纲春茶，用谷帘第一泉来煎茶，真乃甘露。

诉衷情·闲中一盏建溪茶
宋　张抡

闲中一盏建溪茶。香嫩雨前芽。砖炉最宜石铫，装点野人家。
三昧手，不须夸。满瓯花。睡魔何处，两腋清风，兴满烟霞。

评：茶为建溪雨前芽，煮水用石做的"铫"，因是简朴，对茶叶影响甚小，别有古朴风韵。自然之器，自然所生，贴近自然才会明白其中茶道。

满庭芳（摘自《茶史》）
宋　秦观

雅燕飞觞，清谈挥尘，使君高会群贤。密云双凤，初破缕金团。窗外炉烟似动。开尊试、一品奔泉。轻涛［应为"涛"］起，香生玉乳，雪溅紫瓯圆。
娇鬟宜美盼，双擎翠袖，稳步红莲。坐中客翻愁，酒醒歌阑。点上纱笼画烛，花骢弄、月影当轩。频相顾，余欢未尽，欲去且留连。

评："密云"不单有龙茶，还有凤茶？饮茶用圆的紫瓯。

解语花·题美人捧茶

明　王世贞

中泠乍汲，谷雨初收，宝鼎松声细。柳腰娇倚，熏笼畔，斗把碧旗碾试。兰芽玉蕊，勾引出，清风一缕。颦翠蛾，斜捧金瓯，暗送春山意。

微袅露鬟云髻，瑞龙涎尤自，沾恋纤指。流莺新脆，低低道，卯酒可醒还起。

双鬟小婢，越显得，那人清丽。临饮时，须索先尝，添取樱桃味。

评：水为中泠水，茶为谷雨茶，已成枪旗；泡开后，玉蕊升浮，香气袭人。佳人手捧金瓯，更是春意无限。

歌

出　歌

西晋　孙楚

茱萸出芳树颠，鲤鱼出洛水泉。白盐出河东，美豉出鲁渊。

姜桂茶荈出巴蜀，椒橘木兰出高山。蓼苏出沟渠，精稗出中田。

评：孙楚《出歌》是现今发现最早的茶歌。歌中赞美各地珍贵物产，其中就有"茶荈出巴蜀"，看来巴蜀产茶已全国闻名，故有此说。

走笔谢孟谏议寄新茶（摘自《茶经外集》）

唐　卢仝

日高丈五睡正浓，将军扣门［有作打，不准确］惊周公。口传谏议送书信，白绢斜封三道印。

开缄宛见谏议面，手阅月团三百片。闻道新年入山里，蛰虫惊动春风起。

天子须尝阳羡茶，百草不敢先开花。仁风暗结珠蓓蕾，先春抽出黄金芽。

摘鲜焙芳旋封裹，至精至好且不奢。至尊之余［有作馀］合王公，何事便到山人家。

　　柴门反关无俗客，纱帽笼头自煎吃。碧云引风吹不断，白花浮光凝碗面。

　　一碗喉吻润；二碗破孤闷；三碗搜枯肠，唯有文字五千卷；

　　四碗发轻汗，平生不平事，尽向毛孔散；五碗肌骨清；六碗通仙灵；

　　七碗吃不得也，唯觉两腋习习清风生。蓬莱山，在何处？玉川子，乘此清风欲归去。

　　山上群仙司下土，地位清高隔风雨。安得知百万亿苍生，命堕颠［有作巅］崖受辛苦。

　　便从谏议问苍生，到头不［有作合］得苏息否。

　　评：卢仝此诗歌韵味十足，得益于行文不拘，文字较多，故能包含丰富。大体有这几层意思：一是唐朝已兴相互馈赠之风，故曰寄茶。二是茶为团片，外有封印。三是数量之多，达三百片，可见质量并不是很好，应是开采后期茶叶，并且是在供奉完朝廷和王公之后事。四是此诗之精彩处在于七碗茶之描述，而这种诗体并不是首例，在南北朝陈朝时有诗人作过。

　　只是不知其所用茶碗到底多大，看来是渴极，或亦是茶之诱人，但无疑将饮茶之妙咏言备至。

　　"一碗喉吻润"，很好理解，乃是茶叶解渴之能。

　　"二碗破孤闷"，其意高妙，"二"为成双，故不是"孤"，亦不再闷；而茶与我合为二，故也不是孤。无人相伴而与茶为伍，自是君子之风。

　　既然两者相伴，似有许多话要说，故有"搜枯肠"，诗也？赋也？一时难以决断。唐代诗歌成风，故亦是信手拈来，但诗有成法，不能尽情一舒胸臆；赋更难成文，故歌则当之。凝思文藻不觉已饮完四碗茶，能够发清汗，看来不单是饮茶所致，亦是思虑辗转所致。作诗非是易事，有情有才，还要有恰当的语言，所以百转千回，自然身上汗出。

　　思凝诗成之后自然心中畅快，其乐无比，所有的不如意也暂时忘却。发汗之后自然身体轻快，故"肌骨清"。

　　而茶叶的香气氤氲，确有成仙之感。看来六碗已经意满神足，关键喝太多水身体也撑不住。再就是茶味已淡，只剩下水味。不知这六碗茶是否与饮酒有联系？平常人饮六碗酒也应该是差不多了。

既然做一回"神仙"，当然要关心百姓疾苦，不然何以为仙？故有结尾之句。此诗将寄茶、贡茶与品茶并在一起，却自然流成，确是佳品，故受后人垂青，多方引用。

茶山贡焙歌（摘自《明抄茶水诗文》）
唐　李郢

使君爱客情无已，客在金台价无比。春风三月贡茶时，尽逐红旌到山里。焙中清晓朱门开，筐箱渐见新芽来。凌［有作"陵"，不准确］烟触露不停采，官家赤印连帖催。朝饥暮匍谁兴哀，喧阗竞纳不盈掬。一时一饷还成堆，蒸之馥之香胜梅。研膏架动声如雷，茶成拜表贡天子。万人争嗷［同啖］春山摧，驿骑鞭声苦流电。半夜驱夫谁复见，十日王程路四千。到时须及清明宴，吾君可谓纳谏君。谏官不谏何由闻，九重城里虽玉食。天涯吏役长纷纷，使君忧民惨容色。就焙赏［有作"尝"］茶坐诸客，几回到口重咨嗟。嫩绿鲜芳出何力，山中有酒亦有歌。乐营房户皆仙家，仙家十队酒百斛。金丝宴馔随经过，使君是日忧思多。客亦无言征绮罗，殷勤绕焙复长叹。官府例成期如何！吴民吴民莫憔悴，使君作相期苏尔。

评：此诗主要描写贡茶制作及奉献经过。春天三月为贡茶开始，山上红旗飘展，万人采摘；早出晚归，蒸碾研焙一刻不得停息。第一批贡茶赶制完成要修表上贡，快马兼程，要赶在清明前到京。从"吾君可谓纳谏君"开始，是诗人的思索，对百姓的同情和官员的不满溢于言表。茶农苦力劳作，官员却美酒美女相伴，两者形成鲜明的对比，而这种现象不知要持续多久？诗中透漏出诗人忧国忧民之情，从这可以看出，李郢算是一个好官。

西山兰若试茶歌（摘自《茶谱外集》）
唐　刘禹锡

山僧后檐茶数丛，春来映竹抽新茸。宛然为客振衣起，自傍芳丛摘鹰嘴［有作"觜"］。斯须炒成满室香，便酌砌［应为"沏"］下金沙水。骤雨松声入鼎来，白云满碗［有作"盖"］花徘徊。悠扬喷鼻宿醒散，清峭彻骨烦襟开。阳崖阴岭各殊气，未若竹下莓苔地。炎帝虽尝不解煎，桐君有录那知味。新芽连拳半未舒，自摘至煎俄顷余。木兰堕露［有作"落"，不准确］花微似，瑶草临波色不如。僧言灵味宜幽寂，采采翘英为嘉［有作"佳"］客。不辞缄封寄郡斋，砖井铜炉损标格。何况蒙山顾渚春，白泥赤印走风尘。欲知花乳清泠味，须是眠云跂石人。

评："眠云跂石"按字面意思分析，应是在石上睡觉之意，引申为无忧无虑，闲散无束。此四字被后代诗人多次引用，代指无欲无求，潇洒自如的生活。"阳崖阴岭各殊气，未若竹下莓苔地。"已认识到地势高低不同，其气亦不同。而茶叶无疑喜欢幽寂清正之地即竹林之下。

饮茶歌诮崔石使君（摘自《茶乘》）
唐　皎然

越人遗我剡溪茗，采得金牙爨金鼎。素瓷雪色飘［有作"缥"，皆可］沫香，何似诸仙琼蕊浆。

一饮涤昏寐，情思爽朗满天地。再饮清我神，忽如飞雨洒轻尘。

三饮便得道，何须苦心破烦恼。此物清高世莫知，世人饮酒徒［有作"多"，似不符合诗意］自欺。

好看毕卓瓮间夜，笑向陶潜篱下时。崔侯啜之意不已，

狂歌一曲惊人耳。孰知茶道全尔真，惟［有作"唯"。而"唯有"为只有之意，"惟有"为仅仅有之意，以"惟"好］有丹丘得如此。

评：皎然三碗便得道，与卢仝七碗不同，可能与饮茶时间有关，他是晚上，卢仝在白天；再或与季节有关。因有"笑向陶潜篱下时"之句，或是秋季菊花开时。卢仝则是在夏季，因为所赠茶已粗，应不是春茶，虽然碗数不同，其功一致，能够祛睡、清神、得道。皎然重在谈得道之过程，卢仝则重在过程之循序渐进，中间有感受，有体悟，然后才是成仙之体验。人之体验不同，感情之舒展亦不同，因人而异。

茶歌（同上）

宋　白玉蟾

柳眼偷看梅花飞，百花头上春［有作"东"］风吹。鹤源春到不知时，霹雳一声惊晓枝。

枝头未敢展枪旗，吐玉缀金先献奇。雀舌含春不解语，只有晓露晨烟知。

带露和烟摘归去，蒸来细捣几千杵。捏作月团三百片，火候调匀文与武。

碾边飞絮卷玉尘，磨下细［有作"落"不如"细"，为细碎茶末之意］珠散金缕。首山红［有作"黄"，黄铜为合金，红铜纯度高于黄铜，符合诗意］铜铸小铛，活火新泉自烹煮。

蟹眼已没鱼眼浮，飕飕［原文字为"风索"二字组成，现今查不到。有作"垚垚"，为山高之意，"飕飕"为风声，符合诗意］松声送风雨。定州红石［有作"玉"，不准确］琢花瓷［有作"甕"］，瑞雪满瓯浮白乳。

绿云入口生香风，满口兰芷香无穷。两腋飕飕毛窍通，洗尽枯肠万事空。

君不见，孟谏议送茶惊起卢仝睡。又不见，白居易馈茶唤醒禹锡醉。

陆羽作《茶经》，曹晖作《茶铭》。文正范公对客笑，纱帽笼头煎石铫。

素虚见雨如丹砂，点作满盏菖蒲花。东坡深得煎水法，酒阑往往觅一呷。

赵州梦里见南泉，爱结焚香瀹茶［有作"茗"，不如"茶"］缘。吾侪烹茶有滋味，华池神水先调试。

丹田一亩自栽培，金翁姹女采归来。天炉地鼎依时节，炼作黄芽烹白雪。

味如甘露胜醍醐，服之顿觉沉疴苏。身轻便欲登天衢，不知天上有茶无。

评：此诗头十二句谈及采茶、制茶、品茶事宜，之后谈及茶叶名人有陆羽、曹晖、范仲淹、苏轼。而本人也是种茶、制茶之人，最后一句"身轻便欲登天衢，不知天上有茶无。"确是爱茶如此，大有天上无茶则不愿作仙之意，可见嗜茶须臾不能离也。

斗茶歌（有作"和章岷从事斗茶歌"）（摘自《茶经外集》）
宋　范仲淹

年年春自东南来，建溪先暖冰［有作"水"，不准确］微开。溪边奇茗冠天下，武夷仙人从古栽。

新雷昨夜发何处，家家嬉笑穿云去。露芽［有作"牙"］错落一番荣，缀玉含珠散嘉树。

终朝采掇未盈襜，惟［有作"唯"］求精粹不敢贪。研膏焙乳有雅制，方中圭兮圆中蟾。

北苑将期献天子，林下雄豪先斗美。鼎磨云外首山铜，瓶携江上中泠水。

黄金碾畔绿尘飞，碧玉瓯中翠涛起。斗茶味兮轻醍醐，斗茶香兮薄［有作"蒲"，不准确］兰芷。

其间品第胡能欺，十目视而十手指。胜若登仙不可攀，输同降将无穷耻。

吁嗟天产石上英，论功不愧阶前蓂。众人之浊我独［有作"可"，不准确］清，千日之醉我独［有作"可"，不准确］醒。

屈原试与招魂魄，刘伶却得闻雷霆。卢仝敢不歌，陆羽须作经。森然万象中，焉知无茶星。

商山丈人休茹芝，首阳先生休采薇。长安酒价减千万，成都药市无光辉。

不如仙山一啜好，泠然便欲乘风飞。君莫羡，花间女郎只斗草，赢得珠玑满斗归。

评：范仲淹此茶歌包含采茶、制茶、品饮及功能，写得洒脱自然，顺势而成。

"终朝采掇未盈襜，惟求精粹不敢贪。"言采摘精细，标准一致。"研膏焙乳有雅制，方中圭兮圆中蟾。"言其制作形状。

"北苑将期献天子，林下雄豪先斗美。"则讲斗茶，然后是斗茶过程，描写细致；从汤色、滋味、香气方面全面进行评判，过程公开透明，无使诈欺骗之举，输赢都心服口服。

"众人之浊我可清，千日之醉我可醒。"则言其清心肺，醒酒之功效。茶之功效如此，竟使酒价降低，药市黯淡，可谓光耀无比。

有人将此诗与卢仝诗对比，其实并无可对比之处，两诗侧重点不一样，卢仝诗重在饮茶之功，范仲淹则重在斗茶之技。至于文采则各有所长，卢仝重在亲身经历，真情所感，故能描写自然顺畅。而范仲淹却得于文采稍胜，感染力较强，对斗茶过程亦能叙说详细。

御苑采茶歌十首
宋　熊蕃

采采东方尚未明，玉芽同护见心诚。
时歌一曲青山里，便是春风陌上声。
纷纭争径踩新苔，回首龙园晓色开。
一尉鸣钲三令趋，急持烟笼下山来。
修贡年年采万株，只今胜雪与初殊。
宣和殿里春风好，喜动天颜是玉腴。

评：熊蕃《御苑采茶歌十首》让读者对当时的贡茶情况有所了解。"采采东方尚未明"，天不明就开始采摘。"纷纭争径踩新苔，回首龙园晓色开。一尉鸣钲三令趋，急持烟笼下山来。"有专门负责采茶的校尉，天一亮就停止采摘。而"修贡年年采万株"，此言贡茶规模，要采上万株茶树，此针对发芽较早的茶树而言，而贡焙茶园面积远不止万株茶树。

龙井茶（摘自《中国古代茶诗选》）
明　于若瀛

西湖之西开龙井，烟霞近接南山岭。飞流密汩写幽壑，石磴纤曲片云冷。
柱［有作"拄"］杖寻源到上方，松枝半落澄潭静。铜瓶试取熟新茶，涛起龙团沸谷芽。
中顶无须忧兽迹，湖州岂惧涸金沙。漫道白芽双井嫩，未必红泥方印嘉。
世人品茶未尝见，但说天池与阳羡。岂知新茗煮新泉，团黄分列［有作"冽"，不准确］浮瓯面。

二枪浪自附三篇，一串应输钱五万。

评：诗中描写了龙井茶产地情况，较详细。在岭上，周围有沟壑流水；拾级而上，松枝摇动，潭水幽静，片云飘过，别是清幽之地。产茶自是秉清虚之气，品质不凡；可说与当时名茶双井、天池与阳羡不相上下。但"未必红泥方印嘉"点出并不是贡茶，或者还未为外人道也。

武夷茶歌（摘自《中国名家茶诗》）

清　释超全

建州团茶始丁谓，贡小龙团君谟制。元丰敕献密云龙，品比小团更为贵。
元人特设御茶园，山民终岁修贡事。明兴茶贡永革除，玉食岂为遐方累。
相传老人初献茶，死为山神享庙祀。景泰年间茶久荒，喊山岁犹供祭费。
输官茶购自他山，郭公青螺除其弊，嗣后岩茶亦渐生，山中借此少为利。
往年荐新苦黄冠，遍采春芽三日内。搜尺深山粟粒空，官令禁绝民蒙惠。
种茶辛苦甚种田，耘锄采抽与烘焙。谷雨届其处处忙，两旬昼夜眠餐废。
道人山客资为粮，春作秋成如望岁。凡茶之产准 [应为"惟"] 地利，
溪北地厚溪南次。

平洲浅渚土膏轻，幽谷高崖烟雨腻。凡茶之候视天时，最喜天晴北风吹。
苦 [应为"若"] 遭阴雨风南来，色香顿减淡无味。近时制法重清漳，
漳芽漳片标名异。

如梅斯馥兰斯馨，大抵焙时候香气。鼎中笼上炉火温，心闲手敏工夫细。
岩阿宋树无多丛，雀舌吐红霜叶醉。终朝采采不盈掬，漳人好事自珍秘。
积雨山楼苦昼间，一宵茶话留千载。重烹山茗沃枯肠，雨声杂沓松涛沸。

评：对武夷茶的情况做了大致描述，较全面。由唐朝、宋朝、元朝至明朝简述建茶历史，以明其产茶历史悠久。故不再贡茶之后，茶农仍依此为生，并且明朝后期的政策比较宽松，茶农因此获利。但其辛苦超越种田，主要原因在于茶叶要求早、新，故在时间上紧促，需要早采、勤采，"谷雨届其处处忙，两旬昼夜眠餐废。"二十天不分昼夜忙于制茶，可见之辛苦。

茶产地对茶品质有影响，"溪北地厚溪南次，"高山要好于平地茶。采茶

时间也有讲究，"最喜天晴北风吹。"而阴雨时不能采摘，否则"色香顿减淡无味。"

制工亦很重要，以清漳人制法最好。"心闲手敏工夫细"可谓深得制工之诀窍，"心闲"是指不慌不忙，熟练在胸，故淡定自如。"手敏"是指勤翻善炒，手脚麻利；"工夫细"则指讲究火候，该文火则文火，该武火则武火，根据茶叶情况调整温度。由于功夫到位，技术熟练，炒出的茶叶才如梅馥兰馨，香气可人。最后亦谈及宋代茶树一事，由于茶树已老，长势不旺，采摘鲜叶较少，故显得特别珍贵。应该说这是谈及茶事较全面的诗歌，少有之佳品。

御茶园歌（摘自《中国名家茶诗》）
清　朱彝尊

御茶园在武夷第四曲，元于此创焙局安茶槽。

五亭参差一井冽，中央台殿结构牢。每当启蛰百夫山下喊。枞 [应为"纵"] 金伐鼓声喧嘈。

岁签二百五十户，须知一路皆驿骚。山灵丁此亦太苦，又岂有意贪牲醪。

封题贡入紫檀殿，角盘瘿枕怯薛操。小团硬饼捣为雪 [是否为屑？]，牛潼马乳倾成膏。

君臣第取一时快，讵知山农摘此田不毛。先春一闻省贴下，樵丁荛竖纷遁逃。

入明官场始尽革，厚利特许民搜掏。残碑断臼满林麓，西皋茅屋连东皋。
自来物性各有殊，佳者必先占地高。云窝竹窠擅绝品，其居大抵皆岸嶅。
兹园卑下乃在隰，安得奇茗生周遭。但令废置无足惜，留待过客闲游遨。
古人试茶味方法，推 [应为"椎"] 钤罗磨何其劳。误疑爽味碾乃出，真气已耗若醴舖其糟。

沙溪松黄建蜡面，楚蜀投以姜盐熬。杂之沉脑尤可憾，陆羽见此笑且□。

前丁后蔡虽著录，未免得失存讥褒。我今携枪石上坐，箬笼一一解绳绦。

冰芽雨甲恣品第，务与粟粒分镏毫。

评：歌前至"入明官场始尽革"，概述了御茶园贡茶的过去发展情况，有二百五十户固定茶农采集赶制贡茶，从而造成田地荒芜，人员外逃之弊害，可见贡茶害人不浅。明朝废除御茶园，人们可以自由发展，对恢复经济提供了有力保障。诗人提出好茶产自山高云多之处，竹下之处，而卑湿之地茶叶品质不佳；并对古代茶叶品饮之法提出异议，认为以自然为好，不应碾碎（团茶须先碾碎）和加入姜盐。

阳羡采茶歌（摘自《中国名家茶诗》）

清　赵熊诏

采茶天，三月布谷递野烟。惊雷嫩英才抽绿，处处开园好摘鲜。
采茶山，虾虎城头鼋画湾。昔传天使来唐贡，拣得冰芽逐笑颜。
采茶人，一筐收尽满山春。更有小僮能解事，带汲金沙欲试新。
采茶路，飞青叠翠迷如雾。任教栽壁与抽金，暗香锋向蹊间度。
采茶名，纱帽棋盘并紫英。别有灵芽称庙后，龙团凤饼何足评。
采茶焙，竹炉松火声如雷。研膏架动蒸且馥，纷纷但见贩芽来。
采茶市，涨沙罗岕凭君指。品到人间第一茗，其价直与黄金比。
我今连唱采茶歌，风生两腋信如何。假使浊醪能解渴，敢笑卢仝碗数多。
天生佳种实灵奇，烹之有法采有时。才人意味逾清甘，定知茗战甘如霁。
毕竟愁肠无浣地，旗枪那得都如意。
君不见阳羡之茶中泠泉，人间两美天涯异。

评：《阳羡采茶歌》无疑是一幅幅生动的茶事画面。将地点、人物、风景、制作、品饮等囊括于内。采茶山位于鼋画湾，春风三月，茶树萌绿，三五成群，采摘忙碌。采茶路青绿曲折，茶园分布两边，芽叶传香阵阵。纱帽、棋盘、紫英、庙后茶叶品质最佳，超过龙团凤饼。制作不停，茶贩络绎不绝；因其品质绝佳，涨沙、罗岕茶价比黄金。诗人渴望的是有如此美茶，如果再有中泠泉水相泡，定会更加甘醇馨香。

龙井采茶歌

清 翟瀚

西湖西去古龙井，烟云秀孕凤篁岭。竹坞茶先百草生，斗奇不数龙团饼。
蛰雷一夜展旗枪，东风吹送兰芽香。火前社后辨迟早，沿缘林樾争携筐。
摘来片片含生翠，薰篝拣焙养清气。箬盦开处足芬芳，鼻观微参渴先避。
竹符调水走金沙，井汲云根静试茶。蚯蚓窍鸣火初活，落落旋听蟹爪爬。
蒙顶嫌寒顾渚瘠，六安阳羡殊标格。三篇好补季疵经，七碗试听玉川说。
懿兹芳茗记高岑，辨才玉局曾幽寻。湖山佳景此第一，宸章璀璨映华林。
茶坡近辟卷阿里，更谁妄肆中郎毁。谨将土物志钱塘，顾比瑶琛纳包匦。

评：钱塘茶以凤篁岭上的古龙井处产茶最佳，比宋代的龙团饼还要珍奇。惊蛰后茶叶已成旗枪展开，采摘后加工成茶，如何制茶未言。下文主要谈品饮，用好水煮汤，先如蚯蚓鸣，此为一沸；蟹眼冒泡，此为二沸；绿茶不用太热沸水，故二沸即可。品饮之后，感觉蒙顶、顾渚、六安、阳羡诸茶都不如它。此歌沿袭歌茶的大体套路，欲将茶事笼括在内，虽大体言明，遗憾之处在于制茶之事寥寥，或是不精于此事，不敢妄谈。

采茶歌

清 陈章

凤凰岭头春露香，青裙女儿指爪长。度涧穿云采茶去，日午归来不满筐。
催贡文移下官府，那管山寒芽未吐。焙成粒粒比莲心，谁知侬比莲心苦。

评：此诗亦指龙井茶。天还寒，催贡公文已下，虽到处采摘，一上午也不能满筐。结尾妙，"焙成粒粒比莲心，谁知侬比莲心苦。"茶芽很小，如莲心大；而茶农却为贡茶而忙，如莲子一般苦，可谓用语巧妙。

曲

闽茶曲

清　周亮工

御茶园里筑高台，惊蛰鸣金礼数该。

那识好风生两腋，都从著力喊山来。

评：武夷御茶园确有喊山台，惊蛰时开始采摘，在之前先行祭祀，并同喊"茶发芽"以祈求贡茶顺利。

崇安仙［或为"县"］令递常供，鸭母船开朱映红。

急急符催难挂壁，无聊斫尽大黄峰。

自注：新茶下，崇安令例致诸贵人，黄冠苦于追呼，尽斫所种，武夷真茶久绝矣。漕篷船，前狭后广，延建人呼为"鸭母"。

评：贡茶先由船运，因九曲溪水之故。贡茶累人，故将茶树砍尽。

采茶曲

清　黄炳堃

正月采茶未有茶，村姑一队颜如花。秋千戏罢买春酒，醉倒胡订抱琵琶。

二月采茶茶叶尖，未堪劳动玉纤纤。东风骀荡春如海，怕有余寒不卷帘。

三月采茶茶叶香，清明过了雨前忙。大姑小姑入山去，不怕山高村路长。

四月采茶茶叶深，色深味厚耐思寻。千枝万叶都同样，难得个人不变心。

五月采茶茶叶新，新茶远不及头春。后茶哪比前茶好，买茶须问采茶人。

六月采茶茶叶粗，采茶大费拣功夫。问他浓淡茶中味，可似檀郎心事无。

七月采茶茶二春，秋风时节负芳辰。采茶争似饮茶易，莫忘采茶人苦辛。

八月采茶茶味淡，每于淡处见真情。浓时领取淡中趣，始识侬心如许清。

九月采茶茶叶疏，眼前风景忆当初。秋娘莫便伤憔悴，多少春花总不如。

十月采茶茶更稀，老茶每与嫩茶肥。织缣不如织素好，检点女儿箱内衣。

冬月采茶茶叶凋，朔风昨夜又今朝。为谁早起采茶去，负却兰房寒月霄。

腊月采茶茶半枯，谁言茶有傲霜株。采茶尚识来时路，何况春风无岁无。

评：此曲描写了四季采茶之事，确为云南所有。云南气候温暖湿润，冬季十一月、十二月茶树常青，故亦能生长并采少许茶。茶树有休眠期，正月没有茶可采。二月茶芽始萌发，产量较少。三月大量萌发，雨前特别繁忙。四月茶叶涩味重，故有"色深味厚耐思寻"。五月采茶已是夏茶，品质远不及春茶。六月茶叶更是粗大不堪，品质极差。到了秋季，天气变凉，茶叶品质好于夏季，但仍比春茶差；"九月采茶茶叶疏"，茶叶长势弱，到了休养时期。十月采摘更少，老叶与嫩叶兼有，亦是偶尔为之。任何植物的生长都要经历由盛及衰的过程，一年如此，一生亦如此。如果违背其生长规律，一味多采，只会造成茶树早衰。"腊月采茶茶半枯，谁言茶有傲霜株。"即是实证。

第十八章　赋、颂、赞

赋

《文心雕龙》云："《诗》有六义，其二曰'赋'。'赋'者，'铺'也。铺采摛文，体物写志也。"可见赋为诗之流。

晋　代

荈赋（摘自《茶乘》）
杜　育

灵山惟岳，奇产所钟。厥生荈草，弥谷被冈［有作"岗"，不准确。"岗"为高起的土坡，"冈"为山脊，山岭］。承丰壤之滋润，受甘灵［应为"露"更符合］之宵降。月维［有作"惟"］初秋，农功少休。结偶同旅，是采是求。水则岷方之注，挹彼清流。器择陶拣［应作"简"］，出自东瓯；酌之以匏，取式公刘。惟兹初成，沫沈华浮。焕如积雪，烨［有作"晔"］若春敷。……调神和内，倦懈［有作"解"］康［有作"憀"］除。［"倦懈康除"与"倦解憀除"意思相仿］

评：《荈赋》可说是至今最早的茶赋。关于杜育的生平史书所载不多，其曾为汝南太守，在河南为官。其《荈赋》所写是否在其做官期间，还是在之前，不得而知。"岳"是指哪？是五岳吗？如是五岳最可能是哪座山？而五岳中以南岳衡山最有可能。湖南气候湿润温暖，适合茶树生长，这与后文的"厥生荈草，弥谷被岗"尤其相符。茶树如此多而盛，非温暖处不可得。同时这与茶树发源地自西向东的发展轨迹相符，因湖南与湖北相邻，而湖北与发源地古代巴国地相邻，晋朝时湖南有茶最为可能。"岷方之注"之中的"岷"是指岷江还是代指西方？亦不甚明。岷江自四川发源，在四川宜宾入长江，因此"岷方"是指水自茶产地西北而来最符合文意。湖南正在宜宾之东，因此，南岳应是最可能。

如是在河南做官期间所写，河南与陕西临近，似乎最有可能。但陕西在宜宾东北，与巴地相隔很远，西晋时气候已经变冷，华山处在陕西，因此有茶虽有可能，但面积不会太大。据《华阳国志》所记，晋朝时四川产茶地最北在四川省什邡县（今什邡市），陕西省未有产茶记载。而"取式公刘"虽与周朝开创者公刘相关，这也是此文中最迷惑人之处，但仔细分析，这里应是指饮用器具的开创者是公刘，并不是就与陕西有关。

总之而言，此文茶产地以南岳衡山最有可能，其次为华山。霍山虽曾被称为南岳，按文意未有蛛丝马迹与霍山有关，因此，不可能是霍山。当然，如果能知道杜育的生平经历那就容易辨别了。

据史书记载，杜育是曹魏平阳乡侯杜袭的孙子，魏明帝时杜袭受封平阳乡侯，平阳乡隶属贵州省黔东南，而杜袭也曾在荆州、长沙居住过，这三处地方都是茶区；杜育是否曾跟随祖父去过这些茶区？如果是，其在做官之前写就这篇赋文最有可能。

文中"奇产"是说产物很少，说明茶叶发展仅在少数地区，少量生产。而此处却"弥皋被冈"，长势良好，面积亦可观，说明与茶树发源地不远，有茶籽供应种植，气候也适宜茶树生长，故有此兴盛之态。"惟兹初成，沫沈华浮。焕如积雪，晔若春敷。"是言茶叶在汤中的状态。晋朝时的茶叶加工技术如何？史料未见，大抵应是烘干而已。茶叶投入汤中，芽叶伸展如花，上下浮动，而茶末则向下沉；芽叶白毫多，故有积雪之象，而绿意盎然正如春天之生机勃勃。后面有脱漏之文虽不通畅，但大意应是描写品饮过程及饮后的感觉，赞美茶叶有提神消倦，身轻体畅之功效。

唐 代

茶赋（同上）

顾 况

稽天地之不平兮，兰何为乎早秀，菊何为乎迟荣？皇天既孕此灵物兮，厚地复糅之而萌。惜下国之偏多，嗟上林之不至。如罗玳筵，展瑶席，凝藻思，开灵液，赐名臣，留上客，谷莺啭，宫女颦，泛浓华，漱芳津，出恒品，先众珍。君门九重，圣寿万春，此茶上达于天子也。

滋饭蔬之精素，攻肉食之膻［有作"羶"］腻，发当暑之清吟，涤通宵之昏寐。杏树桃花之深洞，竹林草堂之古寺。乘槎海上来，飞锡云中至，此茶下被于幽人也。《雅》曰："不知我者，谓我何求。"可怜翠涧阴，中有泉流；舒铁如金之鼎，越泥［有作"如"］似玉之瓯。轻烟细珠，霭然浮爽气。淡烟风雨，秋梦里还钱。怀中赠橘，虽神秘而焉求。

评：顾况此赋主要就饮茶功能辅采成文，茶已成为朝廷日常必需之物，雅士幽人修养清心之品。而作者前期为官，后期归隐，可谓两者均经历过，感触自然深于旁人。"不知我者，谓我何求"，联系后面之文，此文应是作者归隐后的作品，返归自然，悠闲自适。当然作者还怀有期望，就是因为爱茶能遇到一些奇事，故有"梦里还钱，怀中赠橘"之说。

宋 代

煎茶赋（摘自《茶谱外集》）

黄庭坚

汹汹乎如涧松之发清吹，皓皓乎如春空之行白云。宾主欲眠而同味，水茗相投而不浑。苦口利病，解胶［应作"醪"指酒］涤昏，未尝一日不放箸，而策茗碗之勋者也。

余尝为嗣直瀹茗，因录其涤烦破睡之功，为之甲乙。建溪如割，双井如霆，日铸如绝。其余苦则卒［应作"辛"指滋味］螫，甘则底滞，呕酸寒胃，令人失睡，亦未足与议。或曰无甚高论，敢问其次。涪翁曰：味江之罗山，严道之蒙顶，黔阳之都濡高株，泸川之纳溪梅岭，夷陵之压砖，临邛之火井。不得已而去于三。则六者亦可酌兔褐之瓯，瀹鱼眼之鼎者也。

或者又曰，寒中瘠气，莫甚于茶。或济之盐，勾贼破家，滑窍走水，又况鸡苏之与胡麻。涪翁于是酌岐雷之醪醴，参伊圣之汤液；斯附子如博投，以熬葛仙之垩。去菽而用盐，去橘［有用"桔"］而用姜，不夺茗味而佐以草石之良。所以固太仓而坚作强，于是有胡桃、松实、庵摩、鸭脚、勃贺、靡芜、水苏、甘菊，既加臭味，亦厚宾客。前四后四，各用其一，少则美，多则恶，发挥其精神，又益于咀嚼。

盖大匠无可弃之材，太平非一士之略。厥初贪味隽永，速化汤饼，乃至中夜不眠，耿耿既作，温齐殊可屡歙。如以《六经》，济三尺法，虽有除治与人安乐，宾至则煎，去则就榻，不游轩后之华胥，则化庄周之蝴蝶。

评：黄庭坚爱茶并写过很多茶诗和文，其中以《煎茶赋》最为著名。涤烦破睡之功，最好为建溪、双井和日铸茶，其次为"味江之罗山，严道之蒙顶。黔阳之都濡高株，泸川之纳溪梅岭。夷陵之压砖，临邛之火井。"当然这只是他一己之见，但由此可大体了解当时名茶的概况。由于茶叶性寒，故在茶中加入一些暖性物质成为必须，如胡桃松实，水苏甘菊之类。虽然对茶香和滋味有一些影响，但对于体寒之人很有裨益。

黄庭坚一生爱茶，对于饮茶自有一番见解，他对当时的茶叶优劣给出评判。要论去除烦闷，令人不眠之功则首属建溪茶、双井茶、日铸茶；其次则有罗山茶、蒙顶茶、都濡高株茶、纳溪梅岭茶、夷陵压砖茶、临邛火井茶；其他则或苦味太重，或甘而不活，品质为差。

对于茶的特性，他用"寒"字来代表，常喝茶对胃不好，故唐宋饮茶常在其中添加盐或姜来去除寒气，增加滋味。

茶赋（同上）

吴　淑

夫其涤烦疗渴，换骨轻身。茶荈之利，其功若神。则有渠红薄片，西山白露，云垂绿脚，香浮碧乳，挹此霜华，却兹烦暑。清文既传于杜育，精思亦闻于陆羽。

若夫撷此皋卢，烹兹苦茶［应作"荼"更符合押韵］。桐君之录尤重，仙人之掌难逾。豫章之嘉甘露，王肃之贪酪奴。待枪旗而采摘，对鼎𬬻以吹嘘。则有疗彼斛瘕，困兹水厄。擢彼阴林，得于烂石。先火而造，乘雷以摘。吴主之忧韦曜，初沐殊恩；陆纳之待谢安，诚彰俭德。

别有产于玉垒，造彼金沙。三等为号，五出成花。早春之来宾化，横纹之出阳坡。复闻灉湖含膏之作，龙安骑火之名。柏岩兮鹤岭，鸠阮兮凤亭。嘉雀舌之纤嫩，翫蝉翼之轻盈。冬牙［有作"芽"］早秀，麦颗先成。或重西园之价，或侔团月之形。并明目而益思，岂瘠气而侵精。又有蜀冈牛岭，洪雅乌程，碧涧纪号，紫笋为称。陟仙涯［应作崖］而花坠，服丹丘而翼生。

至于飞自狱中，煎于竹里。效在不眠，功存悦志。或言诗为报，或以钱见遗。复云叶如栀子，花若蔷薇。轻飘［有作"飚"］浮云之美，霜筱竹箨之差。唯芳茗之为用，盖饮食之所资。

评：此赋短小但内容较多，重点谈及茶品及茶功、茶事。

茶功有：涤烦疗渴，换骨轻身，却兹烦暑，诚彰俭德，明目益思，功存悦志。

茶品有：渠红薄片，西山白露，仙人之掌，豫章甘露，来宾早春，横纹阳坡，灉湖含膏，龙安骑火，柏岩鹤岭，蜀冈牛岭，洪雅乌程，鸠坑茶，碧涧茶，玉垒茶，顾渚茶。

茶事有：杜育之赋文，陆羽之茶经，桐君所录，李白仙人掌诗，左思之娇女诗，王肃水厄事，吴主赐以密荈，陆纳茶果待客，张青竹里煎茶，老妇因茶得钱。

其将茶品、茶功和茶事融为一体，中间用一些连接词，虽琐碎但条理分明。

南有嘉茗赋（摘自《茶乘》）

梅尧臣

　　南有山原兮不凿不营，乃产嘉茗兮嚣此众氓。土膏脉动兮雷始发声，万木之气未通兮，此已吐乎纤萌。一之曰雀舌露，掇而制之，以奉乎王庭；二之曰鸟喙长，撷而焙之以备乎公卿；三之曰枪旗耸，寒而炕之将求乎利赢；四之曰嫩茎茂，团而范之来充乎赋征。当此时也，女废蚕织，男废农耕。夜不得息，昼不得停。取之由一叶而至一掬，输之若百谷之赴巨溟。华夷蛮貊，固日饮而无厌；富贵贫贱，亦时啜而不宁。所以小民冒险而竞鬻，孰谓峻法之与严刑？呜呼！古者圣人为之丝枲缔绤，而民始衣；播之禾粺菽粟，而民不饥；畜之牛羊犬豕，而甘脆不遗；调之辛酸咸苦，而五味适宜；造之酒醴而谦飨之，树之果蔬而荐羞之，于兹可谓备矣。何彼茗无一胜焉，而竞进于今之时，抑非近世之人体惰不勤，饱食粱肉，坐以生疾，借以灵荈而消腑胃之宿陈？若然，则斯茗也，不得不谓之无益于尔身，无功于尔民也哉！

　　评：此赋开篇以时间为顺序描写了采茶制茶过程。产地为南方温暖湿润之地的山原，生态环境良好，盛产佳茗。

　　《南有嘉茗赋》将茶叶分为四等：一等茶为雀舌，早春始发故不大，采摘制作用来"奉乎王庭"，即供奉朝廷君王享用。二等茶如鸟喙长，气温上升，茶芽开始伸长变大，用这样的原料制成茶来献给朝廷大臣。三等茶原料为"枪旗"即一芽一、二叶。这样的茶叶原料随气温上升长势很快，茶叶产量亦多，用其制成的茶叶滋味其实最足，故市场需求很大，用于营利非常畅销。到了一芽三、四叶时茶叶原料变老，用其制成团片"来充乎赋征"，看来宋朝时茶农的赋税已经很严重，要通过茶叶来补充才能完成任务。为此，男女日夜操劳，有时会冒险犯法以求利。所谓世生万物，皆为民所用。茶在今世已成不可或缺之物，盖物亦因时而显，在于其神其功。

明 代

煎茶赋并序

沈 龙

酒乡香国，时时有人往还。香国如桃花源，时开时合；而酒乡自刘将军开后，便通中国，独茶天未有开辟手。茶天在青微西，或云青微天即茶天也。酒有剑侠气，香有美人气、文士气；独茶如禅，未许常人问津。顾况有《茶赋》，黄庭坚有《煎茶赋》，已是数百年一传，此后绝无闻焉，正如六祖去后，衣钵竟绝。至如卢仝牛饮耳。偶有客至横云山茶，而惠山汲水船适至，遂作小赋。

汲新泉于树杪，采新茗于雨前。合命花灶，松顶涛翻，扫石径之秋云，乞活火于坡仙。雪意消而山空，微香散而鹤还。乱花中之药气，卷深竹之晴烟。于是开别馆，揭风帘，事供奉，命短鬟红袖，窄窄素手春寒，矜弓弯之绝小，又欲进而诅前。其甘如荠，其气胜兰。其味也甘露雨，其白也秋空天。花点波动，月印杯穿。杏树桃花之深洞，奇种不到；竹林草堂之古寺，无此幽闲。于焉昏睡竟失繁忧，毕殚神空而道可学，味淡而禅独参。忽疑义之尽晰，俄欲辨而忘言。如白玉蟾拈花而三嗅，如江贯道抚琴而不弹。此味无令人之可共，何不考古人而就班。乃问诗人谁识其玄，或云子厚，或云青莲，乃浩然摩诘之皆不可，而独分一饼于陶潜。若夫画中三昧，谁得其传，曰有同味，恕先在焉……

评：沈龙此赋有几点说得很有道理，茶与酒、花皆不同。爱酒者多侠客，饮后更助其侠气。花香乃美人爱之，文士宜爱之，爱其清芬清神。而僧道爱茶，饮后不困有助钻研，亦是指静中饮茶才能悟道。其实应该说茶兼有酒与花之特点，有酒的苦涩，有花的芳香，当然亦有区别，此正是物物不同的原因所在。下文主要谈品饮经过及饮后感悟，饮茶之地讲究幽静，饮茶之后要有所表达，或诗或画或文。

颂、赞

《文心雕龙》云："四始之至，颂居其极。颂者，容也，所以美盛德而述形容也。"颂发源于《诗经》，赞扬之文。又云："赞者，明也，助也。昔虞舜之祀，乐正重赞，盖唱发之辞也。"赞为行礼唱歌之前的说明之辞。

森伯颂（摘自《茶乘》）
南朝　汤说

方饮而森然，粘乎齿牙，馥郁既久，四肢森然筝异。

评：饮后觉清爽入心，香气浓郁，四肢非常舒畅。

茗赞略（同上）
唐　路权

穷春秋，演河图，不如载茗一车。

评：此言茶叶亦能成就功业，是有感而发。苦读史书以求治国之道，不如奉献给君上茶叶能够快速升官，寓讽刺之意。

第十九章　表、书

表

《文心雕龙》云："章以谢恩，奏以按劾，表以陈请，议以执异……表者，标也。"其实章、奏、表、议四者均为公文之体，表情达意而已。

代武中丞谢新茶表（摘自《茶乘》）
唐　刘禹锡

伏以方隅入贡，采撷至珍，自远贡来，以新为贵。捧而观妙，饮以涤烦。顾兰露而惭芳，岂柘浆而齐味。既荣凡口，倍切丹心。臣无任云云。

评："方隅入贡"表明产地有限，不多；"采撷至珍"说明加工精制，品质不凡；来自远方，实属不易；早春即尝，可为难得。品质绝佳，外观有好妙之态，烹煮后香气如兰，滋味甘芳，饮后能够去掉烦忧。"既荣凡口，倍切丹心"即如此尊荣与我，倍加知恩之意。

为田神玉谢茶表（摘自《茶史》）
唐　韩翃

臣某言，中使至，伏奉手诏，兼赐臣茶一千五百串，令臣分给将士以下。臣慈曲被，戴荷无阶。臣某中谢臣智谢理戎 [此处不顺，或记载有误]，功惭荡寇。前恩未报，厚赐仍加。念以炎蒸，恤其暴露。旁分紫笋，宠降朱宫。味足蠲邪，助其正直，香堪愈病，沃以勤劳。饮德相劝，抚心是荷，前朝给士，往典犒军，皆是循常，非闻特达。顾惟荷增幸，忽被殊私。吴主礼贤，方闻置茗。晋臣爱客，才有分茶。岂如泽被三军，仁加十乘。以欣以忭，怠戴无阶。臣无任云云。

评：田神玉，掌管兵马大权，故朝廷倚重，一次竟得一千五百串赐茶，可为不少。全文除前后之例文外，全用四字言，典雅大方。有赞美君上仁心之言，"念以炎蒸，恤其暴露。"有赞美赐茶功效之言，"味足蠲邪，助其正直。香堪愈病，沃以勤劳。饮德相欢，抚心是荷。"意即滋味能够去邪气，培养正气；能祛病，养勤劳之体。饮后身心俱得滋养，欢心融洽。然后是感恩之言，"功惭荡寇"而"厚赐仍加"；三军受泽，惠及于私，真是感恩戴德。

进新茶表（摘自《茶乘》）
北宋 丁谓

右件物产，异金沙，名非紫笋。江边地煖［有作"暖"］，方呈彼茁之形。阙下春寒，已发其甘之味。有以少为贵者，焉敢韫而藏诸，见谓新茶，盖遵旧例。

评：此茶不同于顾渚紫笋茶，以早为贵。京城春天仍寒冷，这里已是茶芽萌动；用其造茶，可为新奇，制作之模具外形，与以往一样，明其未变也。

书

《文心雕龙》云："书之为体，主言者也。扬雄曰：'言，心声也；书，心画也'。"书为表情达意，多用于友人来往，信亦是。

与兄子南兖州刺史演书（摘自《茶乘》）
晋 刘琨

前得安州干姜一斤，桂一斤，黄芩一斤，皆所须也。吾体中溃［有作"愦"］闷，常仰真茶［应为"荼"，唐之前无"茶"字］。汝可置之。

评：干姜、肉桂、黄芩皆为药物，看来刘琨心中病非药物所能治，须真茶才能去之。乃心志不畅，故心中烦闷不已，而茶能清心神。

与杨祭酒书（同上）
唐　杜鸿渐

顾渚山中紫笋茶两片，此物但恨帝未得赏［有作"尝"］，实所叹息。一片上太夫人，一片充昆弟同啜。［据清朱濂《茶谱》补以下。］吾乡佘山茶，实与虎丘相伯仲。深山名品，合献至尊，惜放置不能多少斤也。

评：唐朝时顾渚山产紫笋茶，还未成为贡品，固有"恨帝未得赏"之说。馈赠给杨祭酒的茶数量不多，共两片，一片孝顺给其母亲，另一片给他和亲弟一起品尝。清朱濂《茶谱》所载此事又增加不少内容，但佘山为现今上海地，与陆羽、杜鸿渐家乡均不符，故作者之名有待考究。

与友人书（同上）
宋　黄庭坚

双井虽品在建溪之亚，煮新汤尝之，味极佳，乃草木之英也，当求名士同烹耳。

评：此言双井虽比建溪茶稍差，但亦是精品，味道很好。双井茶因黄庭坚而成名，因得名士宣扬也。

谢友寄茶书（摘自《明抄茶水诗文》）
明　孙仲益

分饷龙焙绝品，谨以拜辱。今年茶饷未至，以公所赐为第一义也，未敢烹试，告庙荐先而后，饮其余矣。

评：茶饷为何？指明代官员每年都有茶赐，但还未分到手；故感谢友人所寄龙焙茶，先祭庙后再品饮。

求茶书（同上）

明　孙仲益

午困思茶，家僮告乏。凤山名品，必有珍藏。愿分刀圭，以润喉吻。笼头纱帽，以想春风。

评：此为求茶书信，因欲除困，故想茶。凤山佳茗声名犹在，求取珍品。

答惠茶（摘自《茶苑》）

明　曹司直

天池佳品，仰承损惠。即令博士煎之，渴吻长啜，两腋风飘飘然便仙去，侯鲭禁脔，都不屑断腭矣。

评：此为谢书，感谢赠送天池茶，天池茶在当时为名茶佳品，故煎之品饮确有成仙之感。

与友人（同上）

明　李攀龙

先民曰不复知，有我安知？物为贵，吾侪解得此意，则虽山居环堵，未必不愈于画省兰台。瀹茗烹泉，未必不清于黄封禁脔也。具只眼者，有明识耳。

评：山居要好于闹市，瀹茗烹泉又能清心，且好于世间美味，此言饮茶之功能够使心之淡泊。

与张春塘（同上）

明　叶世治

土宜宜种，深愧鲜薄。然芝兰室中，瀹虎丘茗对，月啜之未必，不助清于诗脾也，一笑。

评：在芝兰之室，泡虎丘茶品饮，亦妙，非必有月。

与许君信

明　蔡毅中

连日有怀足下，正欲邀饮，山房为风雨所妒，乃承雅惠仆当，煮龙团，开九酝，遥对足下一赏佳节耳。见包明英来奉，请以蟹，二妙。

评：明朝还有龙团之制吗？或用其代指茶之意。其与友人相隔遥祝，与包明英相聚把饮，亦甚快哉。

第二十章　论、说、记

论

《文心雕龙》云："论也者，弥纶群言，而研精一理者也。"此指因事而论，阐发一理一意。"说者，悦也；兑为口舌，故言资悦怿。"是指说辞要能打动人。

论茶（摘自《茶集》）
宋　苏轼

除烦去腻，世固不可无茶，然暗中损人不少。昔云："自茗饮盛后，人多患气，不患黄，虽损益相半，而消阳助阴，[益] 不偿损也。"吾有一法，常自珍之。每食已，辄以浓茶漱口。烦腻既去，而脾胃不 [知]。凡肉之在齿间者，得茶漱浸，不觉脱去，不烦剌挑而齿性便苦，缘此渐坚密，蠹病自已。然率用中下茶；其上者，亦不常有。间数日一啜，亦不为害。

评：苏轼认为茶饮损益各半，它会减少阳气，得不偿失。故其自创一法，用以浓茶漱口；既能去烦腻，固牙齿，又不会引起脾胃不和，可谓两全其美之事。

说

事茗说
明　蔡羽

事可养也，而不可无本，或曰如茗何？左虚子曰：茗亦养而已矣。夫人寡欲，肆乐亲贤，乐贤肆自治，恒洁茗若事也。致若茗心也，居乎清虚，尘乎赀算，行洁也。形洁非养也，本不足也。居乎剧，出乎赀算，非形洁也，可以言养也，审厥本而已矣。夫本与欲相低昂，故其致物相水火，茗而无本，奚茗哉？南濠陈朝爵氏，性嗜茗，日以为事。居必洁厥室，水必极厥品，器必致厥磨啄；非其人，不得预其茗。以其茗事，其人虽有千金之货，缓急之徵，必坐而忘去。客之厥与事、获厥趣者，虽有千金之邀，兼程之约，亦必坐而忘去。故朝爵竟以事茗著于吴。夫好洁恶污，孰无是心？不过陈氏之茗，方挥汗穿踬也，一遍陈氏之茗，而忘千金之重，若然谓之无养可乎？朝爵遇其人，发其扃事，其事不为千金之动，固养也，苟未得其人，方孤居深扃，名香净几，以茗自陶，志虑日美，独无资乎？或曰："如子之养，无大于茗。"子曰："非独茗，百工伎艺无不尔，在得厥趣而已矣。"内不乱而得其趣，是之谓不可无本。

评：茗有养心之功，心若无有，茗亦无可奈何；故心为本，茗为外，可以茗养心，而不可以茗夺心。茶有裨益之效而已，君子心本淡泊，不为物累，故借茶聊以寄志而已。此说据实而言，不夸大饮茶之功，可谓至当之论。君子善借物以扬德行，非仅茶而已，他物亦可。譬如周敦颐之借莲，陶渊明之借菊不亦宜乎？

记

《文心雕龙》云"记之言志，进己志也。"是有感而发，由物抒发心中所向。

斗茶记（节选）
宋 唐庚

政和二年（1112）三月壬戌，二三君子相与斗茶于寄傲斋，予为取龙塘水烹之而第其品，以某为上，某次之。某闽人，其所贵宜尤高，而又次之。然大较皆精绝……吾闻茶不问团銙，要之贵新，水不问江井，要之贵活。千里致水，真伪固不可知，就令识真，已非活水。自嘉祐七年壬寅（1062）至熙宁元年戊申（1069），首尾七年，更阅三朝而赐茶犹在，此岂复有茶也哉！

今吾提瓶走龙塘，无数十步，此水宜茶，昔人以为不减清远峡。而海道趋建安，不数日可至，故每岁新茶，不过三月至矣。罪庚之余，上宽不诛，得与诸公从容谈笑于此，汲泉煮茗，取一时之适，虽在田野，孰与烹数千里之泉，浇七年之赐茗也哉？此非吾君之力欤？夫耕凿食息，终日蒙福而不知为之者，直愚民尔，岂我辈谓耶！是宜有所纪述，以无忘在上者之泽云。

评：开篇讲述斗茶地点与经过，斗茶即是通过烹饮茶叶来确定茶品的优劣。闽茶在宋朝知名，有人用闽茶中的佳品斗试却仍不胜，是因为精品太多。"吾闻茶不问团銙，要之贵新，水不问江井，要之贵活。千里致水，真伪固不可知，就令识真，已非活水。"此论最当，虽然茶不必要新，但水邮递千里，即使措施得当，水质定变，已非活水，并且也少了边汲取边烹煮之妙。盖情致最难得。

结尾提到的"海道趋建安，不数日可至，故每岁新茶，不过三月至矣。"可知，当时已用海船来运输茶叶，并且从建安到作者被贬地惠州几日就能到达，可说是交通非常方便，从这也看出宋代茶叶交易的活跃。

茶寮记
明 陆树声

园居敞小寮于啸轩埤垣之西。中设茶灶，凡瓢汲罂注、濯拂之具咸庀。择一人稍通茗事者主之，一人佐炊汲。客至，则茶烟隐隐起竹外。其禅客过从予者，每与余相对结跏趺坐，啜茗汁，举无生话。终南僧明亮者，近从天池来。饷余天池苦茶，授余烹点法甚细。余尝受其法于阳羡，士人大率先火候，其次候汤所谓蟹眼鱼目，参沸沫沉浮以验生熟者，法皆同。而僧所烹点，绝味清，乳面不黟，是具入清净味中三昧者。要之，此一味非眠云跂石人，未易领略。余方远俗，雅意禅栖，安知不因是遂悟入赵州耶。时杪秋既望，适园无诤居士与五台僧演镇、终南僧明亮，同试天池茶于茶寮中。谩记。

　　此是陆树声与五台僧演镇、终南僧明亮一起煮汤品饮天池茶而作。全文短小简练，谈及品茶注意事项和要点。煎茶看似简单，程式单一，但只有眠云跂石人才能真正体会其中奥妙。心静神清，看着茶叶浮沉，茶汤飘香，慢慢观悟，个中真味才会慢慢溢出；只可意会，但无法用言语描述，此是最妙之妙。

烹茶记

明　冯时可

　　新构既成，于内寝旁设茶灶，令侍婢名桂者典茗事，所进茗香洁甚适口，余问何以能然，曰："余进茗于主人日三五，而涤器日数十也，余手不停涤，不停视，蟹眼鱼目，以意送迎，其坫斯哉。余又品水而试之，则惠泉不若尧封也，惠泉易夺味，易育虫，尧封则否。"余以问客，客曰："若所语诚不诬，夫惠泉汲者众，汲众则污，尧封汲者寡，寡则清，又惠泉在山麓，其受气暖，尧封在山巅，其受气寒，寒则肃而不败，气暖则融而易变，非精于茗事者何能察此。"余取试之，果然。他日客丛至，令进茶，不如前。余以诘婢，对曰："主人不闻乎？江蓠涧芷，以珮骚人；熊蹯象肤，以享豪举，用物各有所宜也。今彼尘披垢和，纷纷臭鹜者宁与此味相宜。使主人游从，果一一眠云跂石高流，如芝如兰，入清净味中三昧者，而某不以佳茗进，则安所诿其咎哉！"余无以责，居数日，有故太史至，称诗而语烟霞，婢亟进良茗，曰："此虽轩冕，能自超超，诚主人茶侣。"竟日坐灶旁，茶烟隐隐出竹柳外，客览之，大畅而别，请余记其语。

　　评：烹茶讲究器洁，水美，用心。冯时可侍婢可谓善烹茶者，日洗数十次，对于煮汤火候掌握得当，对泉水也有独特之见。其说气暖易败，寒则不败;"汲众则污,寡则清"确是真知灼见。而饮茶讲究人品,眠云岐石之流才会与茶相得,情趣横生。

顾渚采茶记(节选)

明 萧洵

洪武六年(1373)春,余以工部主事来宰是邑……未几,府帖下,通判四明周亨随至,余以守令,例当偕行。明日,守御刘侯显亦来,盛集于此……周视山麓之茶,皆茶新拔草莽间,大俱,将何以修厥贡?罪将谁归……于是始谋诸众,伐木葊土,求金沙水疏涤之。招来僧之窜避者,复其身专事于茶……前夕小雨,茶皆叶芽争敷,足供常贡。

故谨书其当事之所宜先,采贡之次第,记于寺壁,庶来者守之而弗敢急忽,历代岁造之增益罢行,并书下方云。唐岁造焙茶一万八千四百斤,宋罢贡,元末茶二千斤,续增芽茶九十斤。国朝丁酉年,进芽茶三百斤……洪武四年,又增末茶三千二百四斤六两七钱五分,芽茶一万六百一十一斤……叶茶九万六千八百八斤……洪武七年又增顾渚山叶茶一十斤……

洪武八年二月二十五日并书于吉祥寺屋壁

评:顾渚茶焙在唐朝盛极一时,宋朝时萧条,明朝时重开茶贡。萧洵此记保留了明朝时茶焙整修及历年贡茶情况,贡茶数量每年增加,至洪武四年,贡茶数量已非常巨大;并且茶叶有芽茶、末茶、叶茶不等,从中可以大体得知当时茶叶品饮情况。

第二十一章　书帖、铭、其他

书　帖

书帖为书法作品。以蔡襄帖最多，与其曾负责贡茶一事有关。

精茶帖（摘自《茶乘》）

北宋　蔡襄

襄启：暑热，不及通谒，所苦想已平复，日夕风日酷烦无处可避。人生缰锁如此，可叹可叹！精茶数片不一。襄上公瑾左右。

评：夏季炎热时候，蔡襄将精茶数片赠与某人，以寄托想念之意。

一夜帖

北宋　苏轼

一夜寻黄居寀［黄居寀（933—993 年后），字伯鸾，成都人，五代十国名画家黄筌第三子］龙，不获，方悟半月前是曹光州借去摹揭，更须一两月方取得。恐王君疑是翻悔，且告子细说与，纔取得，即纳去也。却寄团茶一饼与之，旌其好事也。轼白。季常。廿三日。

评：帖文意是说，苏轼将借王君的字帖又借与曹光州摹揭，还未归还，故托于好友说情，并随寄一团饼茶以示歉意。

赐茶帖
北宋　赵令畴（一作赵令畤）

令畤顿首：辱惠翰，伏承久雨，起居佳胜。蒙饷梨栗，愧荷。比拜上恩赐茶，分一饼可奉尊堂。余冀为时自爱。不宣。令畤顿首，仲仪兵曹宣教。八月廿七日。

评：帖文意，赵令畤得到朋友馈赠梨栗，回赠给皇上所赐饼茶。

铭

《文心雕龙》云"故铭者，名也。观器必名焉，正名审用，贵乎慎德。"多用于明其功用之德。

茶夹铭（摘自《茶乘》）
宋　程宣子

石筋山脉，钟异于茶。馨含雪尺，秀启雷车。采之撷之，收英敛华。苏兰薪徒，云液露芽。清风两腋，玄圃盈涯。

评：前一句是说茶叶产地为山石之间，品质故优异。次句是说茶树经历冬天雪寒之炼，香气内含；春天惊蛰雷鸣则萌发新芽。第三句是言采摘加工茶叶。第四句是谈起火煮汤烹茶；末句则言感受，觉清风两腋，舒畅无比，放眼望去，茶园处处。《茶夹铭》却未言茶夹，不知为何。

茶壶铭（摘自《茶史》）
清　张大复

非其物勿吞，非其人勿吐。腹有涯而量无涯，吾非斯之与而谁伍。

评：此铭文是借茶壶而有所指，言其有操守，有原则，有度量，确实可与我成为知己。

其 他

茶 要

明 曹士馈

　　名区胜种，采制精良，茶之禀受也。远道购求，重赀倍值，茶之身价也。缓焙密缄，深贮少泄，茶之呵护也。清泉澄江，引汲新活，茶之正脉也。坚炭洪燃，文武相逼，茶之有功也。水火既济，汤以壮成，茶之司命也。壶盏雅洁，饶韵适宜，茶之安立也。诸凡器具，备式利用，茶之依附也。供役谨敏，如法执办，茶之倚任也。候汤急泻，蕋盖徐倾，茶之节制也。若断若续，亦梅亦兰，茶之真香也。露华浅碧，乍凝乍浮，茶之正色也。寓甘于苦，沃吻沁心，茶之至味也。吸香观色，呷咽省味，茶之领略也。香散色浓，味极隽永，茶之毕事也。果蔬小列，澹泸鲜芳，茶之佐侑也。净几闲窗，珍玩名迹，茶之庄严也。瓶花檐竹，盆石炉香，茶之徒侣也。山色溪声，草茵松盖，茶之亨途也。一镜当空，六花呈瑞，茶之点缀也。景候和佳，情怡神爽，茶之旷适也。凄风冷雨，怀感寂寥，茶之炼境也。墨花毫彩，操弄咏吟，茶之周旋也。饮啜中度，赏识当家，茶之遇合也。禅房佛供，丹鼎天浆，茶之超脱也。密友谭心，艳姬度曲，茶之惬趣也。芳溢甘余，厌斥它味，茶之独契也。茗战不争，汤社不党，茶之君子也。垒块填胸，浇洗顿尽，茶之巨力也。水厄无恙，香醉罔愆，茶之福德也。烦暑消渴，酩酊解酲，茶之小用也。蠲邪愈疾，祛倦益思，茶之伟勋也。备此乃可言茶，乃可与言茶也。

　　评：曹士馈《茶要》篇概述了茶叶从采摘到品饮的技术要点，对功效亦有归纳。制茶之要在于环境优异，采制精良；品饮之要在于收藏得法，泉水新活，火候得当，器具整洁；鉴茶之要在于色香味俱辨。喝茶地方之要在于幽、静、雅、和；茶叶之功有烦暑消渴，酩酊解酲之小用，有蠲邪愈疾，祛倦益思之大功。还有增进感情，洗净尘心之妙用。故知茶才能言茶，唯有君子得之。

运泉约

明 李日华

吾辈竹雪神期,松风齿颊,暂随饮啄人间,终拟消摇物外。名山未即,尘海何辞。然而搜奇炼句,液沥易枯;涤滞洗蒙,茗泉不废。月团百片,喜折鱼缄。槐火一篝,惊翻蟹眼。陆季疵之著述,既奉典刑;张又新之编摩,能无鼓吹。昔卫公(李德裕)宦达中书,颇烦递水。杜老潜居夔峡,险叫湿云。今者环处惠麓,逾二百里而遥;问渡淞陵(即吴江区),不三四日而致。登新捐旧,转手妙若辘轳;取便费廉,用力省于桔槔。凡吾清士,咸赴嘉盟。

竹懒居士题

运惠水,每坛偿舟力费银三分。

坛精者,每个价三分,稍粗者,二分。坛盖或三厘或四厘,自备不计。

水至,走报各友,令人自抬。

每月上旬敛银,中旬运水。月运一次,以致清新。

愿者书号于左,以便登册,并开坛数,如数付银。

尊号 用水 坛 月 日付

松雨斋主人谨订

评:唐代茶饮逐开,张又新《煎茶水记》又助寻水品水之风,李德裕有惠泉之递,苏轼有调水之符,朝廷自唐亦有进水之贡。爱茶者对水之重视前所未有,明代水品之书不断出现,运水业也随之兴起,李日华《运泉约》即是明证之一。从约书内容可知,运送途径有水陆二种,陆路二百多里,水路三四天就到。水费为每坛银三分,坛价格不一,与坛盖都另外加钱。预约登记,并交纳水银,每月只运送一次。

沙苑侯传

壶执,字双清,晋陵义兴人也。其先,帝尧土德之后,后微弗显,散处江湖之滨,迁至义兴者为巨族,然世无仕宦,故姓氏不传。

迨至南唐李后主造澄心堂,罗置四方玩好,以供左右。惟陆羽、卢仝之器粗不称旨，郁郁不乐。骑省舍人徐铉搢笏奏曰："义兴人壶执，中通外坚，发香知味。蒙山妙药，顾渚名芽，非执不足以称任。使臣谨昧死以闻。"后主大悦，爰具元纁束帛，安车蒲轮，加以商山之金，蜀泽之银，命铉充行人正使，入义兴山中，聘执入朝。执乃率其昆弟子姓，方圆大小，举族以行。陛见之日，整服修容，润泽光美，虽有热中之诮，实多消渴之功。后主嘉之，授太子宾客，昭拜侍中，日与游处……

开宝五年，论功行赏，执以水衡劳绩，封为沙苑侯，食邑三百户，世世勿绝。……侯归，结庐义兴山中以居。吴越之间，高人韵士、山僧野老，莫不愿交于侯。侯亦坦中空洞，不择贵贱亲疏，倾心结友，百余岁以寿终。

评："壶执"者，拟人手法，其实为壶。宜兴茶壶先经徐铉推荐，后因后唐主封侯而显，可见宜兴茶壶由来久矣。而其居功不傲，大度能容，故得世人倾心接纳。虽为泥沙陋质，得以锻造，中通外坚，发香知味，非陆羽、卢仝之粗器所能比拟。物因时而显，亦在于自身魅力；增其德行，于时而发，终获大功。

附录　作者茶文

偶　感

寒山生苍翠，林中鸟声碎。日暮炊烟起，茶农携锄归。

瀚林春茶园茶花

碧绿丛中似梅开，黄白相映淡香来。
花开花落自有道，云卷云舒任徘徊。

有　感

大道至简难，人心求利坚。最要循茶性，勿使命多舛。
本喜山林泉，为何染尘间？

所　见

鹊叫雀飞雪中青，艳阳碧天海濛濛。
茶径踏歌风刺面，茶棚传出水滴声。

茶园春见

绿柳拂水面，百花齐飙艳。拆开破旧衣，一舒三冬怨。
人老心自闲，漫步新茶园。前襟黄海水，背倚卧龙山。
茶芽发戢戢，农妇忙采选。开机复炒制，清香散漫传。
入杯细品鉴，身清阳气穿。人生最乐事，啜茶春日间。

茶叶研究园

前襟黄海水，背倚卧龙山。千古两城地，茶叶研究园。
智能配备全，规划高标线。路花傍蜀桧，松下望渔船。
竹林多清风，幽静少尘喧。鸟嘴勃勃发，茶香散漫漫。
心神俱净化，飘然欲飞天。居此真仙境，多活一百年。

观炒茶有感

茶都四月冷，斗技杀青中。抖闷晾后揉，枪旗曲卷形。
入焙香争透，白毫附绿明。花杂原料差，优劣如何评？

观看茶艺比赛

四方美女演茶好，洗泡分斟手法巧。
无意配景来夺目，只因气韵风骨少。

随　见

午饭步于基地路，见无数白蝶飞舞于首蓿花上。

白蝶不厌苦，处处茶园逐，更有万千只，流连花紫苜。

茶园所见

春风抚我脸，醉看闲云远。喜鹊欢呼叫，陶然日暮间。

书成有感

阅古搜茶伏案中，凝思堆藻书终成。
日居月诸梅开日，苦尽甘来香气浓。

无　题

天阴阴，热闷闷，树梢不动偏出蚊。
肆意咬人心难静，起身凉处寻。
声阵阵，雾沉沉，涛声起伏渐清神。
踱步茶园闲想词，佳句难拿准。

卜算子·茶花

天开始下雨，有风，因周末休息惦记茶花开放，故打伞去茶园。所见。
愕然茶中立，四望心生怜。青蕾残花枝头颤，沙沙蓝格伞。
暗香已不传，凌落株行间。白瓣流泪黄心怨，应悔开时晚。

江南柳·观景

立高岗，看东海茫茫，声如龙吟动地响。
料是秋风逐千浪，激石雪飞扬。

孤鹊栖，群鸟闹欢唱，茶中静心搜辞藻。

趁早应把山登上，一览好风光。

冬雨赋

雨淫淫兮两日，风嗖嗖而刺骨。滋茶木之翠翠兮，赞冬雨之得时。惊海浪之轰鸣兮，悲鹊怨之哀苦。观风云兮变幻，信物事之难全。余信步园道，雨来而不惊。览四方之多像，觉昏去而神清。

日照茶赋

习习东风，旭旭日照，千年小城，展眉苏醒。乘浩荡之春风，开碧海而航行。有日光之暖耀，携海涛之轰鸣。阴阳相和，万物兴盛。秉春秋之古韵，育人杰而地灵。武自太公，文兴雕龙。莲花峰峻，九仙相拥；古树悠久，浮来银杏。物产丰富，难言谁重。有豆腐煎饼，鱼蛤笋药，蓝莓樱桃，文砚黑陶。众品涌耀，难分轩轾，而以绿茶称道。

天道主生，地道主长；天旋地转，万物呈相。茶之本性，喜温趋润；南茶北引，彰显人功；驯化多时，亦渐适应。成新兴之事物，为生活之雅余。起自伟人，兴因邓公。借经济之大势，成浩然之雅风。如今茶园广布，南北西东，品类繁富，产量日丰。成省内之特产，为绿茶之新宠。助推经济，收入提升，亦盛世之特色也。

日照经济，茶业有成。南有岚山之主产，中有东港之并兴。至于莒县五莲，各依地势，以点带面，求新争先。带动茶企云起，各创品牌耀眼。有依山之碧波、浏园，傍海之瀚林春、御海湾；有伴湖之横山，林间之富园；茶质特殊，迥然不凡。另有浮来青、御园春、文山，景阳青、驻龙山、林苑，圣谷山、凤玉、北满，万平、南北山，或以林胜，或以文名，各有特色，引领茶雄。其他茶品，芜杂纷繁，虽难并举，实则能显。或以质胜，或以巧工，或以少贵，或以小众，立足不同，而各逞其能也。

茶之为物，顺应天时，随四季之变化，生长收藏而不已。隆冬萧瑟，阴风阵阵；惧冷者枯槁，耐寒者犹茂。秉性不同，物各惟命。万里江山，一片沉静。茶虽南木，幸有护林，体缩叶绿，雪中藏春。为北国赋生貌，人观之而提神。

至若春和风暖，碧空蓝天，鸟嘴戢戢，吐舌露鲜，茶农携筐，提手采撷，不慌不忙，笑语声喧。眺远山之闲云，看柳条之翩翩；听飞鸟之欢唱，闻茶香而神安；人物皆怡，春光无边。茶少不多，筛中摊晾，适时炒焙，满屋飘香；或如青螺，或如绿剑，辗转把玩，爱意难按，煮水温盏，下茶尝鲜。薰陶陶心欲醉，神清清体始安，茶之于身功莫大也。

春分之后，阳气渐张；茶条伸长，农妇奔忙。田如棋布，人如绣娘；采撷穿梭，茶芽落筐。朝来夕归，岂能恹恹，一年生计，全在茶园。循茶树之高低，定采摘之方式。或坐凳，或折腰，或直立，两手并用，心神专一；或提手，或将取，俯仰茶丛，如在画间。

夏季炎热，秋风转凉。茶质不一，采非佳时。或外长而内鲜，苦涩味乱；或外粗而内干，外形稍欠。惟拣小芽，或可能鉴。茶叶之摘选，亦应顺乎天时也。

原料为茶品之攸关，炒工实优劣之关键。茶类多样，阴阳为变。先散其水，后增其温，阴阳交揉，气味才新。或精选，或摊晾，或杀青，或揉捻，或发酵，或焙干。机器顺次，按部就班；虽无庖公解牛之入神，实有快慢得当之多变。宗张源之发端，学罗廪之熟练。朝代顺迁，茶技因变；茶类丰富，人性使然。绿茶本木性，炒焙留本真。红茶发酵过，已非以前身。青茶间红绿，黑茶汤色混，黄白各有妙，天地人三分。人有千万相，茶有万千形，心里细参悟，不过随道成。

人生之快事莫过于品饮。无炒焙之蒸薰，无案牍之劳神。日光明丽，松竹绕屋，三五友侣，分坐如宾；煮水温盏，分酌言欢，追陆羽之古风，鄙卢仝之牛饮；行真卿之宴聚，慕庭坚而属文。感天地之造化，生嘉木而养心。嗅香观色，知味感韵；论茶叶之优劣，叹物变之传神。茶为仙子，人皆雅士；相得而妙，神往会心。叹人世之多变，悟真谛而忘尘。

天地生物，各有其用；茶为国饮，亦因其能。有解渴之用，有提神之功；有去邪之效，有发文之妙。不为贫而变颜，岂因贵而媚邀？淡定从容，体态神闲，广益众生，息身返天。茶之精神，愧煞俗眼。茶之化人亦莫大也。

日照绿茶，犹如骏马；披荆斩棘，收获颇多。学南茶之优长，立本地之特色。惟专注技工，文韵欠缺。而文之于物，颂其功，扬其名，超越时限，久而弥丰。盖物能有名，亦人力之功尔。故应深发其韵，胶著古风，传承文明，大盛其功。

参考文献

蔡镇楚，施兆鹏，2003. 中国名家茶诗[M]. 北京：中国农业出版社.

常璩，2009. 华阳国志校补图注[M]. 任乃强，注. 上海：上海古籍出版社.

陈祖槼，朱自振，1981. 中国茶叶历史资料选辑[M]. 北京：农业出版社.

方勇译注，2015. 庄子[M]. 北京：中华书局.

河上公，2014. 道德经集释[M]. 杜光庭，等注. 北京：中国书店出版社.

逯钦立，1983. 先秦魏晋南北朝诗[M]. 北京：中华书局.

钱时霖，1989. 中国古代茶诗选[M]. 杭州：浙江古籍出版社.

邵雍，2022. 观物内外篇[M]. 合肥：黄山书社.

田代华，2005. 黄帝内经·素问[M]. 北京：人民卫生出版社.

王东峰，译注，2021. 淮南子[M]. 长春：吉林大学出版社.

王志彬，译注，2012. 文心雕龙[M]. 北京：中华书局.

吴觉农，1990. 中国地方志茶叶历史资料选辑[M]. 北京：农业出版社.

吴觉农，2017. 茶经述评[M]. 第2版. 北京：中国农业出版社.

吴谦，2006. 医宗金鉴[M]. 北京：人民卫生出版社.

夏承焘，2020. 宋词鉴赏辞典[M]. 上海：上海辞书出版社.

萧吉，2001. 五行大义[M]. 上海：上海书店出版社.

佚名，2018. 文子[M]. 北京：中国书店出版社.

俞平伯，2017. 唐诗鉴赏辞典[M]. 上海：上海辞书出版社.

张景，张松辉，译注，2020. 黄帝四经·关尹子[M]. 北京：中华书局.

张载，2021. 正蒙[M]. 王夫之，注. 合肥：黄山书社.

赵逵夫，2018. 历代赋[M]. 上海：上海辞书出版社.

朱自振，1991. 中国茶叶历史资料续辑[M]. 南京：东南大学出版社.

朱自振，2014. 中国古代茶书集成[M]. 上海：上海文化出版社.

参考文献